ADRAN Y GYMRAEG
YSGOL GYFUN
BRO MORGANNWG

PORC PEIS BACH

Wynford Ellis Owen

HUGHES

Argraffiad cyntaf: Mai 2000

ISBN 0 85284 300 3

Dymuna'r cyhoeddwyr gydnabod cymorth
Adrannau Cyngor Llyfrau Cymru.

Cysodwyd ac argraffwyd gan
Wasg Dinefwr, Heol Rawlings,
Llandybïe, Sir Gaerfyrddin.

Cyhoeddwyd gan Hughes a'i Fab,
Parc Tŷ Glas, Llanisien,
Caerdydd CF14 5DU.

Cyflwynedig

*i Meira, Bethan a Rwthi, gan ddiolch am eu
cariad diamod; i Bryn, fy nghyfaill ar y daith;
i Arwel a Rowenna, ac i bawb sydd mor
angenrheidiol imi yn fy mywyd newydd.*

CYNNWYS

DIOLCHIADAU

Diolch yn fawr i Megan a Stephen Nantlais Williams am eu caniatâd caredig i ddyfynnu **Iesu Cofia'r Plant** (geiriau Nantlais) yn y bennod **Bonso a'r Genhadaeth Dramor**.

CYDNABYDDIAETH

Diolch i Meirion Davies, S4C, am sylweddoli gwerth stori'r **PORC PEI**, i'r holl actorion a thechnegwyr sydd wedi gwneud eu gwaith yn un o lafur cariad, i Shân Davies ac Ian Eryri Jones am gynhyrchu mor ddeheuig, i Paul Turner a Hugh Thomas am gyfarwyddo'n feistrolgar yn ôl eu harfer, ac i Angharad Jones ac Arwel Ellis Owen, yr uwch-gynhyrchwyr: y naill, fel comisiynydd y ffilm a'r cyfresi, am ei hymddiriedaeth ynof a'i chyngor doeth bob amser; a'r llall am gadw'r tîm yn gweithredu mor effeithiol ond, yn bennaf, am fod yn bopeth y gallwn obeithio amdano mewn brawd.

Diolch i Hughes a'i Fab am waith destlus ac i Luned Whelan am gydymddwyn â mi ac am oruchwylio'r gwaith; i Rhys Dafis, hefyd, am gywiro rhai o'r mynych wallau ac am ei gyfeillgarwch yn fwy na dim. Yn ail olaf, diolch i chi am brynu hwn o lyfr – boed bendith ar y darllen! Ac yn olaf, diolch i'm Duw – rhoddwr, cynhaliwr pob peth, a noddwr fy sobrwydd.

Wynford Ellis Owen
Caerdydd
1 Ebrill 2000

Ffilmiwyd PORC PEI (Pennod 1 yn y llyfr hwn) yn ardal Trefor yn Arfon ym mis Gorffennaf 1998 gyda'r actorion canlynol:

Donald Parry	–	Wynford Ellis Owen
Dilys Parry	–	Nia Caron
Kenneth Parry	–	Siôn Trystan Roberts
Bessie Roberts	–	Sara Harris-Davies
Hilda Griffiths	–	Marged Esli
Morfudd Siop	–	Morfudd Hughes
Edgar Siop	–	Dyfed Thomas
Ifor Lloyd	–	Trefor Selway
Evelyn y Flonden	–	Siân Wheldon
Miss World	–	Dorothy Miarcznska
Tomi Bach	–	Owen Garmon
Huw 'Cw	–	Mal Lloyd
David Ailsworth	–	Roland Powell
Linda	–	Llio Eleri Roberts
Cwy	–	Huw Alun Foulkes
Huw'r Ddôl	–	Gareth Wyn Roberts
Helen James	–	Anwen Haf Ellis
Robert Roberts	–	Doc O'Brien
Garfield Morgan	–	Grey Evans
Mr Prysor	–	Emyr Wyn
Gwenda	–	Beryl Hall
Bonso	–	Chico
		(Hyfforddwr: Martin Winfield)

Ffilmiwyd y gyfres gyntaf o PORC PEIS BACH yn ardal Waunfawr ac Arfon ym mis Gorffennaf ac Awst 1999 gyda'r actorion canlynol:

Donald Parry	–	Wynford Ellis Owen
Dilys Parry	–	Nia Caron
Kenneth Parry	–	Siôn Trystan Roberts
Bessie Roberts	–	Sara Harris-Davies
Hilda Griffiths	–	Marged Esli
Morfudd Siop	–	Morfudd Hughes
Edgar Siop	–	Dyfed Thomas
Ifor Lloyd	–	Trefor Selway
Evelyn y Flonden	–	Siân Wheldon
Miss World	–	Valmai Jones
Sister Gwyneth	–	Olwen Medi
Tomi Bach	–	Owen Garmon
Huw 'Cw	–	Mal Lloyd
Aelwyn Reynolds	–	Mici Plwm
David Ailsworth	–	Roland Powell
Coesa Bwrdd	–	Siw Hughes
Thomas Williams	–	Grey Evans
Tyst Cyntaf	–	Meilyr Siôn
Ail Dyst	–	Siân Naomi
Gwenda	–	Eirwen Hughes
Edna Williams	–	Catrin Dafydd
Linda	–	Siwan Menai Jones
Cwy	–	Huw Alun Foulkes
Huw'r Ddôl	–	Gareth Wyn Roberts
Helen James	–	Anwen Haf Ellis
Now'r Allt	–	Siôr Llyfni
Glymbo Rêch	–	Osian Elis Holland
Mr Jones y Saer	–	Wyn Bowen Harries
D-D-D-Dora	–	Gwen Ellis
Bob Bylbs	–	Eilir Jones

Nyrs Joan	–	Mari Gwilym
Dr Tomos	–	Phylip Hughes
Porci	–	Gwyn Parry
Roger the Dodger	–	Orig Williams
Harri Bont	–	Iwan Roberts
Plismon	–	Bob Nefyn
Robin Planc	–	Glyn Jones
Dyn o'r India	–	Paul Roberts
Taid Mortimer	–	Gwynn Williams
Tad David Ailsworth	–	Doc O'Brien
Returning Officer	–	Jeff McLellan
Brawd Bach	–	Gerallt Wyn Roberts
Melanie Ponsenby	–	Annie Watson
Mam Melanie	–	Anna-Marie
Non (gwraig Bob Bylbs)	–	Delyth Owen
Miss Morgan	–	Audrey Mechell
Prif Swyddog Tân	–	Dilwyn Morgan
Bonso	–	Glen (Hyfforddwr: Eric Broadhurst)

1

PORC PEI

Mai y cyntaf, 1960. Mae'n ddiwrnod eisteddfod flynyddol y plant a'r bobl ifanc yn Llanllewyn, ac mae prysurdeb anghyffredin y tu allan i'r neuadd bren fechan. I'r chwith o'r brif fynedfa, mae nifer o wŷr ifanc lleol yn sgwrsio, smocio a chwerthin heb ofal yn y byd, ac i'r dde o'r fynedfa drws nesaf i'r stafell filiards mae tri phlentyn wedi ymgolli mewn gêm o sgots. Uwch hyn, mae llais Ifor Lloyd yr arweinydd i'w glywed o'r tu mewn i'r neuadd, 'Ylwch hogia bach, 'dan ni ar 'i hôl hi – mi ddylan ni fod wedi cyrradd y gystadleuath nesa 'ma awr a hannar yn ôl! Ffwl pelt ahéd felly 'te, neu yma byddwn ni, a'n penola ni 'di magu peils 'fath â chadwyni nionod o ista ar y cadeiria calad 'ma, 'sna watsian ni!' Daw pwl o chwerthin o'r gynulleidfa.

Yn y neuadd, mae Ifor Lloyd yn cyflwyno'r gystadleuaeth nesaf o'r llwyfan, 'Y gystadleuath Alaw Werin sy nesa, i fod. Hunan-ddewisiad 'nôl y rhaglan; ac i hogia bach dan dair ar ddeg oed y ma' hi . . .' Taga'n bwysig. 'Wel rŵan, fel gwyddoch chi, ma'r buddugol yn y gystadleuath hon yn cal y fraint o gal canu yn y gwasanath a ddarlledir ar y BBC Hôm Syrfus fora dydd Sul nesa o Gapal Bethlehem – yn cal y fraint fawr o gynrychioli'n pentra bach ni, Llanllewyn, ar y radio! Dyna ichi be ydi ffyrsd preis gwerth 'i gal yntê! Wel rŵan, perffaith chwara teg i bawb felly – ac yn arbennig i'n cystadleuydd cynta ni – Kenneth Robert Parry.'

Mae Dilys Parry, mam Kenneth a gwraig y gweinidog lleol, Donald Robert Parry, mewn gwewyr, ac yn bryder i gyd wrth eistedd yn y rhes flaen yn ymyl Morfudd Price, cyd-berchennog y siop a'r swyddfa bost leol.

'Pray to God he doesn't make a fool of me, Morfudd!'

'Fydd o'n iawn, siŵr, Mrs Parry; mi neith o 'i ora gewch chi weld.'

''Struth! Ma' 'da chi fwy o ffydd na 'sda fi, Morfudd!'

Saif Kenneth ar ochr y llwyfan yn ei drowsus byr, a golwg ofnus, nerfus, ddihyder arno.

'Ye gods! Wel cer i'r canol gryt!'

Mae Kenneth yn cychwyn am ganol y llwyfan, yna mae'n aros a throi'n ôl – ei lygaid yn fflachio i bob cyfeiriad fel pe bai'n cael ei fygwth gan ddrychiolaeth.

Hisia Dilys arno o dan ei gwynt, 'Kenneth, will you get to that stage!' Yna, wrth Morfudd, ''Sa i'n gwybod pam nag yw e fel cryts pawb arall!'

Yn y gynulleidfa, trafoda Evelyn y flonden y mater â'i ffrind pennaf. 'Hwn yn chwara fyny eto, Gwend?'

'Sdands tw rîsyn Evelyn – 'di cal 'i sbwylio mae o'n 'te!'

'Tra bo ni'n disgwl hogia bach . . .' Mae Ifor Lloyd yn llenwi'r bwlch yn effeithiol, 'purion fydda'ch atgoffa chi fod 'na rihyrsals ar gyfar y BBC i bawb sy'n medru canu nos yfory yn y capal am saith o'r gloch – pryd y bydd Mr Garfield Morgan, ein beirniad parchus ni yma heddiw, yn ymarfer yr emyna ar gyfer y darllediad byw ddydd Sul nesa. Pawb sydd ganddo glustia – a llais i ganu, felly – gwrandawed!'

Mae'n troi'n ddisgwylgar i'r ochr, ond nid oes golwg fod Kenneth yn bwriadu canu eto chwaith. 'A hefyd wrth gwrs,' mae Ifor yn parhau, 'do's dim rhaid ych atgoffa chi am y carnifal blynyddol ddydd Sadwrn cyn y Sul pan fydd ein Seindorf Arian enwog ni'n ymdeithio . . .'

Mae Hilda Griffiths, y gyfeilyddes gegog, yn chwarae tri chord dramatig ar y piano, cyn sefyll a phlygu'n wylaidd dros y piano, 'Ken, mi fasa dy dad yn torri'i galon tasa fo'n gwbod dy fo ti'n gwrthod canu yn y steddfod.' Ac mae'n edrych yn ymbilgar arno wrth i Morfudd wneud siâp ceg o'r blaen, 'Plîs, Ken?'

'Bob tro, ma ishie ryw ffŷs fel hyn 'da fe.' Ac mae Dilys yn cuddio'i hwyneb yn ei dwylo mewn cywilydd wrth i Kenneth sylwi ar y cystadleuwyr eraill sy'n sefyll yn amyneddgar y tu cefn iddo ar ochr y llwyfan – ac ar Huw'r Ddôl yn arbennig, sy'n sibrwd yn isel: 'Y *cissy* uffar!'

Daw Ifor Lloyd draw ac ymestyn ei ddwylo ato mewn arwydd o wahoddiad sy'n ymylu ar fod yn ble: 'Plîs, i 'mhlesio i?'

'Iesgob, fyddwn ni yma drwy'r dydd ar y rêt yma – be sy ar y sbrych?'

Ac wrth i Gwenda fynd yn fwy-fwy ddiamynedd mae Helen James, sydd yn yr un dosbarth â Kenneth, yn gwenu'n gariadus arno, 'Dos, Ken, cana – paid â bod ofn.'

Gwena Kenneth yn ôl arni, cyn ildio'n ofnus a symud yn betrusgar i ganol y llwyfan. Mae Ifor yn llawenhau, ac yn ymddwyn fel pe bai wedi arbed trydydd Rhyfel Byd. Arweinia gymeradwyaeth frwd y gynulleidfa gyfan – gall pawb ymlacio nawr i wrando ar ganu Kenneth: 'Tydi hwn ddim yn fab 'i dad am ddim byd, wyddoch chi – tybad ydy *o'n* cal 'run draffarth i gal o i ddeud 'i adnod ar y Sul?'

Mae'r gynulleidfa'n chwerthin, a David Ailsworth yn cymeradwyo'n orffwyll o'r cefn. (Gŵr canol oed yw David, a ddioddefodd hunglwyf (*sleeping sickness*) pan yn ifanc – ac mae'n treulio'i ddyddiau erbyn hyn yn bod yn niwsans i bawb. Mae ganddo sigarét *roll your own* heb ei thanio yn ei geg, ac mae'n magu iâr yn barhaus dan ei gôt a'i siwmper. Mae'r iâr ganddo nawr, ac mae hi wedi dechrau clwcian dros y lle a styrbio pawb.)

'Ddudis i'n do!' Mae Morfudd siop yn gwenu'n fuddugol-iaethus ar Kenneth, cyn gwneud siâp ceg arno drachefn, 'Da iawn chdi, Kenneth!'

A chyda hynny daw Huw 'Cw, y stiward hunanbwysig, draw at David a'i hebrwng o a'r iâr swnllyd allan o'r neuadd, 'Ai'm sori, byt ddy hén clycs wil ypset ddy competytyrs – it's bai ordyr of ddy Jyj!' Mae David yn gwenu ar bawb wrth adael, a chusanu ei iâr yn ffri, '. . . And don't iw dêr lait ddat sigarét, Defid!'

'Bi bidl-bidl bi bi bo!'

Yn ôl ar y llwyfan, mae Ifor Lloyd yn galw am osteg, 'Rhowch berffaith chwara teg i'n cystadleuydd cynta ni, felly

Kenneth Robert Parry . . .' Mae'n oedi i aros i'r beirniad fod yn barod; ac mae hwnnw, Garfield Morgan, fel teyrn, yn syllu'n gas i gyfeiriad y llwyfan, cyn nodio'n filitaraidd.

"Bout bloody time too!' Edrycha Evelyn y flonden o'i chwmpas, "Di'i dad o 'myma chwaith!' Ac mae Ifor yn gorffen ei frawddeg, 'Diolch.' A chyda gwynt mawr, mae'n cyflwyno, 'Kenneth Robert Parry!' cyn camu o'r llwyfan fel pe'n cerdded ar blisgyn wy.

'Mae'n biti bod Mr Parry yn colli clwad Ken yn canu hefyd, Mrs Parry.'

'Ody Morfudd, ody ma' fe'n biti.'

Ac mae Hilda Gegog yn rhoi un nodyn clir ar y piano, wrth i Kenneth baratoi'n anfoddog i ganu.

Mae Kenneth yn edrych yn fachgen hawdd ei frifo, ond eto mae ganddo wyneb sy'n bwrw allan rhyw ddycnwch anniffiniadwy. Mae'n canu mewn llais soprano pur sy'n gweddu i'w edrychiad:

Bachgen bach o dincer yn myned hyd y wlad,
Cario'i becyn ar ei gefn a gweithio'i waith yn rhad.
Yn ei law roedd haearn ac ar ei gefn roedd bocs,
Pwt o getyn yn ei geg, a than ei drwyn roedd locs.

Cydio yn y badell, y piser neu'r ystên,
Taro'r haearn yn y tân a dal i sgwrsio'n glên . . .

Ar yr un pryd, y tu allan i'r neuadd, mae'r Parchedig Donald Parry, gweinidog Methodist Bethlehem, Llanllewyn, yn cyrraedd yn hwyr yn ei gar Ford Popular. Mae ar frys garw ac mae'n parcio'r car yn flêr ac ar allt sy'n arwain i waelod y pentref ac at ardal Lôn Ddŵr. Wrth neidio allan o'r car, mae'n clywed Kenneth yn canu:

Eistedd yn y gornel y piser neu'r ystên,
Taro'r haearn yn y tân a dal i sgwrsio'n glên . . .

Chwardda'r gwŷr ifanc lleol yn uchel, ddrygionus ar ryw jôc

go amheus, ond pan welant y gweinidog yn dod i'w cyfeiriad, sobrant yn syth a diffodd eu sigaréts ar frys. Mae un gŵr ifanc yn ffals odiaeth, "Steddfod dda 'nôl pob sôn, Mr Parry – clwad bod ych mab 'di cal hwyl garw ar ganu . . .'

'Wrthi mae o rŵan, Clem!' Ac i mewn â Donald yn swta i'r neuadd heb sylw pellach, a heibio i David Ailsworth a'i iâr sy'n ymrafael o hyd â Huw 'Cw yn y fynedfa. 'No, Defid, it's deffinêt rŵl, hens âr band!'

Ac mae Kenneth yn parhau i ganu:

> Holi hwn ac arall ble'r aeth y tincer mwyn,
> Gyda'i becyn ar ei gefn a'i getyn dan ei drwyn . . . .

Cerdda Donald ar flaenau'i draed i lawr canol y neuadd ac eistedd wrth ymyl Dilys ei wraig. 'Sori 'mod i'n hwyr – mi a'th y pwyllgor ymlaen ac ymlaen – Ceredig Jones yn mynnu tynnu'n groes i bawb,' sibryda.

'Hist wir, ddyn!' Mae Bessie Roberts (Fusneslyd) yn ei ddistewi'n flin o bum sedd i ffwrdd.

> Bachgen bach o dincer,
> Ni welir yn y wlad . . .
> Ow! Mae'n golled ar ei ôl
> I weithio yn . . . yn . . .?
> I weithio gwaith yn . . . yn . . .

A sylla Donald a Dilys mewn anghrediniaeth ar eu hunig fab, Kenneth, yn anghofio llinellau ola'r gân . . . ac yna, o flaen pawb, ar lwyfan cyhoeddus, yn ei wlychu ei hun!

Mae'r 'dŵr' yn dripian yn swnllyd ar y llwyfan, wrth i Kenneth sefyll yno'n llipa mewn cywilydd mawr, a'i lygaid ar gau. Wedi hir a hwyr, torra Dilys ar y distawrwydd annifyr, 'Oh, for goodness' sake!'

Y tu allan i'r neuadd, ychydig yn ddiweddarach, mae Donald yn arwain Kenneth at y car. Mae Huw 'Cw, David Ailsworth a'i iâr, y gwŷr ifanc lleol a'r plant oedd yn chwarae sgots, wedi creu rhodfa i'r tad a'r mab o ddrws y neuadd at ddrws y car. Gafaela Donald yn gariadus am Kenneth – ond o hyd braich, wrth i hwnnw gerdded fel hwyaden â'i goesau ar led. 'Nest ti ganu'n dda – da iawn chdi.'

'Sori, Dad!'

'Hitia befo, stedda di'n y car 'ma nes inni orffan mopio'r llwyfan i'r cystadleuwyr erill, ac mi awn ni â chdi wedyn am glamp o hufen iâ i Cadwaladyrs, yli!' Mae'n ei gloi yn y car. 'Stedda di'n ddistaw yn fana rŵan, Kenneth, a phaid â thwtsiad dim byd – fyddwn ni ddim yn hir.' Ac mae'n troi'n ôl am y neuadd gan wgu a chodi ei ysgwyddau'n anobeithiol ar y lleill. Wedi iddo fynd, mae pawb yn ymgasglu o gwmpas y car a syllu ar Kenneth fel pe bai'n fwnci mewn caets. Eistedda Kenneth yn gefnsyth fel blaenor yn sedd y teithiwr yn y blaen, gan syllu o'i flaen ac anwybyddu pawb a phopeth. Ar ôl ennyd, mae'n suddo ychydig yn is i'w sedd. Ar hynny, daw Huw'r Ddôl at ddrws y neuadd gyda rhai o'r cystadleuwyr eraill. 'Cym on, dacw fo'r babi mam!', ac mae'n cychwyn yn fygythiol am y car wrth i Kenneth suddo'n is ac yn is yn ei sedd.

Yn y neuadd eto mae Ifor Lloyd yn arweinydd tan gamp, 'Diolch ichi, gyfeillion, am eich amynedd a'ch goddefgarwch . . .' Ac mae'n arwain Meredydd Robaitsh, y cystadleuydd nesaf i'r llwyfan, wrth i Donald a Dilys orffen mopio'r llwyfan a rhannu edrychiad o 'Be 'dan ni 'di neud i haeddu hyn?' Mae Ifor yn gosod Meredydd ar ganol y llwyfan i ganu. 'Ylwch, ma' 'na batshyn gwlyb yn fana ylwch . . .' Mae'n pwyntio, '. . . Yn fana, welwch chi o?'

'Olreit, olreit!' Cywilyddia Dilys. 'Nagw i'n ddall, ddyn!'

Ac ar hynny, dechreua'r gynulleidfa glapio'n araf.

Erbyn hyn mae Huw'r Ddôl a rhai o'r cystadleuwyr eraill wedi dringo ar fonet y Ford Popular i wawdio Kenneth ar y tu mewn. Chwardda Huw yn greulon ar ei ben a chwifio tywel yn ffenest flaen y car, 'Hwda, gei di neud clwt babi i chdi dy hun hefo hwn, yli – ma gin i ddymi gei di hefyd!'

Gan fod Kenneth wedi suddo mor isel ag y gall o yn sedd y car, mae'n penderfynu ymestyn am y brêc a gollwng hwnnw, er mwyn dianc, rhywsut, rhag y bwlis. Dechreua'r Ford Popular symud yn araf i lawr yr allt.

'Asu! Heglwch hi, hogia!' Mae Huw'r Ddôl a'r lleill yn neidio i ffwrdd mewn ofn a dychryn mawr. 'Gwatsia! Ti'm yn gweld lle ti'n mynd, Ken!' Ond ofer pob gweiddi. Cynhyrfa David Ailsworth yn arw, a chuddia lygaid yr iâr rhag iddi weld y car yn cyflymu'n beryglus i lawr yr allt. 'Whhooo! Whiiii! Bibl di bibl-di bi!' A rheda ar ei ôl.

Yn y neuadd, mae Morfudd yn gorffen mopio'r llwyfan, ac Ifor Lloyd yn dwrdio'r gynulleidfa am glapio'n araf, tra saif Meredydd fel angel wrth ei ymyl yn barod i ganu, a Donald a Dilys gerllaw yn barod i ddianc. 'Tydw i 'rioed wedi profi'r ffasiwn ymddygiad gan gynulleidfa waraidd – sypôsd i fod!'

Mae cynnwrf yn y cefn, a daw Huw 'Cw i mewn. 'Asu, catastroffi! Ma' Kenneth yn dreifio car y gwnidog!'

'Oh my giddy aunt!' A rhutha bawb allan o'r neuadd i weld beth sydd wedi digwydd.

Y tu allan, gwthia Donald a Dilys o gefn y dorf i'r blaen, 'Wel duwadd annwl dad!'

'Rachmáninoff! 'Struth, what's happened, Donald?'

Ac ar hynny, mae'r Ford Popular yn gyrru'n syth i mewn i gwt ieir Thomas Williams, Llwyncoed Bach, ar waelod yr allt! Sgriala ieir Thomas Williams i bobman wrth i David Ailsworth a'i iâr yntau gyrraedd ar frys gwyllt a syllu'n gegrwth ar y llanast o'u blaenau. Mae Kenneth yn camu'n ansad allan o'r car, 'O diar!' Ac yna, o ganol y mwg a'r stêm mawr, mae'n cofio'n sydyn am ei drowsus gwlyb – cela'r patshyn gwlyb rhag y byd gyda'i law dde, 'Wps!'

Yn ddiweddarach mae Kenneth yn sgwrsio â Miss World yng nghegin ei chartref. Ystafell fechan dlodaidd yw, ond clyd yr olwg. Mae lle tân hen ffasiwn yno, a hen ddodrefn ail-law a dresel ar un wal, gyda drws yn arwain i'r gegin ac i'r cefn. Mae bwrdd bwyd bychan yn erbyn wal arall, a lliain brown a llestri patrymog glas a gwyn arno. Mae llenni trwm, tywyll ar bob ffenest, a thecell bob amser yn berwi ar y tân.

Hen wreigan fechan annwyl yw Miss World gyda mymryn o gyrls gwyn iawn yn yr ychydig wallt sy'n weddill ganddi ar ei phen. Mae'n gwisgo ffedog fawr sy'n fwy na hi ei hun bron, a sbectol ar ei thrwyn, ac mae Duw ym mhob rhych o'i hwyneb.

Daw Miss World o'r cefn gyda jŵg o ddŵr i'w roi yn y tecell ar y tân i'w ferwi.

''Wannwl! Nath dy sgêm di'm gweithio, felly?' Ac mae'n tywallt y dŵr i'r tecell.

'Naddo, fi 'nillodd!' Mae Kenneth yn eistedd yn y gadair wrth y tân. 'Dwi'n gorfod canu'n y gwasanaeth BBC rŵan – a ges i row am falu car Dad!'

'Wel taw 'rhen!' Eistedda Miss World gyferbyn ag o.

'Nath y lleill nogio cyn cyrradd diwadd y bennill gynta'n do – trio gneud! Dodd neb ishio ennill, cachwrs!' Ochneidia, 'Es i trw' hwnna i gyd i ddim byd, Miss World . . . a fydd pobol yn dal i ddeud achos 'mod i'n fab i'r gwnidog y ces i 'newis i blincin ganu!'

Dwys ystyria ei sylw olaf, cyn taro ar syniad newydd, 'Tasa chi'n yn lle fi, fydda chi 'di pi-pi ar y llwyfan, Miss World?'

Gan dywallt y dŵr berwedig o'r tecell i'r tebot ateba hithau, 'Wel falla . . . taswn i'n déspret!'

'Hm!' Mae Kenneth yn feddylgar, 'Jest gobeithio fydd 'na ddim mwy o ripyrcyshions!'

'Ripyr . . . be?' Tywallta Miss World de gwan iawn i gwpan.

'Ripyrcyshions – rhwbath ddudodd Cwy wrtha i pan ddud- odd o fod Tomi Bach y prifathro ishio 'ngweld i fory!'

'Hwda, dyma ichdi banad o de cyn i chdi fynd adra i dy wely, yli.' Mae'n pwffian chwerthin, 'Wel twyt ti'n gradur, dŵad!'

Y prynhawn wedyn, mae Kenneth yn cerdded i mewn i stafell y prifathro, Mr Ernest Thomas-Jones, neu Tomi Bach i bawb o'r plant.

'Tydach chi ddim yn canolbwyntio yn y dosbarth, fachgen. Be sy'n mynd ymlaen?' Ac mae'n edrych ar ei farciau yn ystod y flwyddyn.

'Dim, syr.'

'Dim, syr! Wela i. A be sy'n gyfrifol am y marciau gwael iawn yma? Da chi ddim wedi bod yn gweithio mae'n amlwg?'

'Do, syr.'

'Peidiwch â dweud celwydd, fachgen! Bydd yn rhaid imi gael gair gyda'ch tad, mae'n amlwg . . . fydda'ch tad ddim yn licio meddwl bod ei fab o'i hun yn dwp ac yn dod ar waelod ei ddosbarth, yn na fydde?'

'Na fydda.'

'Syr! Na fydde, syr!'

'Na fydda, syr!'

'Does ganddoch chi ddim parch at neb, nagoes fachgen?'

Nid yw Kenneth yn ateb.

'Nagoes, fachgen?'

'Nagoes . . . syr!'

'Dach chi'n byw ar blaned arall, tydach fachgen! Dach chi ddim yn perthyn i ni – dach chi ddim yn perthyn i neb, nacdach fachgen?'

'Nacdw, syr.'

'Be dan ni'n mynd i neud am hyn, Kenneth?'

'Dwi'm yn gwbod, syr.'

'Ddweda i wrtha chi. Dwi am ichi fynd adref a sgwennu pum cant o linellau yn dweud "O hyn allan dwi am fod yn gwrtais, o hyn allan dwi am ganolbwyntio ar fy ngwaith"! A dwi am i chi ei ddangos o i'ch tad, a'i gael o i lofnodi eich bod wedi ei ddangos iddo – a'i fod o'n gwybod pam ych bod chi'n cael y llinellau hyn. Chi'n deall, fachgen?'

Cyn i Kenneth gael amser i ateb, ychwanega, 'A dwi am ichi sgwennu llythyr o ymddiheuriad i mi'n bersonol am beidio dangos parch tuag ataf i – a chael eich tad i lofnodi hwnnw hefyd!'

'Diolch, syr!'

Y tu allan ar y stryd wrth ymyl yr ysgol a'r arhosfa fws, mae nifer o fechgyn mawr y pumed a'r chweched dosbarth yn smocio ar eu ffordd o'r ysgol – ac mae Kenneth yn eu plith. Ar gornel y stryd dônt ar draws criw o fechgyn lleol sy'n loetran, ac wrth i Kenneth basio mae un yn gafael yn ei fag ysgol a'i wagio ar lawr. 'Ylwch pwy sy 'ma, hogia – ciwrat!' Ac mae un arall yn ei wthio'n greulon yn erbyn wal a rhwygo'i gryspas. 'Bechod, glywsoch chi amdano fo'n piso yn 'i drwsus?' Mae'r lleill yn chwerthin am ei ben, heb i un o fechgyn mawr y pumed a'r chweched godi bys i'w helpu. Rhed Helen a Linda ato i'w gynorthwyo. 'Tishio help, Ken?' 'Na. Na, dwi'n iawn.' Mae ganddo gywilydd mawr ohono'i hun am fod yn y fath gyflwr, a bod merched o bawb yn cynnig ei helpu.

Ar hynny, cyrhaedda'r bws, ac mae pawb ond Helen ac yntau'n rhuthro'n wyllt i fynd arno. Helpa Helen ef i gadw'i lyfrau.

'Dos di, Helen, ne' fyddi di'n colli'r bỳs yli.'

'Na, mi helpa i di . . .'

Mynna'n flin, 'Dos, Helen!'

Ac mae Helen yn mynd, yn erbyn ei hewyllys, a gadael y Kenneth anniolchgar ar ei ben ei hun i gasglu ei lyfrau.

Erbyn iddo orffen rhoi popeth yn ôl yn ei fag, a gwisgo'i gryspas rhwygiedig amdano, mae'r bws wedi hen dynnu ymaith. Yn ddiachwyn, cerdda i gyfeiriad Llanllewyn, rhyw dair milltir pell i ffwrdd.

Wrth gerdded i mewn trwy ddrws ffrynt Ariel mae Kenneth yn clywed sŵn obsesiynol ei fam yn hŵfro'r llofftydd. Gwaedda tua'r llofft, 'Mam?' Ond does dim ateb. Sylwa wedyn bod drws stydi ei dad yn gilagored, a gwêl Donald wedi ymgolli mewn rhyw bregeth neu'i gilydd oddi mewn. Ochneidia Kenneth yn drist a cherdded i gyfeiriad y gegin.

Mae'r gegin yn ystafell fawr, ond nid yw'n foethus mewn unrhyw ffordd. Mae'r dodrefn – y ddresel gerfiedig gyda'i drych mawr, y bwrdd sgrwbiedig a'r cadeiriau – yn bethau pobl eraill. Mae yno bopty nwy a sinc a bwrdd sychu wrth ei ymyl gyferbyn â'r drws sy'n arwain i'r pantri. Gerllaw hwnnw mae'r drws cefn a'r ffenest sy'n edrych allan ar yr ardd a'r cwt ieir a'r owthows – yr hen dŷ golchi, y cwt glo a'r cwt cadw trugareddau. Ar ben arall yr ystafell wrth ymyl y ddresel mae'r lle tân agored, ac wrth ymyl hwnnw ar lawr mae gwely Bonso – y mwngrel amhrisiadwy. Ar waelod yr ardd, sydd beth pellter oddi wrth y tŷ, mae garej y Ford Popular, rhif BTF 46.

Daw Kenneth i mewn a thaflu ei fag ysgol ar y gadair wrth i Bonso neidio i fyny a'i groesawu'n gynnes. Mae ar lwgu, ac mae'n chwilota yn y bocs bisgedi ar ben y ddresel. Dim ond dwy fisged siocled sydd ynddo, ac mae'n bwyta'r rheini cyn crwydro tua'r pantri i chwilio am rywbeth arall i'w fwyta.

Ar ôl rhoi'r golau ymlaen yn y pantri, edrycha'n awchus o'i gwmpas ar y silffoedd – ond er mawr siom iddo, does dim sy'n fwytadwy ar wahân i hen duniau ffrwythau a phacedi siwgwr. Wrth droi i adael, sylwa'n sydyn ar borc pei maint teulu ar blât wedi ei chuddio yn y gornel. Mae'n edrych arni – ond heb ei chyffwrdd – yna mae'n parhau i chwilio am rywbeth arall i'w fwyta.

Ar ôl agor sawl tun o dan y lechen las, a chanfod dim yno i'w fwyta chwaith, mae golygon Kenneth yn dychwelyd eto at y porc pei. Wedi ennyd o feddwl, mae'n dod i benderfyniad, ''Na i o fel bo' neb yn gwbod!' A chymera'r plât gyda'r porc pei arno, a mynd yn ôl i'r gegin.

Mae'n gosod y plât ar y bwrdd, yn estyn cyllell o'r cwpwrdd, a chyda cywirdeb llawfeddyg, torra'n ofalus o amgylch y pei a thynnu'r gwaelod i ffwrdd. Mae'n gosod y cig o'r tu mewn ar blât arall, cyn torri dwy dafell o fara, a rhoi menyn arnynt. Yna, mae'n cymryd ychydig o'r cig oddi ar y plât, a gwneud brechdan iddo'i hun wrth ymyl y bocs bara. Wrth frathu'r frechdan yn awchus, try'n ôl at y bwrdd i roi gweddill y cig yn ôl yn y pei – dim ond i weld Bonso'n gorffen bwyta'r cig hwnnw ar lawr!

Yr un pryd, mae Dilys yn gweiddi mewn dychryn mawr o'r llofft. 'Waah! Donald, come quickly!' Ac mae Kenneth yn clywed sŵn Donald yn sgrialu i fyny'r grisiau, 'Be sy neno'r tad?' a sŵn gorymateb Dilys i ryw ddigwyddiad apoplectaidd.

Mae Kenneth mewn panic mawr – rhy'r gwaelod yn ôl ar y porc pei, a'i rhoi'n ôl yn frysiog ar y plât. Sycha'r plât â chadach rhag bod neb yn sylwi, a'i roi'n ôl ar y lechen las yn y pantri. Ar hynny, gwaedda Donald yn flin o'r llofft, 'Kenn-eth?' Mae Kenneth ar fin ateb, ond cofia'n sydyn bod llond ei geg o'r frechdan porc pei! Poera honno i'w law a'i bwydo'n gyflym i Bonso, 'Dod rŵan!' A chyn gadael am y llofft, chwilia am rywle i roi gweddill y frechdan o'i law. Gwêl y tun bisgedi ar y dresel – ac ar frys garw mae'n ei rhoi yn hwnnw.

Yn ystafell wely Kenneth, mae Donald yn cysuro Dilys, sydd wedi dychryn yn arw ac yn crynu fel deilen wrth gydio yng nghoes yr hŵfyr. Daw Kenneth i mewn i'r ystafell gan wybod yn iawn achos y cynnwrf, ond yn ceisio cuddio'r ffaith. 'Ia, be sy?'

Mae Donald yn flin, 'Ti roddodd yr oen marw 'ma dan dy wely, Kenneth?' Ac yno, wedi ei lapio'n rholyn mewn sachau o dan y gwely – mae oen marw! Sylla Kenneth arno yn gegrwth, euog.

Yn yr ardd gefn yn ddiweddarach, mae'r cynnwrf yn parhau. Mae Donald yn llosgi'r dillad gwely a'r carped oedd ar lawr yr ystafell wely, a'r llenni oedd ar y ffenestri – ac mae mwg mawr uwchben yr ardd a'r goelcerth yn ei hanterth; tra bod David Ailsworth a'i iâr, gyda sigarét heb ei thanio yn ei geg, yn tyllu twll yn yr ardd i gladdu'r oen ymadawedig. Mae'r twll i fyny at ei geseiliau.

'That's deep enough, David!'

Edrycha Kenneth yn drist ar y cyfan o'r drws cefn wrth geisio cysuro'i fam.

Yn ddiweddarach yn y gegin, mae Kenneth wedi cael ei sodro mewn sedd eisteddfodol fel pe bai ar brawf, tra bod ei rieni, sy'n canolbwyntio ar beidio colli eu tymer, yn ceisio deall meddwl eu mab, a'i gymhellion gwyrdroëdig.

'Pam, Kenneth?' Mae Dilys mewn penbleth. 'Ti'n gwybod pa mor fishi y'n ni – y gwasanaeth ar y BBC fore Sul a dy dad yn pregethu, y practis heno, y carnifal ddydd Sadwrn . . . ?'

'Anghofio nes i!' ac mae'n wylo.

'Anghofio?' Mae Donald yn flin. 'Anghofio bod 'na oen marw 'di dechra drewi o dan dy wely di?'

'O'dd gin i annwyd, o'n i'n methu clwad ogla!'

'Mi allat ti fod wedi dal pob math o afiechydon, hogyn . . .!' Caniatâ Donald saib hir er mwyn gadael i'r gwirionedd hwn suddo i'w ymennydd, a phryd hynny daw sŵn rhywun yn chwarae 'Dwy law yn erfyn' ar y piano o'r parlwr drws nesaf.

'Be 'di hwnna?'

'David Ailsworth! Ma'r cyfeilyddion arferol wedi mynd ar streic – pawb 'di pwdu. Fo fydd yn cyfeilio i chdi rŵan ddydd Sul!' Ond cyn i Kenneth gael amser i brotestio mae Dilys wedi bwrw iddi drachefn.

'So ti 'di ateb 'y nghwestiwn i 'to Kenneth – beth o't ti'n moyn gydag ôn marw?

'Ishio bod yn syrjon ydwi 'nde Mam – a mi ddudodd Cwy yn 'rysgol Sul fod Ben Morgan 'di colli oen y bora hwnnw . . .'

'Go on . . .'

'A mi athon ni draw i nôl o i lle Ben Morgan, ar ôl capal . . . .'

'A be odd Ben Morgan yn feddwl oeddach chi'n mynd i neud hefo oen marw o bopeth?'

Mae Donald yn cynhyrfu'n arw.

'Ddudon ni wrtho fo bo ni'n mynd i fynd â'r oen i'r ysgol, i'r wers *biology*!'

'Dweud celwdd!' Mae Dilys yn twtian yn hunangyfiawn. 'Ac yn lle 'ny, roddest ti fe o dan y gwely!'

'O'n i'n mynd i opyretio arno fo – onest Mam – a'i daflyd o cyn i chi na Dad wbod dim, ond mi nesh i anghofio amdano fo!'

'Anghofio am yr oen?'

Mae Kenneth yn sniffian a nodio'i ben.

'Dwi'n siŵr bo na rwbath iachach y gallat ti opyretio arno fo, Kenneth bach! Be wnawn ni hefo chdi dŵad – y steddfod, y malu'r car a rŵan hyn!'

Mae Dilys yn edrych ar y cloc, 'Mae bron â bod yn amser, Donald.'

'O ia, y practis canu!' Mae'n croesi at y drws a rhoi ei gôt uchaf amdano. 'Yli, os wyt ti ishio bod yn syrjon, 'runig ffordd, Kenneth, ydy gweithio'n g'letach yn yr ysgol . . . 'sgin ti waith cartref i neud heno?'

'Nagoe . . . oes!' Cofia am y 500 o linellau a'r llythyr y mae ei dad i fod i'w arwyddo. 'Fydd rhaid imi fynd i weld Miss World heno – dwi ishio'i help hi hefo un dasg . . . ym, hanes . . . fasa hi'n cofio!'

'Dim rhy hwyr gobitho!' Mae Dilys yn codi. 'A so ti 'di anghofio bo' practis band 'da ti am saith, ŷt ti?'

Teimla Kenneth ei fod wedi dianc yn weddol ysgafn ar y cyfan, ac mae'n awyddus i blesio. 'Na, o'n i'n cofio, Mami.'

Difrifola Dilys eilwaith. 'Oes 'na rywbeth arall ti'n moyn gweud 'thon ni Kenneth? 'Ma dy gyfle di.'

Oeda Kenneth wrth feddwl am y porc pei. 'Na . . . dim!'

'Siŵr nawr?'

Nodia'n euog.

'Ni'n bwyta'n hwyr heno, Hyacinth, am naw.' Gwisga Dilys ei chôt uchaf hithau. 'Felly paid loetran ar dy ffordd gartre . . . Cymer fisgeden os ŷt ti moyn bwyd!'

Cofia Kenneth yn sydyn am y frechdan yn y bocs bisgedi, 'Na! Na . . . na, dwi'n iawn diolch, Mam!'

'Ma'r codwrs canu 'di dechra gneud ffŷs rŵan . . .!' Ac mae Donald, yn ffodus, yn newid y pwnc wrth adael am yr ymarfer yn y capel drws nesaf, '. . . ma' pob un ishio codi canu ddydd Sul!'

''Struth!' Mae Dilys yn dilyn Donald am y drws, 'The trouble with some people!'

Wrth y drws, gwaedda Donald ar David yn y parlwr, 'David, tyrd rŵan!'

'Bi bidl bidl-bo bidl!' Ac mae David yn rhoi'r gorau i chwarae'r piano ac yn ymuno â nhw i adael.

'Bi bidl bi bo bi bi?'

'Yes, yes, come along!'

Disgwylia Kenneth eiliad i glywed clep y drws ffrynt, yna rhuthra tua'r pantri.

Wedi rhoi'r golau ymlaen, mae'n syllu'n hir ar y porc pei, cyn codi'r plât ac edrych arno o bob ongl. 'O ble ca i afa'l ar un arall, 'dwch?' Ac ar hynny, mae swn rhywun yn curo ar y drws ffrynt. 'Helen!' Ac mae'n diffodd y golau'n gyflym.

Gyda'i ewffoniym yn ei law, agora'r drws ffrynt i Helen – sy'n flin. 'Ti yma! Pam 'nest ti'm galw amdana i?'

Mae Kenneth a Helen yn hwyr i'r ymarfer, ac wrth iddynt gerdded i mewn i'r ystafell, mae aelodau eraill y seindorf yn eu croesawu'n swnllyd – ambell un yn gwneud synau awgrymog ac ensyniadau fod y ddau'n gariadon, 'Lle 'da chi'ch dau 'di bod?' 'Pam ti'n cochi, Ken?' a 'Falla cawn ni denor sax allan o'r ddau yma eto, Ifor!' Eistedda'r ddau ar wahân – Helen gyda'r cornetau, a Kenneth gyda'r ewffoniyms a'r offerynnau trwm, ac wrth ymyl Cwy.

'Gest di row gin Tomi Bach?'

'Ges i leins gin y basd . . .!'

Ac mae Ifor Lloyd – eto fyth! – yn torri ar eu traws, 'Reit hogia bach, Ôl in an Êpril Îfning, nymbar thyrti ffeif, un, dau, tri.' Mae'n taro'i fatwn, ac mae pob llygad arno. Yna, wedi cyfri'r curiad, una'r seindorf i ganu'r darn. Mae pawb am y gorau yn chwythu o'u hochr hi, a David Ailsworth yn arwain y tu ôl i Ifor, gyda'i iâr, yn hapus heb ofal yn y byd.

'Ylwch, hogia bach . . .' Mae Ifor Lloyd yn stopio'r band. 'Ma' 'na amball nodyn – sut dudwn ni dwch – amhersain, ia, yn dod o du'r ewffoniyms! Ken, 'rhen foi – wn i bo chdi'n gneud dy ora, ond Bî fflat ydy'r nodyn 'na yn bar sicstîn, cofia. Bî sharp sy'n dŵad allan o dy diwbs di'n anffodus! Practishio fasa'n dda, ti'm yn meddwl? Dw't ti'm ishio codi mwy o gwilydd ar dy dad dydd Sul, nagoes wash i?'

Cocha Kenneth at ei glustiau wrth droi at Cwy, ''Di o 'rioed yn mynd i chwara honna yn y Capal?'

'Wrth hel casgliad, falla . . .!'

Mae Ifor Lloyd yn tynnu coes, 'Ma ishio cymryd mantais o bob cyfla gawn ni fel Seindorf, 'toes hogia? Duwadd, falla cawn ni ddigonadd o waith ar y BBC wedyn!'

Edrycha Kenneth yn hunanymwybodol i gyfeiriad Helen, a gwena hithau'n gariadus yn ôl arno. Cocha fwy.

'Felly practishio plîs, Kenneth, fasa'n dda? Da washi! Rŵan hogia bach, un waith eto widd ffîling . . .' Ac mae'r seindorf yn chwarae *All in an April evening* i safon derbyniol iawn, wrth i Kenneth geisio'i orau i ganolbwyntio ar ei chwarae.

Yn hwyrach y noson honno, cerdda Kenneth a Helen yn araf i fyny'r Lôn Gefn i gyfeiriad cartref Helen yn y tai cyngor yn rhan uchaf y pentref. Mae'r ddau, wedi eu goleuo gan lampau'r stryd, yn ceisio gwneud i'w cerddediad bara'n hirach. Maent yn loetran braidd, ac yn tynnu ar ei gilydd, yn procio ac yn twtsiad. Wrth y giât gefn i gartref Helen, maent yn troi at ei gilydd i ffarwelio am y noson.

Mae Helen yn dynwared Ifor Lloyd, 'Practishio fasa'n dda, ti'm yn meddwl, Ken – dim mwy o chwara bym nôts?' Mae'r ddau'n chwerthin cyn i Kenneth ddifrifoli.

'Ga i ofyn rhwbath i chdi, Helen?'

Dychmyga Helen bob math o gwestiynau – rhamantus gan fwyaf. 'Dwn 'im!'

Syllant i lygaid ei gilydd – mae Helen yn gweld sêr.

'Dwi 'di bod ishio gofyn rhwbath ichdi trw'r nos . . .'

'Dim yn fama tu allan i'r tŷ!'

'Lle 'ta? '

'Dydd Sadwrn!' Mae'n meddwl. 'Rownd y tro wrth y ffatri ar Lôn Famau, ar ôl inni fartsio hefo'r band – ond paid â deud wrth neb, reit?'

Mae Kenneth ar goll braidd, 'Reit!'

'O, dwi'n rŵd . . .' Mae hi'n cofio'n sydyn, 'Ti'm 'di gofyn imi eto, naddo?' Edrycha Kenneth arni'n hurt. 'Ti'n gwbod . . . be oedda chdi 'di bod ishio'i ofyn imi trw'r nos?'

'O ia . . .' Mae'n cofio, ac wedi saib hir mae'n gofyn, 'Sgin dy fam borc pei sbâr ga i fenthyg?'

Mae Helen wedi ei brifo, a rhy glamp o slaes front iddo ar draws ei wyneb, cyn rhuthro am adref yn beichio crio.

'Be ddudish i rŵan?' Mae'n gweiddi ar ei hôl, 'Helen?'

Ond mae Helen wedi mynd.

Wrth i Kenneth gerdded i mewn i'r gegin yn Ariel, a'i feddwl ar ymateb Helen, stopia'n stond. Yn sefyll o gwmpas y bwrdd, yn aros am rywbeth i'w fwyta, mae dau ddyn. Cyflwyna Dilys bawb i'w gilydd.

'O, Kenneth . . .! Dyma fe, Mr Prysor – y mab, Kenneth w. Mae Mr Prysor yn gynhyrchydd 'da'r BBC, Kenneth, a fe sy'n cynhyrchu'r gwasaneth fore Sul . . . Ysgwyd law 'da fe, Kenneth.' Mae Kenneth yn ufuddhau'n gwrtais. 'A ti wedi cyfarfod Mr Garfield Morgan o'r blân, yn do fe!' Ac mae'n ysgwyd llaw ag yntau hefyd. 'Fe roddodd y wobr gyntaf i Kenneth am ganu yn yr Eisteddfod, Mr Prysor – ma' llais biwtiffwl 'da fe, on' do's e, Mr Morgan?'

Mae Mr Morgan yn nodio'n glên. 'Llawn haeddu'r fraint o gael canu yn y gwasanaeth ddwedwn i.'

'Dowch, steddwch.' Tynna Donald ei gadair allan. 'Tydi'r ddynas 'ma'n ych cadw chi'n siarad, a chitha ishio mynd yn ôl yr holl ffordd i Fangor.'

Wrth i'r boneddigion eistedd, mae Dilys yn gwneud siâp ceg ar Kenneth, 'Kenneth, sinc!'

Edrycha Kenneth yn hurt arni.

'Wash your hands!'

'I be . . .?'

Mae ei fam yn ei dynnu at y sinc, 'Now don't start!' Yna, gwisga wên fawr ffals. 'Be oedde chi'n feddwl o'r sopranos, Mr Morgan?'

'Y sopranos yn eithaf. Piti garw am y gontraltas 'na hefyd – llais fel tarw ganddi, ac yn difetha'r Amen yn yr ail emyn.'

Rhy Dilys dywel i Kenneth i sychu ei ddwylo, 'Hilda Griffiths! Carruthers! Ma' hi'n 'i wneud e'n fwriadol, Mr Morgan – y llaish mowr – protesto ma' hi o achos bo hi ddim yn cal ware'r organ ddydd Sul!' A rhy gadach i'w mab sychu ei geg, wrth i Mr Prysor ysgwyd ei ben yn drist, 'Ni bob amser yn cal y drafferth hyn – ma' pawb ishie bod yn geffyle blân on' dy'n nhw!'

Mae gan Donald awgrym i'r cynhyrchydd, 'Oes modd symud Hilda Griffiths i'r galeri, i ffwrdd oddi wrth y meicroffôns?'

'Dyna wnawn ni fore Sul, dweud wrthi fod ei llais yn swnio'n bertach o'r fan honno. Hen dric!' Ac mae pawb yn chwerthin, wrth i Kenneth groesi i eistedd wrth y bwrdd.

'Ma Ifor Lloyd yn bwriadu chwara Ôl in an Êpril Îfning yn capal dydd Sul!'

Rhyfedda pawb, 'Beth?'

'Dio'm ishio gweld y Band yn colli cyfla, ac y cân' nhw lot o waith ar y BBC wedyn, medda fo!'

Mae Mr Prysor yn bwysig awdurdodol, 'Gân nhw wir! Wel, gân ni weld am hynny!'

Ac mae pawb yn chwerthin drachefn, wrth i Dilys ddod â phowlen o salad a brechdanau i'r bwrdd. 'Nagyw pawb yn lico pethe pôth 'da salad, ond wy' bob amser 'di serfo salad 'da pei mam-gu!'

Dychryna Kenneth.

'Fel arall, ma' popeth yn ych plesio chi, Mr Prysor?'

'Ody, ac eithrio'r weddi Mr Parry – mae'n llawer rhy hir. Torrwch hi'n 'i hanner!'

'Ond Gweddi'r Arglwydd 'di'r unig weddi, Mr Prysor!'

'Ife? Wel torrwch hi ta beth!'

Mae Mr Morgan yn awyddus i ddechrau sgwrs, 'Pei Mam-gu wedsoch chi, Mrs Parry?'

Agora Dilys y popty, 'Ie ie, hen risêt! Mam-gu ddysgodd fi shwt i baratoi'r ffiling. Porc pei yw e. Ond porc pei *home made* on'tefe!' Ac edrycha ar Donald a Kenneth a'u herio i anghyd-weld â hi. 'Lwcus bod un 'da fi wedi'i chogino'n barod – wyddwn i ddim bo' chi'n bwriadu aros i swper – Rachmáni-noff, 'na lwc on'tefe?'

Syrthia wyneb Kenneth wrth i Mr Prysor a Mr Morgan ei phlesio fel un, 'Ein lwc ni, Mrs Parry,' ac i Mr Morgan ychwanegu, 'Diolch ichi am gynnig paratoi gwledd fel hyn. 'Da chi'n garedig iawn.'

Mae Dilys yn wylaidd, 'Dim ond snac fach Mr Morgan! Y ffiling sy'n 'i wneud e'n sbeshial – wy'n defnyddo *wild mushrooms!*' Ac mae'n tynnu'r porc pei allan o'r popty nwy.

'Mam, rhaid imi fynd i'r toilet!'

'Paid ti meiddio symud, Kenneth Parry!' Ac mae'n gosod y pei ar ganol y bwrdd fel pe bai'n goron ddrud. 'Donald?'

'O ia! Mi wna i ofyn gras?' Gwyra pawb eu pennau, 'Bendithia nawr yr hyn sydd o'n blaenau – boed i'r wledd hon fod yn arwydd o'n diolch diffuant i Ti, ein cynhaliwr. Amen.' A gweddïa Kenneth weddi daerach.

'Donald?' Mae Dilys yn rhoi cyllell iddo dorri'r pei.

'O! Reit!' Yn araf, araf mae'r gyllell yn agosáu at y pei wrth i bawb heblaw Kenneth lafoeri uwch ei ben. Yn sydyn, mae'r gyllell yn mynd yn syth trwy'r pei, sy'n datgymalu'n llwyr ar y plât yng ngŵydd pawb!

'Oh my giddy aunt!'

'Wel duwadd annwl!'

Ofna Kenneth y gwaethaf, wrth i Mr Morgan a Mr Prysor edrych ar ei gilydd yn llawn embaras.

'O, 'na silly wy 'di bod!' Edrycha bawb yn llywaeth ar Dilys, 'Ie. Ynghanol yr holl brysurdeb w, 'da gwasaneth dydd Sul ac yn y blân, 'struth, rhaid bo' fi 'di anghofio rhoi ffiling mam-gu i fewn yn y pei wrth goginio heddi! Wel 'na beth twp i'w wneud on'tefe!' Ac mae'n chwerthin yn wirion wrth i bawb arall, er mawr ryddhad, ymuno â hi yn y chwerthin. 'Allwch chi fyth fadde i fi?' Diflanna Dilys i'r pantri, wrth i Mr Morgan gamu'n ystyrlon i'r adwy. 'Peth hawdd iawn i neud, Mrs Parry. Dwi'n hoff iawn o salad ar ben 'i hun fel mae'n digwydd – peth gora posib i'r focal côrds dwi 'di ffeindio!'

Ac wrth i Dilys ddychwelyd gyda thun cig yn ei llaw, mae Mr Prysor yn gwneud ei ran yntau hefyd. 'Wy'n cytuno, ma' fe'n beth iach iawn, salad; wy'n 'i gal e'n dda iawn at y bŵals!'

A gwena pawb yn gwrtais ar ei gilydd wrth i Dilys agor tun o spam.

Yn hwyrach, y tu allan i Ariel, mae'r ymwelwyr yn barod i gychwyn am adref yn eu car. Saif Donald a Dilys wrth ffenest Mr Morgan, sy'n gyrru, gyda Kenneth yn y cefndir ac ar bigau'r drain.

'Heb os, un o'r pryda gora dwi 'rioed wedi'i flasu! Diolch ichi fel teulu . . .'

Ac o sedd y teithiwr, mae Mr Prysor o'r unfarn, 'Wy'n cytuno, rodd e'n scrumptious!'

Mae Mr Morgan yn rhoi ei droed ar y sbardun. 'Byddwn ni yma hefo'r fania a'r technegwyr nos Sadwrn – i rigio fyny. Welwn ni chi 'radag hynny.'

'Dowch yn gynnar os fedrwch chi. Ma' Kenneth ni'n martsio hefo'r band!'

'O Dad!'

'Allwn ni ddim gaddo dim.' Ac mae Mr Morgan yn gyrru i ffwrdd gan weiddi o'i ôl, 'Da bo chi, a diolch am y wledd!'

Saif Donald, Dilys a Kenneth mewn cwmwl o fwg du.

'Celwdd! Nag o'n nhw'n meddwl gair o'n nhw'n weud!'

'Mam, be 'di 'scrumptious'?'

A rhy swaden iddo ar draws ei ben.

'Owj! Am be odd hwnna?'

Mae'r tri'n cerdded yn ôl tua'r tŷ, gyda Dilys mewn tymer tymestl. 'Wy'n mynd i sorto hyn mas peth cynta bore fory! Nagw i 'riôd 'di teimlo shwt gywilydd – rhoi tun o spam i gynhyrchydd o'r BBC! Fydd pawb yn werthin ar 'y mhen i w!'

'Tasa ti heb ddeud celwydd ma' résypi dy nain odd o, fasa petha ddim wedi bod cynddrwg . . .'

''Struth! A 'mai i yw e nawr, ife?'

'Nes i'm deud hynna, naddo . . .!'

'Carruthers, wy'n mynd i wneud i Edgar a Morfudd Siop dalu am hyn – wy'n mynd i'siwo nhw – gwneud ffŵl ohona i fel 'na o flân shwt bobol bwysig!' Wrth fynd i mewn trwy'r drws meddai, 'Pidwch â symud y pei 'na, Donald; ye gods, wy'n moyn i Edgar a Morfudd weld yr efidens 'u hunen! Rachmáninoff, a phaid tithe â bod yn rhy hwyr yn lle Miss World heno, Kenneth!' Ac mae'n cau'r drws yn glep ar y byd.

Yn ddiweddarach yng nghegin Miss World, mae Kenneth yn gorffen sgwennu llythyr byr i'r prifathro. 'A ma ishio i chi roi'ch enw ar hwn, Miss World – wel, enw Dad 'te!' Ac mae'n rhoi'r llythyr i Miss World, cyn dechrau sgwennu'r 500 o linellau gyda phump o bensiliau wedi eu clymu i'w gilydd. 'O hyn allan dwi am fod yn gwrtais . . . o hyn allan dwi am ganolbwyntio . . .'

Darllena Miss World ei lythyr i'r prifathro. 'Be nest ti i haeddu'r holl gosb 'ma, dŵad?'

'Tomi Bach sy'n pigo arna fi, jesd achos 'mod i'n fab i w'nidog!'

''Wannwl, jesd am hynny bach?'

Mae Kenneth yn cwblhau llinell arall. 'Gafon ni banics yn tŷ ni heno.'

'Un "n" sy yn "personol"! Be ddigwyddodd, felly?'

'Odd mam 'di prynu porc pei i neud i swpar, achos bod na gynhyrchydd o'r BBC a rhyw Mr Morgan . . .'

'Garfield Morgan, y cerddor . . .?'

'Ia, yn aros i swpar ar ôl y practis.'

'Ia? Duwadd, ma' dy sgrifen di'n flêr cofia – mi wnaet ddoctor ffyrst class!'

'Wel, pan ddoth hi'n amsar torri'r pei, dodd dim byd tu mewn iddi hi!'

'Be ti'n feddwl, dim byd tu mewn?'

'Dodd na'm ffiling yn y pei – mond lle gwag!'

'Rarswyd! Be nath dy fam?'

'Rhoi tun o spam iddyn nhw!'

Chwardd Miss World yn harti, 'Tun o spam?'

'Dodd ganddi ddim byd arall yn y tŷ!'

'Wel yn y wir!' Ac mae'n cael pwl arall o chwerthin.

'Be sy?'

'Meddwl am y bobol bwysig yna'n gorod byta spam o'n i!' Ac mae'n chwerthin mwy.

Nid yw Kenneth yn gweld y jôc mor ddoniol â hynny erbyn hyn. 'Da chi 'di gorffan darllen y llythyr 'na i Tomi Bach eto?'

'Do, do.' Ac mae'n ei lofnodi. 'Dyma chdi.'

Mae Kenneth yn edrych ar y llythyr. 'Pwy 'di Jinnie Williams?'

'Wel fi siŵr iawn, pwy ti'n feddwl dŵad?'

'Enw Dad odda chi fod i roi!' Mae'n flin. 'Fydd rhaid imi 'i sgwennu o i gyd eto rŵan yn bydd . . .!' Ac mae'n cymryd darn arall o bapur.

'Wel sgwenna'n dwtiach tro yma 'ta!' A dechreua Miss World bwffian chwerthin eto, 'Tun o spam, wir!'

Nid yw'n jôc o gwbl i Kenneth mwyach.

Yn ddiweddarach yn ei ystafell wely, mae Kenneth yn barod i

fynd i'w wely, ac ar ei liniau wrth erchwyn y gwely yn dweud ei bader gyda rhyw angerdd mwy nag arfer.

'Plîs Duw, paid â gadal i mam ffeindio allan am y porc pei . . . a dwi ddim ishio iddi hi fynd i ddeud wrth Morfudd ac Edgar Siop. Amen!'

Yn gynnar y bore wedyn, mae Dilys yn arwain tyrfa fechan o'r siop a'r swyddfa bost ar draws y ffordd i gyfeiriad Ariel. Yn ei dilyn mae Morfudd ac Edgar siop, Bessie Fusneslyd, Hilda Gegog y gyfeilyddes, Evelyn y flonden, Gwenda ei ffrind, a David Ailsworth a'i iâr.

Mae David yn aros ar y palmant i gerbyd fynd heibio, ac mae'n cael ei wahanu oddi wrth y gweddill. Cusana'r iâr tu mewn i'w gôt, a phrancio'n wyllt wrth groesi'r ffordd i geisio dal i fyny. 'Whi bibl-bibl di!'

Yn y cyfamser, yn Ariel, daw Kenneth i mewn i'r gegin wedi ei wisgo ac yn barod i adael am yr ysgol. Mae Donald yn mopio'r llawr, wrth i Bonso orwedd yn glaf gerllaw.

'Be sy'n bod ar Bonso?'

'Mae o 'di bod yn sâl, chwydu dros y lle i gyd – wedi byta rhwbath siŵr o fod!'

Edrycha Kenneth yn bryderus. 'Fuodd o'n chwydu lot?'

'Do, yn dalpia mawr dros y llawr i gyd!'

Daw Dilys a'r lleill, a gwthio'n dalog i mewn i'r gegin. 'There! 'Na fe, there!' Ac mae'n pwyntio at y pei.

Saif Donald yn ôl er mwyn i bawb weld yn well; ac mae Edgar a Morfudd siop yn syllu arni mewn anghrediniaeth wrth i Bessie Fusneslyd gamu 'mlaen. 'Be 'sa'r *News of the World* yn 'i ddeud – a'r gwasanath yn dod o'r Capal ddydd Sul?'

Bysedda Donald ei goler gron yn euog, tra coda Edgar y plât ac edrych yn ofalus ar y pei gan ysgwyd ei ben. 'Wel, nid yn bai ni 'di o. Mond 'i werthu o nathon ni, 'te Morfudd?'

'O Edgar, be nawn ni . . . be tasa nhw'n siwio?'

'Mi ffonia i "Roberts of Portdinorwic" . . . nhw na'th y pei!' Ac mae Edgar yn gadael i ddychwelyd i'w siop.

''Sishio gneud yr holl ffŷs 'ma, dwch . . .?' mentra llais un deuddeg oed.

'Nobody asked you!' Ac mae Dilys yn cau ceg Kenneth yn swta, cyn troi at Morfudd a'i chysuro'n glên, 'No, we won't sue, Morfudd fach . . .'

'O na?' Mae Donald yn synnu at ei hateb.

Saif Kenneth wrth y drws, yn edrych ar hyn oll ac yn ofni'n canlyniadau, wrth i David Ailsworth a'i iâr ddod i mewn. 'Mi a' i 'ta.'

'A phaid â bod yn hwyr yn dod gartre, Hyacinth. Ma David yn dod draw am bractis boiti pedwar, aren't you David?'

'Bi bidl bi bi!'

Mae Kenneth ar fin ateb ei fam, pan sylwa Donald fod David yn bwydo'r porc pei i'w iâr, 'Arglwydd mawr!' Ac mae'n cipio'r plât o dan big yr iâr wrth i bawb ymateb i'w reg. 'Sori!' A rhy'r pei yn ôl ar y bwrdd gan edrych yn euog.

Yr un mor euog, mae Kenneth yn gadael am yr ysgol.

'Wn i'm be i' neud o'r peth wch chi, na wn i wir!' Ac ar sylw Hilda Gegog, mae Bessie Fusneslyd yn dechrau chwerthin yn wirion. Edrycha pawb yn ddilornus arni, ond does neb yn dweud dim.

Yn y siop, mae Edgar ar y ffôn i 'Roberts of Portdinorwic'. '. . . No, they look as if they're going to be in all day . . . I'll check with them if they'll be home . . . righty ho . . . you'll call at four o'clock. I'll tell them. But it's nothing to do with us, you understand? The pie I mean . . . you made it! No . . . Hwyl 'wan.'

Erbyn iddo orffen siarad mae ciw wedi ffurfio sy'n ymestyn ar hyd y siop ac allan i'r ffordd fawr – tua pymtheg o bobl i gyd, ac mae'r ciw yn cynyddu bob eiliad. 'Aros fyddwch chi, ma' gen i ofn. Ma' 'na rwbath 'di digwydd – fydd raid ichi jest witsiad!' Ac wrth i Edgar adael yn flin i ddychwelyd i Ariel, mae pawb yn holi a stilio'n frwd ymysg ei gilydd.

Yn yr ysgol, yn y wers addysg grefyddol, mae Kenneth yn eistedd ar flaen y dosbarth, ac yn teimlo fod pawb yn edrych arno fel pe bai'n ganolbwynt y bydysawd. Eistedda Helen, wedi pwdu, yn y cefn yn osgoi ei edrychiadau pathetig i'w chyfeiriad. Sonia Porci, sy'n rhochian yn dragwyddol, am onestrwydd – ac mae baich euogrwydd Kenneth yn trymhau fesul cymal.

'. . . A dyna a wnaeth Jacob, soch! Lladd dwy afr dda, a rhoi dillad Esau amdano, a thwyllo'i dad. Dweud anwiredd, soch! wrth 'i dad, deud celwydd – dyna wnaeth Jacob; ac wrth gwrs arweiniodd hynny at anhapusrwydd mawr i Jacob maes o law, soch! Y peth sy'n digwydd i bawb, wrth reswm, sy'n deud celwydd wrth 'u rhieni neu'n twyllo'u rhieni! Byddant yn dioddef tynged Jacob!'

Ac mae Kenneth yn gwelwi'n waeth.

Yn ddiweddarach, mae Helen ymhlith nifer o ferched eraill sy'n cerdded ar frys i'w cinio yn neuadd yr ysgol. Daw Kenneth ar ei hôl, 'Helen aros, plîs . . . yli, sori. Dwi'n sori am nithiwr, odd gin i rwbath ar 'y meddwl, yli!'

'Oedd, porc peis!'

'Yli fedra i'm egluro rŵan, ond . . .' Ac ar hynny, gwêl lorri 'Roberts of Portdinorwic' wedi ei pharcio'n fygythiol wrth gegin yr ysgol. 'O, mai god!'

Ac wrth iddo ef ymgolli yn ofn arwyddocâd presenoldeb y lorri, mae Helen wedi troi a'i adael.

'Hei, Helen . . . aros!'

Yn y neuadd ginio, saif Helen o flaen Kenneth yn y ciw i gasglu bwyd i'r byrddau. Mae'r ddau yn fonitoriaid.

'Plîs, Helen. Yli, na' i egluro ichdi – os nei di addo pidio deud wrth neb arall!'

'Dwi'm yn cadw sîcrets!' Ac i ffwrdd â hi'n swta i gyfeiriad ei bwrdd bwyd.

Ymhen hir a hwyr, mae Kenneth yn derbyn ei fwyd yntau, sydd mewn powlenni â chaeadau arnynt, a chroesa'r ystafell yn drist gyda'i hambwrdd, ac eistedd wrth lond bwrdd o fech-gyn barus sy'n fodlon lladd am fwyd. A hwythau'n llythrennol lafoeri, coda gaead un o'r powlenni – a gwaedda'r bechgyn fel un, 'Grêt, porc peis!' Wrth i'r byrddiad cyfan fachu'n awchus y porc peis braf oddi ar y bowlen, bratha Kenneth ei wefus yn bryderus wrth gofio am yr hyn sydd yn ei aros wedi iddo ddychwelyd gartref.

Ym mharlwr Ariel, mae David Ailsworth yn chwarae'r *Hallelujah Chorus* ar y piano gyda sigarét yn ei geg, tra bod Dilys yn ôl ac ymlaen at y ffenest yn edrych allan ac yn disgwyl yn eiddgar i rywun gyrraedd. Cysga Bonso ar y mat.

'Don't you dare light that cigarette, David!' Yn sydyn, gwêl Kenneth yn cyrraedd. 'Iw hw!' A gwaedda'n flin arno drwy'r ffenest, 'Iw hw! Kenneth?'

'We'll have a quick practice David!'

Mae David yn gorffen chwarae'r *Hallelujah Chorus* a rhoi cusan slei i'w iâr dan ei siwmper heb i Dilys weld. 'Bi diblbidl di!'

Daw Kenneth i mewn i'r parlwr.

'Dere, quick!' A chyn iddo gael amser i gael ei wynt ato, cymra Dilys ei fag a'i gryspas oddi arno, a'i sodro i sefyll wrth ymyl y piano. 'Nawr cana!'

'Be 'di'r holl frys?'

''Struth, ma' bachan "Roberts of Portdinorwic" yn galw boiti pedwar i sorto mas y busnes porc pei hyn. Nawr dere – ni moyn practis fach 'da David cyn 'ny! Nawr hasta! David?'

'Bi di?'

'Yes yes, play!'

Cyfeilia David wrth i Kenneth geisio canolbwyntio ar ei ganu – ond mae'n ei chael hi'n anodd iawn gwneud. Cana allan o diwn, ac mae'n hwyr yn dod i mewn ar ddechrau pob pennill.

> Dwy law yn erfyn sydd yn y darlun
> Wrth ymyl fy ngwely i;
> Bob bore a nos, mae'r weddi'n un dlos,
> Mi wn er na chlywaf hi.
>
> Pan af i gysgu, mae'r ddwy law hynny
> Wrth ymyl fy ngwely i;

Mewn gweddi ar Dduw i'm cadw i'n fyw,
Mi wn er na chlywaf hi.

Edrycha Dilys drwy'r ffenest, gan gadw un lygad ar Kenneth
a'r llall ar y ffordd y tu allan i'r tŷ.

A phan ddaw'r bore, a'r wawr yn ole
Wrth ymyl fy ngwely i,
Mae'r weddi o hyd yn fiwsig i gyd,
Mi wn er na chlywaf hi.

Rhyw nos fach dawel . . .

'Stop, stop! My giddy aunt! Wy'n gobitho bo ti'n mynd i
ganu'n well na 'ny ar y BBC ddydd Sul, Kenneth! Rach-
máninoff! From the top again, David. Ceisia ganu mewn
tiwn, Kenneth. Goodness gracious me – ti'n canu fel iâr w!'

Ac ar hynny mae iâr David Ailsworth yn penderfynu cyf-
rannu i'r sgwrs.

'David! Have you got that hen with you? Out! Out!'

'Bo bi bi bwdl-bwdl bi do!' Mae David mewn panic mawr
wrth i Dilys ei wthio ef a'i iâr allan o'r ystafell. 'Hen iâr front
yn y parlwr gore, w! For shame, David!'

Yng nghanol y cythrwfl, mae sŵn curo ar y drws ffrynt.
Rhewa pawb.

'Oh, my giddy aunt – bachan "Roberts of Portdinorwic"!'
Mae'n gweiddi, 'Donald, Donald, ma' fe 'ma! Kenneth, cer i
ateb y drws – glou! David, you go out the back. Shew!'

Mae Kenneth yn gyndyn i fynd, 'O Mam!'

'Kenneth! Y drws!'

Ac fel petai'n mynd i'w dranc, mae Kenneth yn ateb y
drws, tra rhuthra Dilys a David Ailsworth a'i iâr am y gegin
gefn, gyda Donald yn ymuno â nhw o'r stydi.

Agora Kenneth y drws ffrynt yn araf, ac yno, saif Robert
Roberts o "Roberts of Portdinorwic".

'Where is it?' A cherdda'n syth i mewn i'r gegin.

Gyda 'Dowch i mewn' ar ei wefus, mae Kenneth yn gwybod rhywsut mai hyn fydd ei ddiwedd.

Edrycha Robert Roberts yn hy o gwmpas y gegin, fel tai e'n berchen ar y lle. Nodia ar Donald a Dilys, sy'n sefyll yno'n nerfus, cyn sylwi ar y porc pei ar y bwrdd. Mae'n siarad fel pe bai'n llyncu wy, 'Ah yes!' A cherdda at y bwrdd a dechrau studio'r pei o bob ongl, yn twt-twtian wrth wneud. Saif Kenneth yn ofnus yn y cefndir wrth i Robert Roberts barhau gyda'i archwiliad gofalus, a chlirio'i lwnc yn sydyn, ddramatig, fel ceffyl yn gweryru.

Mae Dilys yn dechrau adeiladu achos cryf dros iawndal. 'I was most put out, you know! Ye gods, it was very embarrassing for . . .'

Ond mae Robert Roberts yn ei thewi trwy ddal ei law i fyny.

'Duwadd annwl dad!' Cymra Donald trosodd, 'Important pîpl wi had hîr, ffrom ddy BBSî iw no!'

'The BBC you say?'

Mae'n amlwg fod hyn yn cario cryn bwysau, 'Wel yes, achan!'

'Hm!' Mae Robert Roberts yn parhau i edrych ar y pei, yna ar Donald, Dilys a Kenneth, bob un yn eu tro, a 'nôl drachefn ar y pei. 'Hm!'

Ni all Kenneth oddef mwy, 'Look, I think I'd better . . .'

Ond cyn iddo allu derbyn cyfrifoldeb am y pei, mae Robert Roberts yn torri ar ei draws, 'Yes, it does sometimes happen . . .' Edrycha ar Kenneth yn gyhuddgar, cyn meddalu a mynd yn wylaidd. 'You see, the machine that's responsible for putting the filling in the pies will, sometimes, miss one out . . . such a nuisance when that happens.' Mae'n clirio ei lwnc yn derfynol, 'I am sorry. Will you accept a hamper for the inconvenience we've caused you and your parents?'

Deil Dilys ei gwynt yn gynhyrfus, ond nid yw Kenneth yn dweud dim – edrycha'n bryderus ar ei rieni. 'Wel . . .' Mae'n petruso, 'Be 'da chi'n 'i ddeud, Mam a Dad?'

Mae Dilys yn or-eiddgar, ''Struth, wel, gweud ie siŵr iawn!'

'Dad?' Gobeithia y bydd ef yn dweud na, a'i arbed rhag cyflawni mwy o anonestrwydd.

'Duwcs annwl dad, deud "Ia" siŵr iawn – dydyn nhw ddim i fod i werthu peis heb ddim byd tu fewn – eitha gwaith â nhw!'

Yn erbyn ei ewyllys, felly, mae'r penderfyniad yn gorfod cael ei wneud. 'Thank you very much!' Gwena'n wan.

'Good. Very good.' Ac mae Robert Roberts yn dychwelyd y wên wan, cyn gadael yr ystafell.

Mae Dilys yn ei seithfed nef, 'My giddy aunt, wy mor ecseited w! Carruthers, ysgwn i beth fydd yn yr hamper, Donald?'

'Porc pei arall falla, ichdi neud pryd iawn i'r bobol BBC 'na!'

'Ŵ, 'na syniad!' Tawela a chasglu'r ddau ati, 'Neb i weud gair am hyn wrth neb, chi'n deall? Kenneth?'

'Wel 'na i ddim sôn wrth neb, siŵr!'

Ar hynny, daw Robert Roberts a rhyw Wili John y gwas bach i mewn, yn cludo clamp o hamper rhyngddynt. 'With the compliments of "Roberts of Portdinorwic"!'

A gosodant ef ar ganol y bwrdd. 'Good day to you, young sir!' Mae'n bowio. 'Reverend! Madam!' Bowia drachefn. 'Come along, Wili John!' ac mae'r ddau'n gadael yn urddasol.

Wedi ond eiliad fer o chwilio'i gydwybod, agora Kenneth yr hamper enfawr, a byseddu drwy'r danteithion anonest: poteli o win a gwirodydd lawer, sigârs, cigoedd, caws, a bisgedi a thuniau drudfawr o bob math, sosejys – a phorc pei anferth maint teulu!

'Sbiwch Mam . . .!'

Mae Donald a Dilys yn brysur hefyd yn byseddu drwy'r danteithion, 'Look, Hyacinth, wy bob amser wedi bod ishe blasu champagne!' Cymra Donald y botel oddi arni gan wgu'n ddirwestol.

'Bi bo bidli-do?' A saif David yn y drws cefn gyda'i iâr.

Mae Dilys yn estyn am baced o fisgedi drud. 'Rho'r bisgedi siocled 'ma iddo fe am ware'r piano iti . . .'

Ond mae Kenneth wedi cael syniad gwell. Edrycha am ganiatâd ei dad. 'Dad? Geith o'r sigârs 'ma?' Nodia Donald yn rasol. 'There you are, David!'

Ac mae David yn croesi atynt a rhoi'r sigâr anferth yn ei geg, 'Bo smo-bw bw!' Ac mae pawb yn chwerthin.

'Off you go now, David – come back tomorrow night, look. We'll have another try at Kenneth's song then! Bye bye!'

'Bidl bo di ba-ba.' Ac mae David Ailsworth a'i iâr yn mynd gan bwffian yn llawen ar ei sigâr, wrth i Dilys weiddi ar ei ôl, 'And don't light that cigar now, David!'

Chwardda pawb, wrth i Dilys afael yn y bisgedi siocled o'r hamper a throi'n bwrpasol tua'r dresel, 'Ro' fi rhain yn y tun bisgedi!'

'Na!' Mae Kenneth mewn panic mawr. Mae newydd gofio bod y frechdan borc pei yno ar ei hanner o hyd! 'Na! Na, na!' Cipia'r paced bisgedi oddi arni, a'i anwylo i'w fron. 'Mi 'na i hynny Mam! Deud y gwir, mi 'na i bopeth . . . clirio'r holl betha 'ma a'u cadw yn y pantri ichi Mami – achos . . . achos 'mod i ishio deud sori. Sori am bopeth dwi 'di neud!' Mae'n ychwanegu'n annwyl, 'Fedrwch chi fadda imi, Mam a Dad?'

''Ngwas i!' Gwena Donald a Dilys yn falch. 'Wel deud y gwir, *ma'* rhaid i mi fynd rŵan – y codwrs canu ishio cyfarfod i drafod 'u streic . . .'

'Finne 'ed, pwyllgor y chwiorydd!' Ac mae'r ddau'n paratoi i adael.

Mae Kenneth yn hapus wrth i Donald roi ei gôt amdano. 'Pryd 'dan ni'n mynd i gal ista lawr i fyta fel teulu normal, dwch?'

''Struth!' Mae Dilys yn bigog, 'Mae'r wythnos hyn 'di bod yn hectic, Donald; ye gods, 'sda fi ddim amser 'di bod w!' Daw saib wrth i'w thymer ostegu, 'Carruthers, o'r gore! Shgwlwch, wy'n addo cawn ni fwyd iawn fory . . . ar ôl y carnifal.' Ac mae'n gafael yn y porc pei o'r hamper. 'Ac fe gawn ni'r porc pei anferth hyn yn drît i de, ody hynny'n pleso?'

Gwna Donald a Kenneth synau cadarnhaol iawn, wrth i Dilys ychwanegu, 'Byt di rywbeth o'r hamper i swper, Kenneth. Wyt ti'n mynd i weld Miss World heno?'

'Jesd am 'chydig.'

'Alwa i amdano ti yno felly, wedi i'r pwyllgor gwpla.' Ac mae'n ei gusanu. 'Bydd di'n good boy nawr, Hyacinth!'

'Ia, a cer â rhywbeth bach yn bresant i Miss World o'r

hamper 'na, Jac-y-do!' A ffwrdd â nhw gyda Donald yn cau'r drws ffrynt yn glep o'u hôl.

Rhuthra Kenneth am y tun bisgedi, a thynnu'r frechdan borc pei ohono. Cynigia hi i Bonso, cyn cofio'n sydyn am gyflwr bregus stumog hwnnw. Mae ei stumog yntau'n rhoi rhyw dro go simsan hefyd – ond mae'n brwydro 'mlaen a thaflu gweddillion y frechdan i'r tân. A dyna'i diwedd hi!

Yn gyflym, wrth fwyta bisgedi, taclusa gynnwys yr hamper i'r pantri. Wrth gadw'r sosejys, mae'n sylwi ar beg pren bychan sy'n cloi caead yr hamper, ac mae'n cael syniad.

Yn ddiweddarach, mae Kenneth yn gwisgo masg am ei wyneb, menig rwber am ei ddwylo, a chadach am ei ben fel llawfeddyg. Mae'n ffrio'r sosejys ar y stôf, ar ôl eu pwytho fel y pwythai pob llawfeddyg gwerth ei halen!

Daw curo ar y drws, a chroesa Kenneth i'w ateb. 'O hia Cwy, tyd i mewn,' a dychwela at ffrio'r sosejys.

Sylla Cwy yn gegrwth, 'Hei, grêt, be ti'n neud?'

'Opyrêtio'n 'de.'

'I be ma isio gwisgo fylna i ffrio sosejys?'

'Ti'n gwbod be 'di syrjon, yn dwyt?'

'Ia, fatha docdor, 'de; dwi'n gwbod hynna'r Mwnc! Gofyn dwi . . . i be ma' ishio gwisgo fylna i ffrio sosejys?'

'Achos bo nhw'n edrach 'n union 'run fath â sigâr go iawn ar ôl ti'u ffrio nhw a thynnu'r stitches, 'te – ac eniwê, dyna dwi ishio bod: transplant syrjon!' Mae'r ddau'n astudio'r sosejys yn y badell yn ofalus. 'Fasa ti byth yn deud bo' 'na beg pren yn hwnna, na fysat?' Edrycha Cwy arno'n hurt. 'The wonders of medicine!' Ac yna mae Kenneth yn tynnu'r sosejys o'r badell gan ddweud, 'Dwi'n meddwl 'u bod nhw'n barod!' a'u gosod ar blât, cyn dychwelyd i'r bwrdd i dynnu'r pwythau.

''Na chdi yli, 'n union 'run fath â sgâr go iawn!'

Yn hwyrach y noson honno daw Kenneth i mewn i gegin Miss World. 'Presant ichi, Miss World!' Ac mae'n rhoi paced o *Turkish Delight* iddi.

''Wannwl, *Turkish Delight*! Lle cest ti hwn?'

'Wel, ma' hi'n stori hir, Miss World . . .' Oeda, ond yn y diwedd mae'n penderfynu dweud y gwir.

'Ista, washi.' Mae'n agor y *Turkish Delight*. 'Tishio un?'

'Na, dwi newydd gal sosejys – bytwch chi nhw.'

'O mi wna i, paid ti â phoeni am hynny! Ia, roeddat ti'n mynd i ddeud?'

'O ia.' Mae braidd yn ofnus. 'Wel, da chi'n cofio noson o'r blaen, pan ddudis i am y porc pei 'na gathon ni – hefo dim byd tu mewn iddi hi?'

Chwardd Miss World, 'O ia, a mi roddodd dy fam dun o spam i'r bobol bwysig 'na o'r BBC!'

'Ia! Wel, gafon ni glamp o hamper gin "Roberts of Port-dinorwic" heddiw, a presant i chi ydi hwnna o'r hamper hwnnw!'

'Gawsoch chi hamper am fod y porc pei yn wag? Wel, chwara teg iddyn nhw 'te!' Coda. 'Gymri di banad?'

'Ma' 'na rwbath arall, Miss World . . .!'

Mae'n aileistedd, 'O'n i'n ama bod!'

'Fi ddaru ddwyn y ffiling, Miss World, i neud sandwij i mi fy hun, a mi fytodd Bonso'r gweddill tra o'n i'n gneud y blincin sandwij – a nes i ddim deud . . . a mi ath Mam i gwyno i Morfudd Siop, a mi ffoniodd Edgar "Roberts of Port-dinorwig" – a mi ddoth hwnnw draw hiddiw, a rhoi hamper inni, am bod y mashîn sy'n llenwi'r peis, medda fo, yn methu un allan weithia . . .!'

Mae distawrwydd llethol.

'Miss World?' Mae Kenneth yn erfyn rhyw fath o ymateb.

'Rargian, twyt ti'n gradur dŵad!' Dechreua Miss World chwerthin a chwerthin yn uwch, 'Wel yn y wir!' a rowlio chwerthin – nes ei bod hi'n tagu a mygu. 'O grasusa!' Mae Kenneth yn dechrau pryderu amdani.

'Miss World, pidiwch, ne mi fyddwch chi'n sâl . . .' Ac ymuna yntau hefyd yn y chwerthin – y ddau ohonynt yn chwerthin o'i hochor hi, wedi colli rheolaeth yn llwyr arnynt eu hunain.

Ar hynny, clywir curo ar y drws ffrynt a daw Dilys i mewn.

'Iw hw? Os pobol 'ma?' A gwêl y ddau'n wan gan chwerthin. 'Be sy'n mynd mlân fan hyn 'te?'

A rhwng pyliau o chwerthin afreolus, eglura Miss World wrthi, 'Kenneth 'ma . . . odd yn deud . . . hanas y . . . porc pei!'

'O ie, 'struth, y porc pei!' Ac am ddim rheswm yn y byd, ac eithrio bod chwerthin fel y pla, weithiau, yn heintus, ymuna Dilys hithau hefyd yn y chwerthin – a phawb bron ar eu boliau yn mwynhau'r foment.

Mae Dilys a Kenneth yn dal i bwffian chwerthin wrth gerdded yn gyflym heibio'r capel, ac i gyfeiriad giât Ariel sydd y drws nesaf.

'Wnest ti rywbeth i fwyta i ti dy hun, Hyacinth?'

'Do, ges i sosejys o'r hamper . . .' Ac mae'r ddau'n chwerthin drachefn, '. . . Oeddan nhw'n neis hefyd – ond rodd 'na ormod yna i mi!'

Cyfeiria Dilys at y capel wrth basio, 'Ye gods, fyddi di'n enwog ar ôl dydd Sul, Hyacinth; gwylia di beth wy'n weud!'

'A Dad – fo 'di'r stâr, Mam!'

Ac mae'r ddau'n chwerthin eto wrth nesáu at y drws ffrynt.

Wrth i'r ddau ddod i mewn i'r gegin, yn parhau i chwerthin, mae Donald yn codi ar ei draed yn flin. Ac o'i weld, stopia Dilys a Kenneth yn stond, a rhewa'u chwerthin. Mae Donald heb ei ddannedd gosod uchaf – maent yn ddau ddarn yn ei law; siarada gan roi 'll' yn lle pob 's'.

'Fytill i'r llollejill odd ar y plât 'ma, a llbiwch be odd tu mewn i un . . .!' A datgela beg pren yn y law arall.

Ofna Kenneth y gwaethaf, 'Fi ffriodd rheina Dad, ar ôl imi . . .'

'Ma' Morfudd 'di cal llond bol ar "Roberts of Portdinorwic". Ma' nhw'n colli cwllmeriaid iddi – ma'i 'di ffonio nhw; o'n nhw'n llori, ac ma'r boi am ddod draw fory!'

'Ond . . .?' Oes diwedd i'w artaith?

'Llollejill o'r hamper 'ma oeddan nhw, 'te Kenneth?'

'Ia, ond . . .'

'Oh my giddy aunt!' Mae Dilys yn panicio. 'Ond so chi'n gallu pregethu ar y BBC ddydd Sul fel 'na, Donald; Carruthers, ac mae'n ddydd Sadwrn fory, fydd nunlle ar agor i stico dy ddannedd dodi 'da'i gilydd! Beth ni'n mynd i' wneud, w?'

Mae ymateb o arswyd ar wynebau pawb.

Y noson honno mae Kenneth yn barod i fynd i'w wely, ac ar ei liniau wrth erchwyn y gwely yn dweud ei bader.

'Dwi'n sori . . . mi wna i unrhyw beth . . . be wyt ti ishio i mi neud? . . . ond plîs paid â gadal i Mam a Dad ddod i wbod y gwir! Amen.' Ac mae'n mynd i'w wely gan rwbio'i fol – mae ganddo dipyn o boen yn ei stumog – a throi a throsi'n anniddig.

Yn ystod y nos, mae Kenneth yn cael hunllef. Gwêl olau gwyn llachar o uchder mawr yn pylsadu i lawr arno – yn araf i ddechrau, ac yn cyflymu a chryfhau wrth i'r pwysau arno i ddweud y gwir gynyddu. Yn gymysg, daw wynebau o'r goleuni uchod ar ffurf angylion, ac islaw iddo mewn dyfnder du brawychus gwêl Tomi Bach, y prifathro, fel y Diafol ei hun, a Porci yr athro addysg grefyddol yn was iddo, a'r ddau yn gwarchod ffwrn Uffern ddofn gyda diafoliaid ac ellyllon grotésg eraill. Mae goleuni coch cyfoethog o'u cwmpas, a mwg gwyn a phiws sinistr; a thân yn poeri allan o ddrws y ffwrnais lle mae eneidiau gwan yn cael eu llosgi yn sŵn sgrechiadau ingol. O'r goleuni mawr gwêl wyneb Duw yn un Donald, 'Be wnawn ni hefo chdi, dŵad, Jac-y-do?'

'Dach chi'n byw ar blaned arall, fachgen!' Mae Tomi Bach yn ei fygwth â'i fforch driphen. 'Dach chi ddim yn perthyn i neb, fachgen!' A chwardda'n ddiafolaidd, wrth i Porci, yr athro addysg grefyddol, ei fygwth hefyd. '. . . Y peth sy'n digwydd i bawb sy'n deud celwydd . . . sy'n deud celwydd!'

'. . . Dwi'm yn cadw sîcrets.' Torra wyneb Helen trwodd. 'Dwi'm yn cadw sîcrets!'

A wyneb Dilys fel angel blin, '. . . 'Struth, ti'n gwybod pa mor fishi ŷn ni – pam, Hyacinth . . . pam? . . . pam?'

'. . . Be nest ti i haeddu'r holl gosb 'ma, dŵad?' Mae Miss World fel angel gwarcheidiol. 'Yr holl gosb 'ma, dŵad?'

Yn sydyn rhy Dilys waedd iasoer, 'Kenneth, y drws! Y drws. Kenneth!'

Ac ar hynny, yn sydyn, mae Kenneth yn deffro'n chwys oer drosto, ac eistedd i fyny fel bollt yn ei wely. 'Naaaaaa! Na! Dwi'n mynd i ddeud y gwir!' Mae penderfyniad i'w weld yn ei wyneb wrth iddo riddfan ychydig mewn poen, a rhwbio'i fol wrth godi. Agora lenni ei stafell wely a dechrau gwisgo amdano wisg swyddogol y seindorf arian.

Wrth ddod i lawr y grisiau i'r gegin yn hwyrach gyda'i ewffoniym, sylwa Kenneth bod porc pei ar y bwrdd, a nodyn wrth ei ymyl. 'Be goblyn . . .?' Mae'n ei ddarllen.

'Dear Hyacinth, Ni wedi mynd â dannedd dodi daddy i'w trwshio'n y dre. Os na fyddwn ni'n ôl miwn pryd, 'na good boy, rho'r porc pei hyn yn y popty inni 'i gal e i de. Nag ŷt ti wedi anghofio am y carnifal gobitho! All my love, Mam.'

Dioddefa blwc egr arall o boen yn ei stumog, a chofia nad yw wedi bwyta yn iawn ers ddoe. Mae'n croesi'n falch gyda'r porc pei maint teulu at y popty nwy, a rhoi'r pei yn y popty. Yna, mae'n troi'r nwy ymlaen – ond cyn iddo gael amser i'w danio, clyw'r seindorf arian yn chwarae hen diwn gyfarwydd.

'W iasgob! Dwi'n hwyr . . .!' Ac mewn panic, anghofia bopeth am y popty nwy a'r porc pei; mae'n cydio yn yr ewffoniym a'i helmed, a rhuthro allan o'r tŷ.

Mae seindorf arian Llanllewyn yn ymdeithio trwy'r pentref yn chwarae *Gwŷr Harlech*, a'r dyrfa bob ochr i'r ffordd fawr yn ymateb yn frwdfrydig i'w cerddoriaeth. Daw Kenneth ar frys rownd y tro o Ariel, a gwthio rhwng y rhengoedd nes cyrraedd ei le ef yn y band wrth ymyl Cwy a Helen. Cerdda David Ailsworth yn gyfochrog ag ef o'r palmant gan gymeradwyo'r cerddorion, a chusanu'r iâr dan ei gôt 'run pryd. Arwydda Ifor Lloyd ar y blaen ddiwedd un dôn a dechrau un arall. Mae'r seindorf yn chwarae *All in an April evening*, ac mae cyflymder cerdded y band yn arafu'n sylweddol o'r herwydd.

Chwytha Kenneth yn selog ar yr ewffoniym ond, yn sydyn, heb unrhyw rybudd, ac wrth chwarae'r nodyn sydd wedi achosi cymaint o anhawster iddo yn y gorffennol, dioddefa'r boen fwyaf erchyll – a daw'r nodyn allan yn swnio fel sŵn eliffant yn cael ei sbaddu. Wrth i bawb edrych arno â wynebau dwrdio hir, syrthia'n swp anymwybodol i'r llawr. Mae cynnwrf ymhlith y dyrfa wrth i bobl ruthro i'w helpu. Penlinia Helen yn bryderus wrth ei ymyl, a daw Morfudd allan o'r siop ar ras wyllt.

'Be sy 'di digwydd? Ffoniwch am ambiwlans . . .' Mae'n gweiddi, 'Edgar? Edgar?' cyn troi at y dyrfa, 'Lle ma'i fam a'i dad o?' Daw Bessie Fusneslyd allan o'r cysgodion, ''Di mynd i'r dre – ddigwyddish i 'u gweld nhw'n gadal rhyw ddwy awr yn ôl wchi!'

Gwaedda Morfudd drachefn, 'Edgar?'

'Iawn, paid â phanicio! Paid â phanicio!' Croesa o'r siop, ac edrych ar Kenneth yn welw lwyd ar lawr. 'Ydy o 'di marw?'

'Nacdi, dwi'm yn meddwl.' Mae Morfudd yn troi ar y dyrfa sy'n cau amdanynt. 'Gnewch le i'r hogyn gal gwynt. Sefwch 'nôl, wir ddyn! 'Di llewygu mae o, dwi'n siŵr. Helen?' Cytuna Helen. 'Edgar, dos i ffonio'r ambiwlans 'na nei di plîs!'

'O, reit! Ffonio'r ambiwlans! O'n i'n gwbod bod 'na rwbath o'n i ishio'i neud!'

Daw Hilda Gegog i'r blaen yn llawn ohoni ei hun, 'Dwi 'di gneud, ylwch. Ma' nhw ar 'u ffordd! Dwi wastad wedi preidio fy hun ar fod yn gŵd neibyr, tasa pawb arall ond yn gneud 'run fath.'

Cythrudda hyn Bessie, 'Trw' siampl, nid trw' ganmol ych hun, 'te Hilda Griffiths – dyna 'di ffor' y Beibl!'

'Os dach chi'n awgrymu, Bessie Robaitsh, 'mod i'n gneud yr holl ddaioni 'ma er mwyn cal . . .'

'O, yr "holl ddaioni" ydy hi rŵan ia! Glywsoch chi Samaritan mwya Llanllewyn yn chwythu'i thrwmped 'i hun?'

'Wel y Jezebel!' ac mae'n ei gwthio.

'Pwy dach chi'n 'i galw'n Jezebel, y sguthan!' ac mae'n ei gwthio'n ôl.

'Ladies! Ladies!' Daw Ifor Lloyd i gadw trefn, 'Cofiwch pwy ydach chi, wir ddyn!'

'Meindiwch ych busnas, Ifor Lloyd!' ac mae Bessie'n tynnu ei wig a'i daflu i'r llawr. A thra bod yr hogiau lleol yn chwarae rygbi gyda wìg Ifor Lloyd, mae Bessie Fusneslyd a Hilda Gegog yn parhau i dynnu gwalltiau ei gilydd.

'Cymrwch honna, Hilda Griffiths!'

'A chitha honna, Bessie Fusneslyd!' Ac mae'r ddwy'n myllio'n lân, wrth i eraill yn y dyrfa ochri gyda'r naill neu'r llall, a dechrau ffraeo ymysg ei gilydd.

Mae Morfudd yn tendio ar Kenneth gyda Helen, 'Newch chi beidio! Stopiwch wir, ma' Kenneth yn sâl, meddyliwch amdano fo wir! Stopiwch! Stopiwch!'

A chyda hynny, daw'r ambiwlans a gyrru trwy ganol y dyrfa gwerylgar, wrth i David Ailsworth chwythu bas-trombôn uwch popeth, nes sobri a syfrdanu pawb.

Mae David yn flin, 'Bi bidl-bidl di bi bi! O Bidl bi bidl bi bi!'

Ac wrth i wŷr yr ambiwlans lwytho Kenneth ar stretser a'i osod yn yr ambiwlans, atega Morfudd ef, 'Ma' David yn iawn! Rhag ych cywilydd chi i gyd ddweda i – chitha'n arbennig Hilda Griffiths a Bessie Robaitsh! Lle ma'ch consŷrn chi am bobol erill, a chitha'n gymint o Gristnogion, 'dwch?' Edrycha Hilda a Bessie yn euog wrth anwesu'n boenus lygad ddu anferth gan y ddwy.

Mae gwŷr yr ambiwlans yn barod i adael. 'Oes 'na rywun am ddod hefo'r hogyn 'ma i'r 'sbyty?' gofynna un ohonyn nhw.

'Wel, fedra i ddim yn hawdd. Ma' raid imi warchod siop.' Cofia Morfudd yn sydyn, 'O . . . a ffeindio'i fam a'i dad o – gadal iddy nhw wbod, 'lly.'

'Does 'na neb am ddod hefo fo felly?'

'Mi a' i hefo Kenneth!' A chama Helen i mewn i'r ambiwlans wrth i'r dyrfa ei chymeradwyo'n frwd. Ac ar hynny, mae'r drysau'n cau ar Kenneth a Helen, a chyda'r seiren yn rhuo a'r goleuadau'n fflachio, mae'r dyrfa'n gwahanu i wneud lle i'r ambiwlans yrru ymaith ar frys tua'r ysbyty.

'Well imi fynd i drio ffeindio'r gwnidog a'i wraig 'ta.' A dychwela Morfudd i'r siop, wrth i Edgar godi'r wìg o'r llawr, ac ysgwyd llwch ohono. 'Chi pia hwn, Ifor Lloyd?'

Cymra Ifor y wìg yn lloaidd, a'i osod yn ôl ar ei ben yn sgiwiff.

Yn y cyfamser, yng nghegin Ariel, mae drws y popty ar agor, ac mae sŵn hisian i'w glywed wrth i'r nwy ddianc a llenwi'r ystafell.

A thu allan i ffatri "Roberts of Portdinorwic", mae Robert Roberts a Wili John, y gwas bach, yn llwytho hamper arall i gefn y car, a gyrru i gyfeiriad Llanllewyn.

Ar yr un pryd, mae'r ambiwlans yn gyrru'n wyllt tua'r ysbyty, gyda Helen yn eistedd ar erchwyn y gwely yn syllu'n bryderus ar Kenneth a chydio'n dynn yn ei law. Mae Kenneth yn parhau mewn llewyg.

Y tu allan i Fethlehem, capel y Methodistiaid Calfinaidd yn Llanllewyn, dechreua lorïau'r BBC gyrraedd ar gyfer dar-lledu'r gwasanaeth o'r eglwys y bore canlynol. Clywir sŵn rifyrsio mawr, a phrysurdeb dadlwytho wrth i Bonso wylio'r cyfan o du ôl i wal gardd Ariel drws nesaf.

Yn ysbyty'r C&A ym Mangor, mae'r ambiwlans wedi cyrraedd yn ddiogel; mae Kenneth yn cael ei osod ar stretser arall, a'i wthio'n gyflym i mewn i adran ddamweiniau'r ysbyty. Dilyna Helen yn agos o'i ôl, â golwg bryderus ar ei hwyneb.

Ac ar ffordd wledig, gul, dan goedydd ir, mae Robert Roberts, a Wili John wrth ei ymyl, yn parhau i yrru'n osgeiddig tua'r mans yn Llanllewyn, gyda'r hamper yn siglo'n ansicr o'r trymbal.

Y tu allan i Fethlehem erbyn hyn, mae gweithwyr y BBC yn brysur yn gosod ceblau o'r faniau i mewn i'r capel. Daw Mr Morgan o gyfeiriad Ariel. 'Na, 'sdim golwg o neb!'

'Dyna ryfedd!' Mae Mr Prysor, y cynhyrchydd, mewn penbleth. ''Se'n well inni gwpla gosod y meicroffons 'te. Awn ni'n ôl nes mlân . . .?' A diflanna'r ddau i mewn i'r capel, heibio i dyrfa fechan sydd wedi ffurfio ar y palmant i wylio'r digwyddiadau cyffrous.

Yn ddiweddarach, mae Kenneth yn gorwedd yn y gwely mewn ward fechan, a daw nyrs a thynnu'r masg ocsigen oddi ar ei wyneb.

'Dyna ni. Byddi di'n well rŵan!'

Eistedda Helen yn ddiolchgar wrth ymyl ei wely.

'Gawn ni dynnu'r *drip* pan fyddi di wedi cryfhau dipyn.' Ac mae'r nyrs yn tynnu'r llenni'n ôl i ddatgelu Donald a Dilys wrth iddynt gyrraedd ar ras a dod i mewn i'r ystafell yn llawn ffwdan.

Rheda Dilys at Kenneth a'i gofleidio, 'Oh 'struth, Hyacinth bach! Be ddigwyddodd? Wyt ti'n iawn, gwêd?'

Edrycha Kenneth i fyny o'i wely'n wan, wrth i Helen ateb drosto, 'Wedi byta rhwbath mae o, ma'n debyg – cal ffŵd poisoning.'

'Ond Carruthers, fytws e ddim byd yn wahanol i ni – o do! Y sosejys!'

'Na, na – fytis i rheiny, cofio?'' Ac mae Donald yn pwyntio at ei ddannedd newydd.

'Wel, fytest ti rywbeth yn nhŷ Miss World nithwr 'te?'

Ysgydwa Kenneth ei ben, wrth i Donald groesi i ochr arall y gwely ac eistedd wrth ei ymyl. 'Sut wyt ti, Jac-y-do?' Ac mae'n gwenu'n annwyl arno gan ddangos ei ddannedd gosod wedi eu trwsio.

'Fyddwch chi'n iawn rŵan Dad!' Ac mae Kenneth yn codi'i fawd arno.

'Wel duwadd annwl dad, nathon ni ddychryn cofia, yn do mami?'

'My giddy aunt, I didn't know what had happened . . . ffoniodd Morfudd ni'n y dentist hyn . . . Rachmáninoff, shwt odd hi'n gwybod bo' ni 'na, wn i ddim!'

'A ddaethon ni'n syth – lwcus bod o 'di gorffan mendio rhein 'te?' A gwena Donald drachefn.

'Ye gods, so ni hyd yn o'd wedi cal cino 'to . . .'

Bywioga Kenneth, 'Wel peidiwch â phoeni, Mam a Dad. Ma' 'na ddigon o fwyd ichi adra . . . mi rois i'r porc pei yn y . . .!' Ac wrth iddo ddweud 'porc pei', mae'n dychmygu trychiolaeth.

'O, gofiest ti, do fe Hyacinth?'

Dychmyga Kenneth holocost! Ac yn ei feddwl mae'n ail-fyw ei symudiadau olaf yng nghegin Ariel ac yn cofio'r manylion . . . *yn dychmygu gweld ei hun yn rhoi'r pei yn y popty eto . . . troi'r nwy ymlaen . . . ond heb gael amser i'w danio!!*

Yn ei wely yn yr ysbyty mae Kenneth wedi troi'n welwach nag oedd o cynt!

Mae Dilys wedi cynhyrfu'n arw, 'Be sy, Hyacinth bach, ti'n dost? Donald, look at him, do something!'

'Wel duwadd annwl dad, be sy 'neno'r tad?' Mae'n pwyso'r botwm argyfwng wrth ymyl y gwely, ac mae sŵn treiddiol larwm i'w glywed yn uchel dros y ward.

Ar yr un pryd, mae Robert Roberts a Wili John yn cario'r hamper o'r car i gyfeiriad y mans, ac mae Mr Prysor, y cynhyrchydd o'r BBC, a'r cerddor, Mr Garfield Morgan, yn cwrtais ddal y giât ar agor iddynt. Cerdda'r pedwar yn araf tua drws ffrynt Ariel.

Yn y ward mae twrw'r larwm yn byddaru pawb wrth i feddygon a nyrsys ruthro'n wyllt o bob cyfeiriad at ymyl Kenneth, sy'n ymddwyn fel pe bai'n cael ffit. Mae Donald, Dilys a Helen ar eu traed, ac wedi dychryn yn lân.

'Be sy Jac-y-do? Wel duwadd annwl dad, be sy?'

'Oh my giddy aunt! Carruthers! Beth yw e, pwt?'

Cyrhaedda Robert Roberts, Wili John, Mr Prysor a Mr Garfield ddrws ffrynt Ariel; ac yno, yn aros am bractis gyda Kenneth a Dilys ar gyfer y gwasanaeth boreol, mae David Ailsworth a'i iâr. Mae ganddo sigâr fawr yn ei geg.

'Bi bidl bidl bi bi?'

Gwena'r lleill yn hurt arno, wrth i Mr Prysor guro ar y drws.

Yn sydyn, saetha Kenneth i fyny fel bollt yn ei wely a sgrech-ian ar dop ei lais.

'Naaaaaaaaa! Naaaaaaaaa!'

'Let me light that thing for you, laddie!' Ac mae Robert Roberts o "Roberts of Portdinorwic" yn cynnig tân i David Ailsworth . . .

Mae'r fatsien yn cael ei thanio – ac fel 'ta'n Armagedon, mae'r tŷ a'r capel drws nesaf yn ffrwydro'n chwildrins mewn mwg a thân mawr, sy'n saethu i'r ffurfafen a 'lliwio holl gant y gorllewin onid yw'n ffwrn o dân'!

Mae Bonso a'r dyrfa sydd wedi ymgasglu y tu allan i'r capel, fel ag yr oedd o cynt, yn gwylio'r cyfan mewn distawrwydd syn!

Rai oriau'n ddiweddarach mae Kenneth, Donald a Dilys yn gadael yr ysbyty yn brudd. Cerddant yn drwm i lawr coridor hir mewn distawrwydd, gyda Dilys yn gwneud ei gorau glas i beidio ag wylo.

Athronydda Donald wrth geisio torri ar y du, 'Diolch i'r nefoedd, o leia ma' Ifor Lloyd 'di trefnu lle i ni aros!'

Cerddant heibio i'r adran ddamweiniau. A thra bod Donald a Dilys yn parhau ar eu taith drist tua'r drws, oeda Kenneth a theimlo rhyw ysfa i ddychwelyd a sbecian i mewn trwy ddrws cilagored yr adran. Ac yno, yn derbyn triniaeth at eu clwyfau, ac yn blaster ac yn fandejys drostynt, gyda'u dilladau'n rhacs a'u wynebau'n ddu fel brain, mae Mr Prysor, Mr Morgan, Robert Roberts, Wili John a David Ailsworth a'i iâr. Wincia'r iâr yn slei ar Kenneth.

'Hei, Jac-y-do?' Sylwa Donald a Dilys nad yw Kenneth gyda nhw.

'Dŵad.' Cychwyna'n flinderus ar eu holau. Ond wedi cam neu ddau, mae'n oedi drachefn. Ac wedi saib fechan arall, mae'n dod i benderfyniad pwysig. 'Mam? Dad?'

Sycha Dilys ei dagrau. 'Ie, pwt?'

'Ma' gen i rwbath dwi isho'i ddeud wrthoch chi . . .!'

★

2

DIAWL Y TYBACO

Yn festri capel Bethlehem, Llanllewyn, mae Ifor Lloyd yn gweddïo – ac yn mynd ymlaen ac ymlaen . . . 'Dduw nefol, edrych arnom, defaid dy borfa . . . er mor annheilwng yr ydym, yn golledig, down atat Ti yn wylaidd ac ar ein penaglinia.' Sylwa nad yw wedi plygu glin ei hun, a chyda phesychiad hunanymwybodol, cywira hynny a phlygu'n ddramatig gan ddiflannu y tu ôl i'r pulpud.

Yn un o'r seddi blaen, i'r chwith o'r organ, mae Edgar Siop yn cnoi taffi triog sy'n mynd yn stỳc rhwng ei ddannedd, ac mae Morfudd ei wraig yn edrych yn hyll ac yn llawn cywilydd arno wrth iddo geisio'i ryddhau. O'r tu ôl i'r pulpud, mae Ifor yn parhau i weddïo'n anweledig, 'A boed i ni beidio bod 'run fath â'r Phariseaid – yn gneud rhyw ffỳs gythgam, hogia bach, wrth addoli'r Arglwydd.' A gweryra fel ceffyl blwydd.

Mae Bessie Roberts (Fusneslyd) yn dylyfu gên yn ddiflas, a Hilda Griffiths (Gegog) y tu ôl i'r organ lle mae'n cyfeilio i'r gwasanaeth, yn sipian mint imperial yn rhywiol gan feddwl meddyliau da amdani hi ei hun ac Ifor Lloyd. Llygada Bessie Fusneslyd hi â chasineb pur, wrth i Ifor danio iddi a dechrau codi stêm yn herciog, ''Dan ni'n pitïo'n goblyn rheini sy'n pechu heno – ar y stryd, ac mewn puteindai . . .' Taga'n swil wrth i Hilda godi ei phen i edrych yn amheus arno. 'Er na wn i, fel gwyddost ti'n dda o Dad, ddim oll am lefydd fel yna. 'Di darllan amdanyn nhw ydw i, rhag i neb ama – a synnu pa mor isal yr eith rhei pobol i brofi "mân blesera'r byd", hogia bach! Madda iddyn nhw, o Dad, cans ni wyddant beth y maent yn ei wneuthur – wel, ydyn, ma' nhw mewn ffor' 'te, ond Ti wyddost be dwi'n 'i feddwl o Dad nefol!'

Cysga David Ailsworth yn sownd gyda sigarét heb ei thanio

dan ei geg, a'i iâr yn syllu'n syber dan ei gôt. Ar seddi ochr y capel, ac wedi cyffio ers meitin, mae Donald a Dilys. Edrycha Donald yn hir ar ei oriawr, yna i fyny ar y cloc mawr y tu ôl i'r pulpud bach symudol. Mae'n déspret am sigarét. Cliria'i lwnc yn ddiamynedd wrth fyseddu sigarét *Players* llechwraidd rhwng ei fys a bawd. Twt-twtian yn hunangyfiawn wna Dilys ar hyn, cyn dychwelyd ei sylw'n flinedig at Ifor Lloyd, sy'n parhau'n ddi-droi'n-ôl. 'Peth braf ydy gwbod bo' ni'n cal mynd i'r Nefodd 'te – dwi'n cofio pan o'n i'n byw, hogia bach, yn Brynengan, a'r hen wraig fy nain yn godro a hitha'n hyndryd and ffeif.'

Ar y fainc flaen, mae Kenneth, Glymbo Rêch a Cwy yn sibrwd chwerthin wrth rannu tameidiau o jeli coch blas mefus, tra bod Huw'r Ddôl gyda'i dad, Bob Bylbs, yn tynnu tafod yn herfeiddiol arnynt. Eistedd Helen James gyda'i mam gan edrych yn angylaidd a llygadu Kenneth yn awchus 'run pryd, a rhoi gwich o chwerthiniad smala bob ryw hyn a hyn. Mae ei mam yn ei distewi â llygad flin.

Dynwareda Ifor Lloyd yr hen wraig ei nain, "Pam na cha i fynd o'r hen le 'ma dwch?", fyddai'n arfar 'i ofyn, "Pam na cha i fynd at Bertwyn y gŵr, i'r Nefodd?" "Achos bo' chi ddim 'di gorffan dysgu be dach chi fod i'w ddysgu yn yr hen fyd 'ma eto m'wn," fydda atab powld Elis y gwas, "ne' falla bod Bertwyn, 'rhen gradur, ddim ishio chi 'na!" Ac mi fydda hi'n crio bob gafal, ac mi fydda cymint o ddagra'n mynd i'r llefrith nes bydda'r National Milk Board trw Cnarfon Dêris 'te, yn cwyno, a rhoi ffein i'r hen ddyn 'y nhad, ac mi fydda hwnnw'n rhoi stŵr iddi wedyn, a hitha'n crio mwy!'

O seddi'r pechaduriaid yn y cefn, mae Evelyn y flonden a Gwenda wedi cael llond bol. 'Pryd ma'r sbrych 'ma'n mynd i orffan, dwch?'

'Iasgob, ia, dwi jest â marw ishio ffàg, Gwend!'

Wrth gyrraedd ei berorasiwn mae Ifor yn codi ar ei draed, a chyda'i ddwy law fel pe baent yn cynnal y mur tu ôl i'r pulpud, mae'n gweiddi fel rhywbeth ar lan gorffwylltra ffôl, 'Glynwch wrth y graig! Glynwch wrth y graig! Dyna'r atab i'r hen wraig fy nain, ac i bob nain arall. Glynwch wrth y graig!

Dyna'r atab i Bertwyn hefyd, lle bynnag mae o, ac i weithiwrs Cnarfon Dêris. Glynwch wrth y gr . . .!'

Ar hynny, mae Kenneth yn tagu ar ei ddarn jeli coch, a thuchan wrth fygu'n ddramatig, 'Yyyyygh! Fedra i'm . . . yyygh!'

Mae Ifor yn ôl yn ei ddyfnder ysbrydol, '. . . O Dduw Dad, rho dy fendith ar y gwasanaeth hwn . . .'

Uwch hyn, saif Dilys ar ei thraed a gweiddi'n gynhyrfus, 'Rachmáninoff, does anyone happen to have a piece of bread handy?' a rhuthra gyda Morfudd i gynorthwyo Kenneth, sy'n ymddwyn fel pe bai ar fin marw.

Sibryda Gwenda'n ddirmygus, 'Hwn eto! Ma' 'na wastad ryw ffŷs hefo'r Kenneth 'ma.' Ond anwybydda Ifor Lloyd y cyfan, 'Anturiaf ymlaen, trw' ddyfroedd a thân, hogia bach, yn dawel yng nghwmni fy Nuw . . .'

Mae Dilys yn cysuro Kenneth, 'You'll be allright, Hyacinth, don't panic!' ac mae'n gweiddi'n bryderus ar Donald wrth i Kenneth waethygu'n sydyn a throi'n biws. 'Donald, for goodness' sake, beth ŷn ni'n mynd i wneud, w?'

'Jest mynd am . . .!' Mae Donald wedi cael ei ddal yn dianc am y drws allan i gael sigarét go handi, 'Wel duwadd annwl dad, rhowch swadan i'w gefn o ne' rwbath – dim ond mygu mae o!'

'Er gwanned fy ffydd, enillaf y dydd – mae Ceidwad pechadur yn fyw!'

Mae Dilys ar fin ffrwydro, 'My giddy aunt, dim ond mygu?' Ond synhwyra Donald y ffrwydrad, 'Oreit! Oreit! Dowch â fo allan 'ta, wir!', a gostega'r ymddialydd.

Mae Ifor ar dân, 'A'r unig ffordd i gal y ffydd yna, hogia bach, ydy glynu wrth y graig!'

O'r tu ôl i'r organ, sibryda Hilda Griffiths wrth Dilys, 'Sa well i mi aros on diwti yn fama ylwch, Mrs Parry bach, rhag ofn i Ifor Lloyd ddigwydd gorffan 'te!' Ac mae Dilys, Morfudd, Helen, Cwy a Glymbo Rêch yn hebrwng Kenneth yn frysiog allan o'r festri wrth i Ifor daranu'n ddigyfaddawd, 'Y graig safadwy mewn tymhestloedd, y graig a ddeil yng ngrym y lli!' Ond mae pob aelod arall o'r gynulleidfa wedi cael yr un syniad, ac fel esgus i osgoi'r artaith o wrando mwy ar weddi ddiflas Ifor Lloyd – a dianc am sigarét 'run pryd – coda'r gynulleidfa gyfan fel un a rhuthro am y drws allan. 'Ar y graig hon yr adeiladaf fy eglws . . .' Caiff Hilda nerth o rywle i ymyrryd, 'Sori 'te, Ifor, ond ma' raid imi 'i thiansio hi!' A chwaraea, *Oh for the wings of a dove* ar yr organ fel tai hi'n amser hel casgliad. Rhyfedda Ifor at yr ecsodus mawr, 'Be gythral . . . ?' Ac ar hynny, mae David Ailsworth yn deffro'n swnllyd a sylwi ar y comosiwn, 'Bi di di bibl bibl di!' Ac yn fusnes i gyd, gyda'i iâr dan ei gôt, dilyna'r lleill allan o'r festri ar frys gwyllt, wrth i Hilda Griffiths chwarae'r organ a siarad 'run pryd, 'Mae'n banic-stêshons yma, Ifor Lloyd – fedrwch chi ddim gweld hynny, ddyn?' Mae Edgar Siop mewn cyfyng-gyngor, mae'n cael ei ddal rhwng yr ysfa i weld beth sy'n digwydd i Kenneth a'r angen i rhyddhau'r taffi triog styfnig sy'n mynnu glynu rhwng ei ddannedd. Gydag ewin ei fys rhwng ei ddant ôl, a'i ben ar rhyw osgo sgi-wiff, edrycha'n euog ar Ifor Lloyd cyn mwmblan yn wên-deg, 'Gweddi dda, Mr Lloyd!' Ac wedi ennyd o ansicrwydd, rhuthra allan ar ôl y lleill wrth i Ifor Lloyd, ar amrant, ddifetha holl naws ei weddi, 'Arglw'ddd, stopiwch y twrw 'na ddynas, wir!' Mae Hilda'n cael ei brifo.

Y tu allan i'r festri – gyda sigarét wedi'i thanio yn ei geg – cydia Donald yng nghoesau Kenneth a'i ddal â'i ben i lawr, tra bod Dilys yn curo'i gefn yn galed i ryddhau'r jeli coch. Mae Helen ar ei gliniau wrth wyneb Kenneth yn pryderu'n ddagreuol am ei gyflwr, 'Paid â marw, plîs, Ken!'

Erbyn hyn, mae mwyafrif y gynulleidfa wedi tanio sigaréts ac yn sgwrsio'n ofidus wrth wylio'r ymdrech i achub bywyd y dywededig Kenneth. Cymyla fwg mawr sigaréts yr aer ym mhobman, wrth i Evelyn egluro'n wybodus, 'Tasa Bolton Wanderers 'di sgorio o'r *free kick* 'na, Gwend, fasa gin i twenti-tŵ points yli, i gyd yn *away draws*!' Tafla edrychiad at Dilys, 'Bechod, Mrs Parry bach, 'snam byd gwaeth na mygu, nagos!' Yna, 'rôl sugno'n galed ar ei sigarét a chwythu mwg siâp bom Hiroshima, 'Ond to'dd bob tîm yn y lîg 'di cal sgôr-draws dwrnod hwnnw – asu, odd ishio twenti-ffôr blydi points i neud teligram clêm!'

Yn sydyn, mae'r darn jeli coch yn rhydd, a dechreua Kenneth anadlu unwaith eto, wrth i bawb ddatgan eu gorfoledd a chymeradwyo'n ddiolchgar. Ac nid oes neb yn fwy diolchgar na Donald a Dilys, 'O duwadd annwl dad, ti'n mynd i fod yn oreit, Jac-y-Do! Diolch byth am hynna!'

'Rachmáninoff, we thought we'd lost you there, Hyacinth!' Taga Kenneth unwaith eto.

'My giddy aunt, cerwch â'ch hen sigaréts brwnt o'r ffordd w – give him some air for goodness' sake!'

Cama Evelyn a Gwenda'n dringar yn ôl, wrth i Dilys ryddhau coler Kenneth ac arthio ar Donald 'run pryd, 'You'll have to give up this filthy habit, Donald. Nagw i'n moyn i 'mhlant i ga'l 'u gwenwyno 'da mwg sigaréts brwnt w, do you hear me?' Yna, try'n flin ar David Ailsworth, sydd hefyd yn pwffian yn gymylus gerllaw, 'And that goes for you too David! Shew!' Ac mae'n waldio'r aer o gwmpas pen Kenneth, wrth i hwnnw brotestio'n swil am y ffŷs, 'Pidiwch Mam!'

'Nobody asked you!' Ac mae Dilys yn cau ei geg yn swta.

Ar hynny, â gorchest, cama David Ailsworth a'i iâr ymlaen gan gyd-weld â safbwynt Dilys, 'Bidl bi di bidl di!' A diffodda'i sigarét yn ddramatig dan draed cyn stwffio'r iâr yn ddyfnach i'w gôt i atalnodi'r pwynt. Hon yw'r weithred sy'n procio cydwybod Donald, 'Ma' David yn iawn!' A diffodda yntau ei sigarét dan draed, 'Rhag 'n cwilydd ni dduda i!' Ac mae'n llygadu pawb sy'n smocio, 'Mi ddylan ni i gyd fod yn teimlo cwilydd mawr! Pa fath o siampl ydy hyn i osod i'n plant ni, eh?' Ymateba Bessie Roberts yn hy, ''Sgin i'm plant, i chi gal dallt!' ac mae Donald yn ei llorio'n syth, 'Ydy hynny'n syndod, dwch?'

Mae Kenneth, Cwy, Glymbo Rêch, Huw'r Ddôl a Helen, yn pwffian chwerthin wrth ymdrechu'n galed i edrych fel angylion. Mae'r gynulleidfa gyfan, fesul un, yn diffodd eu sigaréts a mwmblan eu cytundeb â Donald a David Ailsworth a'i iâr, parthed ffieidd-dra'r arferiad o smygu. Sathra Bob Bylbs ei sigarét yntau dan draed, a manteisio ar y cyfle i ennill pleidleisiau newydd. 'O'n i 'di planio rhoi gora i'r 'ffernols eniwê yes, cyn i'r lecshiwn campên ddechra no!' Estyn Donald ei law yn gymodlon i Kenneth a Dilys, a chyhoedda'n arwrol, 'Dowch, dwi yn un yn sicr sy'n mynd i roi'r gora iddi o hyn ymlaen!' A chyda phenderfyniad newydd yn eu cerddediad, gadawa'r tri am eu cartref. Mae Dilys yn cofleidio Donald wrth fynd, 'O wy mor browd o' ti, Donald!' Yna, wrth Kenneth, 'Dere pwt!' ac mae hwnnw'n prancio ar eu hôl – fel y gwnai rhywun 'rôl talu ymweliad â'r Glyn!

Mae eraill yn eu dilyn, gan ffarwelio â'i gilydd, gyda'r osgo o roi'r gorau iddi hefyd – pawb ac eithrio Evelyn a Gwenda, 'Cheek dwi'n galw'r peth, Gwend!'

'Jest am bo' Parry gwnidog yn rhoi'r gora iddi, si'm ishio i ni neud, siŵr iawn – dir'ots be ma' 'n ddeud! Dan ni'n ffrî pîpyl, tydan!' Ân nhw ymaith gan chwythu cymylau o fwg yn haerllug i wynebau pawb.

Mae Edgar Siop yn dal i geisio rhyddhau'r taffi triog, ac yn lled-amddiffynnol parthed y sigaréts, 'Dim ond 'u gwerthu nhw 'dan ni, 'te Morfudd?' Ond mae Morfudd ar gefn ei cheffyl, 'Wel, ia'n duwcs – 'sa rh'wun yn meddwl bo' ni'n fforsio chi i'w prynu nhw!'

Ar hynny, daw Ifor Lloyd a Hilda Griffiths allan o'r festri, 'Ma' ishio'u banio nhw am byth ddeudwn i, Ifor Lloyd!' Try Morfudd arni'n swta, 'Banio be rŵan 'lly, Hilda Griffiths?'

'Wel, banio y byta fferins 'ma yn capal siŵr iawn!' Yn sydyn cofia beth yw gwaith bob dydd Morfudd, 'Sori 'te, Morfudd Price, dwi'n gwbod ma' chi sy'n 'u gwerthu nhw, ond mi fydd rhywun yn cal 'u lladd yn capal 'ma un o'r dyddia 'ma 'sna watsian ni!' Mae'n paratoi i adael, 'A thriwch chitha beidio gweddïo mor hir tro nesa, Ifor Lloyd. Cofiwch bo' gin i hemroids fel cadwyni nionod, wir ddyn!' Ac i ffwrdd â nhw gan adael Morfudd ac Edgar yn cwestiynu pwrpas cadw siop o gwbl. 'Wê hei!' Yn sydyn, mae'r taffi triog yn rhydd, ac mae Edgar yn dathlu, ''Bowt blydi teim tŵ!' Ond nid yw Morfudd yn rhannu'r un teimlad o ryddhad a gorfoledd. 'Edgar!' Gwga'n flin arno am regi. A thewa hwnnw'n swta gyda 'Sori!' swil.

Yn ddiweddarach, yng nghegin Ariel mae Dilys yn paratoi

paned o de, tra bysedda Donald yn gariadus ei baced olaf o sigaréts o flaen y tân. Mae Bonso'n gorwedd gerllaw, a Kenneth yn yr ystafell orau drws nesaf yn ymarfer ei biano'n wael. Mae Dilys yn awyddus i rannu cyfrinach go bwysig, 'Wnes di sylwi be wedes i wrtho ti heno, Donald?'

'Na. Be?'

'Wedes i nag o'n i'n moyn i *mhlant* i gal 'u gwenwyno 'da mwg sigaréts brwnt!'

'Do, sylwis i.' Mae Donald yn ddi-hid, a llynca Dilys ei balchder – daw cyfle eto.

Daw â phaned o de i Donald, ''Co ti!' Cymer y paced sigaréts olaf oddi arno, a thaflu'r cynnwys yn seremonïol, fesul un, i'r tân. Edrycha Donald yn ddiflas ar hyn, gan ddifaru dweud y byddai'n rhoi'r gorau iddi. Siarada â Bonso sy'n edrych yr un mor ddiflas, ''N hoff amsar i o'r dydd cofia, Bonso – wedi i ni glwydo, a chal sigarét hefo 'mhanad ola!' Wrth i Dilys losgi'r sigarét olaf, peidia nodau'r piano drws nesaf.

'Cheer up, Donald, o leia ti'n gosod esiampl dda i dy *blant* di, w!' Ond nid yw Donald yn ymateb y tro hwn chwaith.

Daw Kenneth i mewn i'r ystafell yn dalog – fel mae rhywun yn ei wneud wedi gorffen ei ymarfer piano. 'Pryd ddechreu-och chi smocio 'ta, Dad?'

'Dim ond saith oed o'n i cofia, Jac-y-Do – smocis i un wedi'i rowlio hefo dail te!'

'Ych! Dail te?'

'Ia, dwi'n gwbod – a phaid ti â gneud peth mor wirion â dy dad!'

Gan ddweud ag argyhoeddiad, ''Na i ddim siŵr – well gin i jeli coch,' eistedda Kenneth yn y gadair eisteddfodol i ddarllen ei *Dandy*.

Erbyn hyn, mae Dilys yn smwddio ychydig o grysau sydd mewn basged lawn ar y llawr. 'Bydd raid iti gael gair 'da Ifor Lloyd, Donald, ynglŷn â'r gweddïe hir hyn! Goodness gracious me, fydd pobol yn stopo dod i'r cwrdd, w!' Yna'n fwriadol awgrymog, 'Fydd raid i minne gael eich help chithe boiti'r tŷ o hyn mlân 'ed, ma' 'da fi ofan – wy'n dishgw . . .!'

Stopia'n stond. 'Carruthers! Oh no you don't, my boy!', a gafaela yn Kenneth gerfydd ei glust, 'You were supposed to practice for a whole hour – my giddy aunt, ti ond wedi bod 'na ugen muned gryt!'

Ac er ei holl brotestiadau, 'Ow, Mam – peidiwch!', mae'n cael ei fartsio'n ôl at ei biano i'r ystafell arteithio drws nesaf. Wedi ennyd, coda Donald yn araf a chrwydro'n ddibwrpas i gyfeiriad y pantri, 'Ma' ishio gras, Bonso bach!', ac mae'n agor y tun dail te – dim ond o ran diddordeb.

Yn yr ystafell orau drws nesaf eistedda Dilys mewn cadair tra bod Kenneth yn ymarfer ei *scales* ar y piano. Nid yw'n cael hwyl rhy dda arni.

'Rachmáninoff – ni'n towli arian bant 'da'r gwersi piano hyn! Half a crown a week I pay D-D-D-Dora! We just can't afford it, we're going to need every penny we can get our hands on from now on!' Edrycha Kenneth arni'n wirion. 'I might just as well make a bonfire and burn all the money, wa'th hynny o effeth mae'r gwersi hyn yn 'i gael ar dy whare di, gryt! Ti'n meddwl bod arian yn tyfu ar go'd, ŷt ti?'

'Nyrfys dwi, 'nde, Mam, fath â pan dwi'n gorod darllan o flaen pobol – dwi'n gneud mistêcs wedyn!'

'I'm to blame for all this, Kenneth! Arna i mae'r bai am hyn i gyd – ti wedi bod ar ben dy hun lot yn rhy hir! Ond ma' pethe'n mynd i newid o hyn 'mlân – you mark my words!' Ac mae'n rhoi clamp o gusan iddo cyn byseddu trwy ei lyfr nodiadau piano a darllen yr adroddiadau sydd i fod ynddo am ei berfformiad ar ddiwedd pob gwers. Gwyra Kenneth ei ben yn ofnus – mae'n gwybod beth sydd i ddod. A chyn i Dilys daro allan gyda'i llaw ar draws ei ben, mae'n plygu 'mlaen a llwyddo i osgoi'r slaes front. 'Ye gods, do's dim byd wedi ca'l 'i ysgrifennu fan hyn ers tair wthnos, Kenneth! Pam?'

'D-D-D-Dora sy'n anghofio gneud bob tro ynde, Mam! 'Na i 'i hatgoffa hi nos fory!'

Edrycha Dilys i fyw ei lygaid, 'Ti yn *mynd* i'r gwersi piano hyn, yn dwyt ti, Kenneth?'

Oeda yntau cyn ateb.

'Yn dwyt ti, Kenneth?'

Ac ar hynny, mae Dilys yn clywed Bonso'n cyfarth dros y lle o'r gegin, a dychryna wrth weld mwg trwchus yn cripian o dan y drws. 'Oh, my giddy aunt!', a rheda allan o'r ystafell, wrth i Kenneth ochneidio'i ryddhad o beidio gorfod ateb ei chwestiwn.

Rheda Dilys i mewn i'r gegin a darganfod bod y crysau ar y bwrdd smwddio ar dân. ('Roedd 'rhywun', yn ddifeddwl, wedi gadael yr hetar smwddio poeth ar un ohonyn nhw!) Does dim golwg o Donald yn unman wrth i Bonso gynhyrfu a chyfarth yn uwch, ac i'r fflamau ddechrau cydio'n beryglus mewn dillad eraill. 'Oh, my goodness gracious me!', a rhuthra Dilys at y sinc i nôl dŵr. Oherwydd nad oes ganddi gadachau i'w gwlychu, na dim byd arall o'r fath, mae'n gorfod meddwl yn gyflym. Tynna ei gwisg ei hun oddi amdani wrth redeg, a gwlycha honno yn nŵr y sinc, cyn ei rhoi dros y tân ar y bwrdd smwddio a'i ddiffodd. 'Rachmáninoff, that was close!' Saif yno yn ei dillad isaf, yn laddar o chwys, pan wêl ben Kenneth yn ymddangos yn araf rownd y drws.

'Dwi'n mynd i weld Miss World, ocê Mam?', a diflanna fel 'tai dim yn bod.

''Struth!' Mae Dilys yn flin erbyn hyn, 'Donald?' Gwaedda'n uwch, 'Donald, where are you?' A cherdda'n fwriadol i gyf-eiriad y drws cefn.

Mae Donald ar waelod yr ardd yn smocio yng ngolau'r lloer wrth i Dilys ei weld o'r drws cefn, 'Oh, Donald, how could you?'

'O dam!' ebycha dan ei wynt, ac mae'n ymddwyn fel plentyn. 'Ffeindio sdwmp nesh i yn fy mhocad 'te!' Sylwa fod Dilys wedi tynnu amdani ac yn gwisgo ei dillad isaf. 'Dilys? Neno'r tad! Be sy'n mynd ymlaen?'

'Mae'r dillad smwddo wedi llosgi'n ffrwcs a wy'n dishgwl babi – 'na beth sy'n mynd 'mlân, Donald!'

Rhyfedda Donald, 'Disgwl babi ? Ond . . .! Be, ti a fi . . .?'

'Pwy arall!' A chwardda'r ddau yn braf. 'Be wedith Kenneth, tybed?'

'Wel, duwadd annwl dad, tyd yma wir!' Ac mae Donald yn ei chofleidio'n gariadus.

Bryd hynny, mae Bessie Roberts yn digwydd pasio heibio, ac yn arswydo wrth weld y ffasiwn olygfa, a gwraig y gweinidog heb fawr amdani. 'Wel, be fasa'r *News of the World* yn 'i ddeud, tybad?'

Cocha Dilys a cheisio cuddio ei noethni tu ôl i Donald.

'Wel yn y wir!' Ac ymaith â Bessie Roberts ar frys.

Yng nghegin Miss World sgwrsia'r ddau o flaen y tân. Mae Kenneth yn methu deall ymddygiad ei fam, 'Ond ma' hi'n sôn am blant, ac yn mwydro 'mod i 'di bod ar ben fy hun yn rhy hir a ballu, Miss World.'

''Wannwl, chdi sy'n dychmygu petha, siŵr!' Mae'n ystyried, 'Ond falla bod 'na syrpreis bach ar 'i ffordd, hefyd!'

'Sypreis, Miss World?'

'Wel ia, falla bod gin ti frawd ne' chwaer fach ar 'i ffordd – ma' dy fam yn ddigon ifanc!'

'Digon ifanc i be, Miss World?'

Chwardda. 'Wel paid â holi wir, mi ddoi di i ddallt petha felly'n ddigon buan.'

Mae Kenneth yn fyfyrgar, 'Dwi'm yn siŵr os dwi ishio brawd neu chwaer, Miss World!'

'Wel tishio panad 'ta?' Ac mae'n codi a mynd i baratoi te.

Wedi saib fer, mentra Kenneth, 'Miss World . . .? Dach chi 'rioed 'di smocio?'

''Wannwl, be nath iti ofyn peth felly dŵad?'

'Dad sy'n mwydro am roi'r gora iddi, a deud 'i fod o wedi dechra smocio pan odd o'n saith oed!'

''Wannwl, saith oed?'

'Fuoch chi'n smocio 'rioed, Miss World?'

Oeda, 'Wel do, unwaith fachgian – pan o'n i'n ryw lefran wirion; gallis i wedyn, diolch i'r drefn!' Yna, â chonsýrn. 'Dwyt ti'm 'di dechra smocio, wyt ti?'

'Ddim eto Miss World!' sydd yn dweud ei fod o!

'Wel mae o'n beth gwirion iawn i neud!'

'Ydy Dad yn wirion, Miss World?'

'Er cymint dwi'n 'i feddwl ohono fo Kenneth, ma' gin i ofn mawr 'i fod o cofia!'

'Fuo bron imi farw heno, Miss World!'

'Taw fachgian, be ddigwyddodd?'

'Lyncis i jeli coch ffor' rong yn seiat, a fuo raid iddyn nhw fynd â fi allan a stopio gweddi Ifor Lloyd.'

'Siŵr bo' pawb wrth 'u bodda!' Yna, ar ôl saib fer, 'Deud i mi, Kenneth, dagist ti ar y jeli coch 'na'n fwriadol?'

'Naddo Miss World, wir yr – damwain go iawn odd hi tro 'ma. Lyncis i damad odd yn rhy fawr, ylwch.'

Edrycha Miss World arno'n amheus wrth dywallt y te, 'Wel twyt ti'n fwddrwg, dŵad!'

Yn ddiweddarach y noson honno, yn ei ystafell wely, mae Kenneth yn dweud ei bader. 'God bless Mam a Dad a phawb arall yn y byd, a gwna Kenneth yn hogyn da, er mwyn Iesu Grist ein Harglwydd. Amen.'

Daw Donald i mewn yn dawel, 'Kenneth . . . ishio gair ydw i.' Nid yw'n gwybod sut i ddechrau dweud wrtho am y babi newydd. 'Odd Miss World yn iawn?'

'Oedd, deud 'i hanas yn smocio odd hi.'

'Miss World?'

'Ia, pan odd hi'n lefran!'

Mae Donald yn mentro, 'Clyw, ma gin i sypreis i ti!'

'Dwi'n gwbod – ddudodd Miss World wrtha i.'

'Wel sut yn y byd . . .? Newydd gal gwbod ydw i fy hun . . .!'

'Ma' Miss World yn gwbod popath!'

Mae Donald yn fflamio, 'Y Bessie Fusneslyd 'na m'wn!' Coda i adael, 'Fydd rhaid inni i gyd helpu o gwmpas y tŷ rŵan – *all hands on deck.* Yna, wrth y drws, 'Ti'n edrych ym-laen, Jac-y-do?'

'Edrych ymlaen at be, Dad?'

'Wel at y babi newydd, siŵr iawn. Be arall odda chdi'n 'i feddwl, dŵad?'

'Cal tân gwyllt o siop Edgar a Morfudd falla?'

Chwardda Donald, 'Gawn ni weld am hynny. O, a Kenneth?' Mae Kenneth yn adnabod yr 'o ddifri' yn ei lais, 'Os clywa i dy fod ti wedi bod yn smocio 'te – mi dorra i 'nghalon!' Yna mae'n gadael yn dawel.

Â Kenneth i'w wely gan feddwl am eiriau'i dad. Diffodda'r golau a syrthio i gwsg anfoddog.

Yn y pwll tywod yng nghae chwarae'r ysgol y bore wedyn mae rhai o'r hogiau yn neidio'r naid hir yn y cefndir tra bod Kenneth, Cwy a Helen yn astudio llyfr *Midwifery* Anti Gwenfair, modryb Cwy, sy'n nyrs yn ysbyty Dewi Sant. Mae Cwy wedi darganfod rhyfeddod. 'Yli, ma 'na lun babi'n cal 'i eni yn fama!'

'Ych-a-fi! Fylna ma' babis yn cal 'u geni?'

'Dangos.' Ac astudia Helen y llun yn hollwybodus, 'Ia, dyna chdi – ddudodd Mam wrtha i!'

'Deud be?'

'Wel deud sut odd gneud babis a ballu 'te, a sut ma' nhw'n cal 'u geni!' Pwyntia at y llun, ''Na chdi yli, 'nunion fatha ŵyn Ben Morgan – ma'n nhw'n cyrradd fath â mewn bag plastig!'

'Bag plastig?'

'Ia, ma' hynny'n ffact – ddudodd Mam wrtha i, ac ma'n nhw'n cal 'u gadal tu ôl i'r gwrych!'

Edrycha Cwy yn bryderus ar Kenneth. 'Ond 'sna'm gwrych tu allan i tŷ chi, Ken!'

Ar hynny, daw Huw'r Ddôl atynt a'i wynt yn ei ddwrn wedi rhedeg ar draws cyfandir o gae. Caiff bleser anghyffredin wrth ddweud, 'Ma' Tomi Bach ishio dy weld ti Kenneth – ti mewn big big trybyl, boi!'

Yn ddiweddarach yn ystafell y Prifathro, Mr Ernest Thomas-Jones, neu Tomi Bach i bawb o'r plant, mae Coesa Bwrdd, athrawes ddosbarth Kenneth, wedi dod o hyd i focs matsys a phaced o sigaréts *Craven A* yn ei ddesg. Saif Coesa Bwrdd yn y cefndir yn dweud dim, tra bod Tomi Bach yn taranu, 'A be ydy hyn, fachgen?'

'Be ydy be, syr?'

Mae Tomi Bach yn ei watwar, 'Be ydy be, syr?' A thafla'r matsys a'r sigaréts ar y ddesg o'i flaen. 'Eglurwch y rhain imi, fachgen!'

'Fedra i ddim.'

'Syr! Fedra i ddim, syr!'

'Fedra i ddim, syr!'

Cerdda Tomi Bach o gwmpas yr ystafell. 'Dowch imi egluro drostach chi 'ta fachgen. "Dwi wedi dechra smocio"!' Mae wyneb yn wyneb â Kenneth, 'Tydach chi, fachgen?' Yna, cerdda o gwmpas fwy, '"Dwi wedi cuddio'r sigarennau a'r blwch matsys hyn yn fy nesg er mwyn mynd i'r toiledau yn fy amser egwyl i'w hysmygu nhw"!' Wyneb yn wyneb drachefn, 'Tydach chi, Kenneth?'

'Nacdw, syr!'

'"Nacdw, syr"? Ond fe'u darganfuwyd hwy yn eich desg chi, fachgen gan eich athrawes ddosbarth.' Rhy wên seimlyd i Coesa Bwrdd. 'Ydach chi'n fy nghyhuddo i *a* hithau o ddweud celwydd, fachgen?'

'Nacdw, syr.'

'"Nacdw, syr"! Wel be ydy'r eglurhad?'

'Sgin i'm un syr!' Simsana Kenneth o un goes i'r llall.

Arswyda Tomi Bach, a chyfeirio'r sylw nesaf at Coesa Bwrdd, 'Lle ma' nhw'n cael yr arian i brynu'r sigarennau 'ma, dyna faswn i'n hoffi ei wybod.'

Ac mae Coesa Bwrdd yn ysgwyd ei phen fel 'tai hwn oedd y cwestiwn mwyaf tyngedfennol yn hanes y byd.

Aiff Tomi Bach yn ei flaen, 'Bydd yn rhaid i'ch tad gael gwybod, felly, yn bydd Kenneth?'

Ateba â'i galon fel plwm, 'Bydd, syr!'

'Wnewch chi ofyn i'ch tad ddod i'r ysgol i'm gweld i brynhawn fory?' Tsiecia yn ei ddyddiadur, 'Am dri o'r gloch? Fydd o ddim yn ddyn hapus, dwi'n siŵr – 'i fab o'i hun, mab y gweinidog o bawb, yn ysmygu!'

Ymateba Kenneth yn syth, 'Mi odd dad yn arfar smygu, syr!'

Mae hyn yn ormod i Tomi Bach. 'Am yr haerllugrwydd yna, mi gewch chi flas y gansen, fachgen! Riportiwch i Mr T. J. Roberts, Woodwork. Dwedwch 'mod i'n gorchymyn "four of the very best" am haerllugrwydd o'r radd waethaf un!'

'Diolch, syr.' Derbynia Kenneth ei dynged, ac mae'n troi i adael.

'A beth am Miss Waterschoot? Ymddiheuriad fuasai'n dda.'

Try Kenneth i'w hwynebu, 'Mae'n ddrwg gin i, Miss Waterschoot!' Ac mae'n gadael yn benisel.

Yn y gweithdy coed, mae Kenneth yn barod i blygu dros y fainc i dderbyn pedair ergyd cansen gan Mr T. J. Roberts, neu Robin Planc fel y'i gelwir – athro sydd â'i drwyn yn rhedeg yn barhaus. Mae'r gansen yn un llaw a hances boced yn dabio'i drwyn yn y llall. 'Bend over, boy!'

Mae Helen, Cwy a Huw'r Ddôl, gyda Glymbo Rêch y tro hwn, yn sbecian i mewn drwy'r ffenest. Wrth i Kenneth dderbyn y gansen gyntaf, mae'n griddfan mewn poen, ac yn ei feddwl dychmyga'r pethau rhyfeddaf . . .

Ar amrantiad, cludir ef i gegin Ariel, ei gartref, yn y dyfodol. Gwêl ei hun yn eistedd wrth y bwrdd gyda'i ben yn ddiflas yn ei ddwylo, tra bod 'y brawd bach' – cythraul mewn croen sy'n gwisgo dillad babi – yn rhedeg o amgylch y lle yn wyllt, gydag awyren yn ei law yn gwneud twrw ac yn bomio popeth ar y bwrdd. Yn sydyn, tynna'n frwnt yng ngwallt Kenneth, 'Owj! Paid wir, nei di!' Gwthia Kenneth ei fraich i ffwrdd yn ysgafn. Ar hynny, mae'r 'brawd bach' yn sgrechian ar ben ei lais, 'Mami? Maaaaami?! Waaaah! Waaaah.'

Daw Dilys ar frys gwyllt o rywle, gan ofleidio'r 'brawd bach' yn gariadus, 'Beth mae'r Kenneth drwg 'na wedi wneud iti pwt, lwli gwngls shwli-lŵ, mami a dadi?' Ac â llais cas, dwrdia Kenneth, 'Go to bed, you horrible little boy!'

Gadawa Kenneth yn drist, wrth i Dilys gusanu'r 'brawd bach' a gwneud ffỳs mawr ohono. 'Sneb yn cal bod yn gas 'da favourite mami a dadi, o's e!'

Yn ei ddychymyg, mae Kenneth yn pasio heibio i stydi Donald ar ei ffordd i'w wely. Ac mae'n clywed ei dad yn beichio crio – crio fel 'taflud i fyny' 'stalwm. 'Be sy, Dad?'

'Ti, Kenneth! Ma'r prifathro'n deud dy fod ti'n smocio – mi ddudis i'n do y baswn i'n torri 'nghalon!' Ac wyla'n fwy wrth i Kenneth deimlo fel y mab gwaetha'n y byd. Yn y drws, yn sydyn, mae Dilys a'r 'brawd bach' yn ei wawdio a'i geryddu drachefn, 'Arnat ti mae'r bai, Kenneth Robert Parry! Arnat ti mae'r bai! Arnat ti mae'r . . .'

Yr un mor sydyn, mae Kenneth yn ôl yn y gweithdy coed, ac mae'r gansen olaf yn glanio'n greulon ar ei ben-ôl. 'Owwwwj!' Wrth i Robin Planc sychu ei drwyn, sytha Kenneth yn wrol. Mae'n gwybod yn awr beth sy'n rhaid iddo ei wneud!

Y tu allan i'r gweithdy coed, eglura Kenneth wrth Helen,

Cwy, Huw'r Ddôl a Glymbo Rêch, 'Ma' 'na rwbath annis-gwyl 'di codi, ylwch. Ma' gin i ofn bydd rhaid i mi adal cartra am byth!'

Mae Helen yn ddagreuol wrth holi, 'I ble'r ei di, Ken?'

'I'r môr ma'n siŵr, Helen! Nid fi fydd y cynta. Dwi'm ishio torri calon Dad 'tweld!' Ac mae'n rhoi cusan iddi, ac ysgwyd llaw â'r lleill yn brudd, 'Edrych ar 'i hôl hi imi, Cwy.'

Nodia Cwy'n ddagreuol, 'Mi 'na i, Ken.'

Ac mae Kenneth yn codi llaw a cherdded i ffwrdd am byth, wrth gofio'n sydyn am boen y gansen ar ei ben-ôl, 'Owj!'

Ar y stryd ar ei ffordd o'r ysgol ychydig yn ddiweddarach, sylwa Kenneth ar griw o fechgyn hŷn yn smocio. Wrth ddynesu atynt yn swil gyda'i fag ysgol o dan ei gesail, a'i gôt uchaf gynnes yn dynn amdano, gwaedda un o'r bechgyn arno'n hy, ''Tishio drag, Ken?' Ond dewisa Kenneth ei anwybyddu, a cherdded o'r ffordd arall heibio.

Y tu allan i ddrws ffrynt D-D-D-Dora rai munudau'n ddiweddarach, sgwrsia Kenneth gyda'i athrawes biano, 'Fedra i'm dod i'r wers biano heno, Miss Williams.'

'Wythnos yma et-t-to K-K-Kenneth? Y t-t-t-trefniant arferol, felly! Hanner c-c-cant y c-c-cant i mi am golli g-gwers!' Cymra arian oddi wrtho, 'A hanner c-c-cant y c-c-cant o'r newid i chditha!' Rhy'r newid yn ei law, 'Wela i chdi wthnos nesa t-t-tybed?'

'Dowt gin i, Miss Williams!', ac mae'n troi i ffwrdd yn drist i adael.

Gwaedda D-D-D-Dora ar ei ôl, 'A practishia dy s-s-cêls d-d-d-a chdi!'

Mae'n bedwar o'r gloch erbyn hyn, ac mae Kenneth mewn siop sglodion, yn bwyta *fish and chips* ac yn yfed *Vimto* wrth fwrdd bychan yn y gornel. Teimla'n unig a gwrthodedig.

Ar yr un pryd, y tu allan i Ariel, cura Helen yn wyllt ar y drws ffrynt. Daw Donald a Dilys a Bonso i'r drws. Mae gan Donald sigarét yn ei geg, wrth i Helen egluro'n gynhyrfus, 'Ma' Kenneth wedi rhedag i ffwr' i'r môr, Mr Parry!'

'I'r môr? Ond fedar o ddim nofio!'

Beia Dilys hi ei hun, 'I knew this would happen – ddylen i fod wedi dweud wrtho fe am y babi newydd, w, not you Donald! Ble gwelest ti e ddwetha, Helen?'

'Yn 'rysgol, Mrs Parry . . .'

Ar hynny, yn fusnes i gyd, daw David Ailsworth a'i iâr atynt. 'Bibl bi di bibl bi?'

'Hia David!', ac mae Helen yn parhau gyda'i hateb, 'Odd o newydd gal cansan 'rôl bod yn gweld Tomi Bach, sori, Mr Ernest Thomas-Jones!'

Cynhyrfa Dilys, 'See – behavioural problems already! What on earth did you say to him, Donald, to upset him so much?'

'Bo bidl bi di bobl bi?' Mae David yn awyddus i gael gwybod y cefndir.

'Fi? Wel duwadd, dim ond bod rhaid inni dynnu'n pwysa o gwmpas y tŷ rŵan bod y babi newydd ar 'i ffordd.' Wrth David, dywed, 'Kenneth's run away to sea!', ac wrth Dilys eto, 'Ac y baswn i'n torri 'nghalon taswn i'n clwad 'i fod o wedi bod yn smocio – 'na'r cwbwl!'

''Na'r cwbwl? My giddy aunt! You hypocrite, Donald!' wrth amneidio at y sigarét yn ei law. 'Get the car!'

'Wel, neno'r tad, ffor' awn ni – 'toes 'na fôr o'n cwmpas ni ym mhob man?'

'Try tŷ D-D-D-Dora first. I gave him some money this morning for gwers biano – falle bydd e 'na.'

Mae Donald yn amheus, 'Ti'n meddwl mewn difri y basa fo'n mynd i dŷ D-D-D-Dora?'

'My giddy aunt, Donald – anything's worth trying, man. Shew, get a move on! Dere, Helen.'

'Bidl bi?'

'Yes, yes, you can come along too, David!' Ac maent i gyd yn rhuthro am y car. Wel, pawb ond Bonso.

Ychydig yn ddiweddarach mae Donald, Dilys, Helen a David Ailsworth a'i iâr yn curo ar ddrws D-D-D-Dora. Wedi ychydig eiliadau, daw D-D-D-Dora at y drws. Mae Donald ar frys, 'Ydy Kenneth yma, Miss Williams?'

'M-m-m-mi fuodd o yma am f-f-funud!'

'Ble a'th o wedyn?'

'Wel . . . ym ym ym ym ym!'

Mae'n troi at Dilys a Helen, 'Yma byddwn ni ar y rêt yma!' Yna'n troi'n ôl at D-D-D-Dora, 'Diolch Miss Williams – awn ni i chwilio amdano fo'n hunan, ylwch!' Ac i ffwrdd â nhw.

Mae Donald, Dilys, Helen a David Ailsworth a'i iâr yn teithio yng nghar Donald pan ânt heibio i'r siop sglodion. Mae Helen yn gweld Kenneth wrth iddo baratoi i adael y siop, 'Dacw fo Kenneth, Mr Parry!'

Llawenhâ David o'i weld, 'Bo bidl bi bi!', ac mae Dilys hefyd yn ei seithfed Nef. 'O, thank God for that!' Yna'n flin, 'Wel, stop, Donald man!' Ac mae Donald yn parcio'r car ar frys.

Daw Kenneth allan o'r siop sglodion, ac estyn am sigarét o baced sydd ganddo yn ei law. Mae'n ei rhoi yn ei geg, ac ar hynny cyrhaedda Donald. 'A be 'sgin ti'n fana, fab annwyl dy fam?' Gweddïa Kenneth ar i'r llawr agor a'i lyncu. Mae wedi cael ei ddal yn smocio gan ei dad am y tro cyntaf!

Yn ôl yn ei gartref, mae Kenneth yn cael ei groesholi gan Donald a Dilys wrth iddo eistedd ar y gadair eisteddfodol. Gwylia Bonso'r cyfan yn swrth o'i fasged yn y gornel, wrth i Kenneth lefaru'n wylaidd. ''Nes i ddechra smocio ar ôl bod yn chwara hefo Eifion Preswylfa a Harri Bont a'r gang lawr Lôn Ddŵr – odda nhw'n dêrio fi i neud – a nes i chwydu'r tro cynta hefyd!' Oeda, cyn dweud, ''Na i'm smocio eto, Mam a Dad, dwi'n gaddo ichi, cris croes tân poeth!' Ac wedi saib arall er effaith, 'Dwi'n sori, Mam a Dad!'

Llosga Dilys y sigaréts yn y tân, ''Struth, those two are real bad eggs, Kenneth, ac ma' nhw'n lot ry hen i ware 'da ti!' Mae'n dal ei llaw allan i Donald, 'Come on!' A chymera sigaréts olaf Donald oddi arno a'u llosgi, ''Na ni, all over and done with!'

'O wel, fyl'na ma'i!'

'Now Donald, don't start!', ac mae Dilys yn penlinio wrth ymyl Kenneth. 'Wy ishie dweud rhywbeth wrtho ti, Hyacinth. Nawr, mae'n wir bo' dadi a mami yn edrych 'mlân at y babi newydd yn cyrredd, ond ti, Kenneth, yw'n babi cynta ni. No one's going to take your place, pwt, a ti fydd wastod yn cael y lle cynta yn ein calonne ni!'

Edrycha Kenneth i fyw ei lygaid, 'Dwi'n gwbod hynny, siŵr!'

Mae Donald yn estyn bocs mawr o dân gwyllt o du ôl i gadair gyfagos, 'A sbia be 'sgynon ni'n bresant i ti, Jac-y-do!'

'Wow! Diolch, Mam a Dad!'

'A ma' 'da ni trît arall 'ed! You won't have to go to Band of Hope tonight, Hyacinth – gei di gymryd y night off!'

'A gei di neud fel lici di yli – ymlacio, darllan . . . gneud dim, os ma' dyna tishio'i neud!' A chwardd Donald yn braf.

Yn sydyn, cofia Kenneth am y negyddol, 'Drapia! Gin i waith cartra i' neud, 'toes – a ma' raid i chi fynd i weld Tomi Bach yn 'rysgol fory erbyn tri, Dad!' Yn euog, dywed 'Mi ffeindiodd Coesa Bwr' bacad o *Craven A*'s a bocs o fatsys yn fy nesg i'n do!'

Ond mae Donald yn chwerthin drachefn, ac anwylo'i fraich am ysgwydd Dilys. Dyma'r teulu delfrydol! 'Gad ti Tomi Bach i mi, Jac-y-do – dw inna'n cofio un neu ddau o betha amdano fo hefyd, pan odd ynta'n hogyn ysgol!' A chwardd pawb yn llawen wrth i Kenneth fyseddu'n eiddgar y bocs tân gwyllt ar y bwrdd.

Dri chwarter awr yn ddiweddarach, mae Kenneth yn parhau'n ufudd gyda'i waith cartref. Yn sydyn, llygada'r bocs tân gwyllt, ac am ryw reswm rhyfedd mae'n cael ei demtio i'w agor. Ac ildia'n syth i'r demtasiwn, a byseddu'r gwahanol ryfeddodau tu fewn yn awchus: yn rocedi, yn fangyrs, yn fynyddoedd tân lliwgar ac yn olwynion ffrwydrol troi rownd, a mwy. Yna, sylwa ar y tun dail te ger y ffenest gefn. A daw syniad diafolaidd arall, 'Sgwn i sut odd Dad yn gneud?' Rhwyga ddalen o'i lyfr syms, a rhowlio 'sigarét' yn gelfydd iddo'i hun, gan ddefnyddio'r dail te yn lle baco. Yna'n ofalus, tania hi â darn o bapur wedi'i rowlio o'r tân. Bryd hynny, ac yn gwbl ddamweiniol, cymra'r 'sigarét' arni fywyd ei hun, a syrthia o'i geg yn glyfar ac i blith y tân gwyllt yn y bocs. Ymateba Kenneth â dychryn mawr.

Ar eu ffordd gartref o'r Band of Hope y noson honno ffar-
welia Donald a Dilys â Cwy, Glymbo Rêch, Helen, Linda,
Huw'r Ddôl a David Ailsworth a'i iâr, wrth iddynt droi i
gyfeiriad Ariel.

'Nos da.'

'Goodnight, David.'

'Bi bidl di bi!' A choda aden yr iâr arnynt wrth droi am
adref.

'Nos dawch, Mr a Mrs Parry!' A diflanna Helen hefyd
rownd y tro.

Sgwrsia Dilys yn ddiolchgar â Donald wrth i'r ddau gerdded
yn hamddenol tuag at y tŷ. 'Ni'n lwcus w, 'da Kenneth,
Donald, bo' fe'n gallu gweud y gwir 'thon ni – smo plant
pawb 'run fath. Wy ond gobithio y bydd y babi newydd hyn
hanner cystal!'

Cynhyrfa Donald wrth feddwl am y babi, 'Ŵ, dwi mor
ecseited, cofia!'

Cyrhaeddant y giât ac yna, yn sydyn, rhewa'r ddau yn y fan
a'r lle wrth syllu'n gegrwth ar fwg trwchus sy'n chwydu allan
trwy'r drws agored, 'Oh, my giddy aunt!'

Rheda'r ddau ar frys ofnus i mewn i'r gegin. Ac yno mae
Kenneth, yn ddu drosto a'r tân gwyllt yn ffrwydro'n ddramatig
ar hyd y lle, a mwg amryliw yn codi'n fygythiol, a'r gwreich-
ion yn tasgu i bobman. Cuddia Bonso'n grynedig rhag y sioe
dân o dan y gadair eisteddfodol yn y gornel; tra ymateba
Dilys, Donald a Kenneth iddi mewn ffyrdd gwahanol iawn i'w
gilydd:

'Rachmáninoff!'

'Wel duwadd annwl dad!'

'O DIAR!'

★

3

'LECSIWN

Mae Coesa Bwrdd, yr athrawes ddosbarth, yn rhoi canlyn-iadau'r arholiadau i'w disgyblion, ynghyd â'u hadroddiadau. 'Reit, dyma ganlyniada'ch arholiada chi, a'r adroddiada i fynd adra i'ch rhieni – a ma' ishio iddyn nhw arwyddo'r gwaelod i ddeud 'u bod nhw wedi darllan yr adroddiada, a'u bod nhw'n cytuno hefo pob dim sy'n cal 'i ddeud amdanoch chi!'

Mae Helen yn sylwi bod golwg bryderus iawn ar Kenneth, 'Be sy' Ken, ti'n edrach fel bo' chdi 'di gneud rwbath yn rong.'

'Dwi 'di atab pob cwestiwn yn rong Helen, dyna be sy!'

'Ia, ond dim ond mewn amball sybject?'

'*Ymhob* sybject, Helen!'

Mae'r athrawes yn rhoi adroddiad Cwy iddo. 'Ma'r adroddiad yma'n dangos gwelliant mawr dros y tymor, Gwilym. Daliwch ati.'

Cwy, yn falch, 'Diolch Miss.'

I Huw'r Ddôl, 'Gwaith da Huw, sy'n syndod – keep it up.'

Gwena Huw'n hunanfoddhaol, 'Thankiw Miss!'

Mae Coesa Bwrdd yn cyfarch y dosbarth, 'Wel rŵan, tasa pawb hannar cystal â Helen 'ma, fasa gin i ddim problema o gwbwl!' Gyda gwên fawr, 'Gwaith gwych iawn Helen, fel arfar. Da iawn chi eto'r flwyddyn yma.'

'Diolch, miss!' Ond mae ei sylw yn bennaf ar beth fydd tynged Kenneth.

Oeda Coesa Bwrdd cyn rhoi adroddiad Kenneth iddo. 'Wn i ddim be ddudith ych tad a'ch mam, Kenneth – ma'r canlyn-iada yma'n warthus. Yn wirioneddol warthus!' Ac mae'n darllen rhai o'r marciau i weddill y dosbarth, ''Mond dau ddeg dau yn Saesnag – a ma hwnna'n sybject sy rhaid ichi gal,

Kenneth! Deunaw . . . un deg wyth yn Hanes! O, a gyda llaw, "Ham" odd enw'r mwnci cynta i fynd i fyny i'r gofod mewn sbwtnic, Kenneth, ac nid rhwbath dach chi'n 'i roi rhwng dwy frechdan, fel dudsoch chi!' Mae pawb yn chwerthin yn afreolus. 'Ar ba blaned dach chi'n byw 'dwch?'

Ar hynny, daw Tomi Bach y prifathro i mewn. 'A beth ydy'r holl rialtwch yma Miss Waterschoot?'

'Darllen rhai o ganlyniadau Kenneth i'r dosbarth o'n i, Brifathro.'

'Dwi'n gweld!' Â mwynhad mawr, mae Tomi Bach yn cymryd yr adroddiad oddi arni ac wrth iddo gerdded o amgylch y dosbarth, mae'n darllen allan rhai o'r marciau gwael. 'Dau ddeg tri yn Ffrangeg – y twpsyn! Wyth yn Algebra – gwaradwyddus! A dim ond chwech yn Lladin! Chwech? Be wnaethoch chi, fachgen – sillafu'ch enw'n gywir?' Chwardd pawb yn uchel, ond mae Kenneth yn benisel a chanddo ddeigryn yn ei lygad. Mae Tomi'n pregethu wrtho drachefn, 'Mae'n bwysig gweithio'n galed, gwneud eich gwaith cartref, fachgen, a pheidio gwastraffu'ch amser yn smocio a gwneud pethau drwg eraill felly, Kenneth!' Chwardd y disgyblion eraill yn isel wrth i Tomi Bach lygadu pawb. Distawant ar amrant. 'Fedra i ddim dweud wrtho chi . . .', ac mae'n pwyso'i eiriau yn ofalus, 'gymaint o siom dwi'n ei deimlo fod Kenneth o bawb, a fynta'n fab i weinidog, wedi cael marciau mor isel!' I Kenneth, â chonsýrn ffug, 'Be ddyw-edith eich tad, tybed, fachgen ac yntau eisiau pob cefnogaeth y dyddiau yma yn yr etholiad, eh?'

Mae Kenneth yn drwm gan faich euogrwydd a chywilydd, 'Dwi'm yn gwbod, syr.'

Mae'r prifathro'n ei watwar yn greulon, 'Dwi ddim yn gwbod, syr! Na finnau chwaith, fachgen, ond mi wn i sut y bydd o'n teimlo – fe fydd o, a'ch mam, siŵr gen i, yn torri eu calonnau, Kenneth!' Edrycha Helen yn dosturiol arno, tra bod gwên o fwynhad anghyffredin ar wyneb Huw'r Ddôl. Mae Tomi Bach yn rhoi'r adroddiad yn ôl i Coesa Bwrdd, 'Gwarthus! Cywilyddus, Miss Waterschoot!' Yna mae'n tytian, 'Na wn i wir! Wn i ddim be ar wyneb daear ddudith eich tad a'ch mam, Kenneth!', ac mae'n gadael. A'r pryd hynny, nid yw bywyd yn werth ei fyw i Kenneth Robert Parry!

Ar y stryd fawr yn Llanllewyn, mae Donald yn canfasio o dŷ i dŷ gydag Ifor Lloyd, ei asiant, a David Ailsworth a'i iâr, ar gyfer ei ethol yn gynghorydd i'r Cyngor Sir. Mae Ifor Lloyd a David Ailsworth yn curo ar ddrws ffrynt Hilda Griffiths, ac yna'n sgwrsio'n fywiog â hi. David sy'n siarad fwyaf – ei freichiau'n chwifio'n wyllt. 'Bi bi dibl bibl di!'

Dau ymgeisydd sydd yn yr etholiad: Bob Bylbs, tad Huw'r Ddôl, a Donald ei hun. Mae Bob Bylbs (Robert W. Morris) yn cynrychioli'r Blaid Fach, a Donald yn sefyll fel Annibynnwr.

Daw Donald o ryw ddau dŷ i fyny'r stryd, gan gyfarch Hilda Griffiths yn gynnes, 'Alla i ddibynnu ar ych cefnogaeth chi yn y 'lecsiwn i'r Cyngor Sir, Hilda Griffiths?'

'Medrwch m'wn – ond wn i'm pam chwaith. Ma' Bob Bylbs cystal dyn bob tamad – ac mae o'n Welsh Nash! Ma' ishio i ni'r Cymry syportio Welsh Nash, syportio'n gilydd 'toes, dyna dduda i Mr Parry!'

'Ia, ond fi ydy'ch gwnidog chi, Hilda Griffiths. Mi fyddwn i'n *disgwyl* cal ych cefnogaeth chi . . . ac ma' Bob Bylbs yn yfwr trwm, cofiwch, 'nôl pob sôn, ac yn gamblo ar y ceffyla hefyd meddan nhw!'

'Finna hefyd Mr Parry, ar bob Grand National, ac wedi gneud 'rioed!' Mae Ifor Lloyd yn gwgu. 'Ond tydi hynny ddim yn golygu mod i'n ddynas ddrwg , yn nacdi?'

'Wel nacdi ond . . . sut duda i o dwch . . .?' Mae Donald yn bod yn ddiplomataidd, 'Tydy o ddim yn beth i'w gymeradwyo, Hilda Griffiths, ddudwn i o felly, a chitha'n aelod yn Bethlehem, ac yn chwara'r organ 'te!'

Mae Hilda'n flin, 'Dyna'ch drwg chi Mr Parry, gweld y brycheuyn bob tro heb weld y trawst! Tydy'r mab 'na 'sganddoch chi ddim yn angal chwaith, Mr Parry – o bell ffordd!' Ac mae'n cau'r drws yn glep yn ei wyneb.

Edrycha Ifor Lloyd yn euog wrth i David Ailsworth ymddiheuro i'w iâr rhag bod honno wedi cael ei dychryn gan dymer ddrwg Hilda. 'Bo bi bi dibl-di!' Mae'r tri yn cerdded i ffwrdd wrth i Donald holi Ifor, 'Be ma' Kenneth 'di neud iddi rŵan, dwch?'

Ond David sy'n ateb, 'Bo bidl bidl-di bob bobl-di!'

Trosa Ifor Lloyd, 'Wel, fel ma' David yn deud, sôn odd Miss Griffiths wrthan ni jest rŵan, cyn i chi gyrradd, bod Kenneth wedi bod yn chwara cnoc-dôrs arni hefo'r Gwilym 'na echdoe, hogia bach – a'i bod hi wedi'i ddal o'n gneud, a bod Kenneth wedi'i rhegi hi – wel, dyna ddudodd Hilda Griffiths beth bynnag!'

'Bibl bi bob!' Atega David y cyfan.

'Be ddudodd o wrthi felly, Ifor Lloyd?'

Mae Ifor Lloyd yn cymryd gwynt mawr a sibrwd yn ddramatig yng nghlust Donald.

'Duwadd annwl dad!' Mae Donald yn dychryn, 'Lle clywodd o eiria felly, 'dwch?'

Coda Ifor Lloyd a David Ailsworth eu hysgwyddau wrth i Ifor ychwanegu, 'Ond mae o'n chwara hefo'r Huw Ddôl 'na'n tydi – mab Bob Bylbs.'

'Ydy, ond . . .?'

'Wel, sei no môr, 'te!'

Yn siop Edgar a Morfudd mae Dilys yn prynu un neu ddau o bethau fel esgus i gael dod â phoster 'lecsiwn Donald i'w grogi yn y siop. 'No, I can't sleep a wink since I've gone on this baby, Morfudd – the doctor gave me some sleeping pills . . . very mild ones, but ma' nhw'n gwitho'n grêt, 'na beth sy'n bwysig. Goodness gracious me, wy'n cysgu fel twrch w, er bod Donald yn chwrnu fel trap door wrth fy ymyl i! A wy 'di dechre chwydu yn y boreue 'ed – morning sickness – ych, ma' fe'n disgusting! The joys of motherhood, eh, Morfudd?'

Edrycha Morfudd yn drist. Nid oes ganddi blant. 'Faswn i'm yn gwbod, Mrs Parry!'

'Oh, sori, I didn't think!'

Mae'n dod ag afalau iddi, 'Hanner dwsin o fala, rhwbath arall?'

'Wel 'na dwp odw i, o'n i wedi anghofio . . . y poster hyn, siŵr iawn!' Ac mae'n tynnu poster allan o'i bag sy'n dangos llun o Donald a Dilys yn pôsio mewn cadair esmwyth gyda

Kenneth yn sefyll y tu cefn iddynt yn gwenu'n angylaidd. Mae 'Pleidleisiwch i Donald Parry, eich ymgeisydd annibynnol' wedi ei brintio mewn llythrennau breision ar ei draws. 'Fydde chi'n folon hongan hwn yn rhywle i bawb 'i weld e, Morfudd? Mae'n bwysig i Donald – chi *yn* mynd i foto iddo fe, gobitho?'

Gwena Morfudd yn gadarnhaol wrth gymryd y poster oddi arni a'i grogi wrth ymyl un arall, mwy, o Bob Bylbs a'i deulu – ei wraig Non, a'i fab, Huw. Arno mae 'Cofiwch bleidleisio i'ch cyd-Gymro, Robert W. Morris'!

'Cyd-Gymro! My giddy aunt, o ble mae Donald yn dod 'te – from Mars? Mae'r Welsh Nash hyn all the same – nath Hitler yn gwmws 'run peth 'da'r Nazis yn Germany adeg y rhyfel – divide and rule, 'na beth yw e!' Heb gymryd ei gwynt bron, 'Mae'r Bob Bylbs hyn yn real bad egg, Morfudd, and I don't care who knows it!' Gan gyfeirio at y poster sy'n dangos y teulu dedwydd dywed, 'Non, his wife, leads an awful life you know – ma' fe'n 'i churo hi!'

Ceisia Morfudd yn aflwyddiannus i gael Dilys i gadw ei llais i lawr. 'And he drinks and gambles and goes with other women – ych, he gives me the creeps! Tynnwch e lawr, Morfudd!'

Oeda Morfudd yn anghyfforddus.

'Well if you won't do it – I'll have to do it myself!' Ac mae Dilys yn croesi at y drws a thynnu'r poster i lawr. 'There! Now, dodwch e'n y bin Morfudd, ac os gwedith Bob Bylbs rywbeth, gwedwch bod un o'i "gyd-Gymry" wedi'i neud e!'

Ar hynny, daw Edgar drwodd o'r cefn gan sgwrsio'n hapus â Bob Bylbs – sy'n digwydd bod yn dipyn o regwr. 'Uffar, ma'r policies 'sgin i'n rhai refoliwshionari ai; arclwy' ma' ishio clwb yfad yma'n déspret ia, i ddod â phres a laiff i'r hen bentra 'ma, no – achos dyna 'dan ni 'i ishio 'te – dipyn o blydi injoiment . . .!' Mae'r ddau yn gweld ei gilydd. 'S'mai, del!'

Dilys, yn syber, 'Mr Morris!'

Mae Bob yn parhau'n ddi-hid wrth groesi at y drws, 'Wel Edgar, diolch am ddeud bo chdi'n mynd i fotio i fi ia.' Edrycha ar ei oriawr, 'Arclwy', rhaid i mi fynd rŵan yli – ma gin i fwy o ganfasio i' neud os dwi'n mynd i ennill y blydi lecshwn 'ma ai!'

'Os ych chi'n mynd i ennill y "blydi lecshwn" hyn, fel ych chi'n weud, Bob Bylbs, yna wy'n dishgwl y diafol no less!' Ac mae Dilys yn cyfeirio at ei bol.

'Tydi un diafol ddim yn ddigon gen ti, 'ta, lêdi?' A rhyfedda Bob at ei glyfrwch ei hun wrth i Dilys gorddi'n dawel, 'See you ia, a chofiwch hongian postar fi mewn lle prominent i bawb blydi weld fo ia!'

Ffrwydra Dilys, 'It's in the bin, Bob Bylbs, and if you want to know who put it there, I did – so there! Mae'n troi at Edgar, 'A diolch yn fawr Edgar, chi'n mynd i foto iddo fe ŷch chi? Wel, mae'n neis cal gwybod pwy yw'ch ffrindie chi on'd yw hi!' A chan edrych yn hyll ar Morfudd martsia am y drws lle mae'n oedi i danio un ergyd olaf. 'You're not worthy to lick Donald's boots Bob Bylbs!', ac mae'n gadael ar frys. Gwaedda Morfudd ar ei hôl, 'Ych negas chi, Mrs Parry?' Ond mae Dilys wedi mynd. Mae distawrwydd anghyffredin yn y siop wrth i Morfudd geisio'i lenwi'n wan, 'O, un dda ydy Mrs Parry gwnidog 'te. Sens o' hiwmor mor wahanol ganddi – un o'r de 'wch chi!'

Mae Edgar yn chwerthin yn ansicr, cyn i Bob roi taw ar y cyfan. 'Blydi cracyrs os ti'n gofyn i fi, ia!'

Yn ddiweddarach, yn ystafelloedd newid y bechgyn yn yr ysgol, mae Kenneth ar ei ben ei hun, gyda photelaid o inc glas a du wrth ei ymyl, a rhwbiwr a phapur blotio. Mae'n canolbwyntio'n arw, gan frathu ei dafod wrth newid rhai o'r marciau gwaethaf yn ei adroddiad. Mae 8 yn Algebra yn mynd yn 88, a 23 yn Ffrangeg yn mynd yn 73, a 6 yn Lladin yn mynd yn 96! Mae'n ofnus ac yn tsiecio nad oes neb o gwmpas. Yn sydyn, clywa lais Cwy yn gweiddi, 'Ken?'

Mae'n panicio a smyjio un o'r marciau. 'Dam!'

Daw Cwy i mewn a'i ddal, 'Be ti'n neud?'

''Sgin i'm dewis, Cwy!'

Arswyda Cwy, 'Ond fedri di ddim newid comments y titsiars!'

''Mond "must try harder" ma'n nhw 'di sgwennu, diolch i'r drefn.'

'Ond be tasa dy fam a dy dad yn ffeindio allan?'

'Fasa raid imi ladd fi fy hun wedyn yn basa!' Ac mae'n pacio'i fag ysgol yn daclus a chychwyn am adref, wrth i Cwy deimlo cymysgwch o amheuaeth ac edmygedd tuag ato.

Ar eu ffordd adref o'r ysgol, mae'r ddau'n pasio poster o Bob Bylbs a'i deulu ar bolyn lamp ac, er bod Cwy'n ceisio ei berswadio i beidio, mae Kenneth yn ychwanegu mwstash dan drwyn Bob Bylbs, a rhoi het wirion ar ben Huw'r Ddôl. Yna mae'n rhoi llinell trwy'r enw Robert Morris, a sgriblo 'Bob Bylbs' uwch ei ben – ac ychwanegu 'Peidiwch' yn lle 'cofiwch' cyn 'Pleidleisio i'ch cyd-Gymro'. Mae'n cael hwyl na fu rotsiwn beth. 'Ti'm yn gall, Ken!' Ac mae Cwy'n ymuno yn y chwerthin. Ond daw Bessie Fusneslyd ar ei thrafals a gweld eu misdimanars o bell. 'Hei! Be dach chi'n neud yn fan 'na?' Ac mae'r ddau'n sgrialu am adref, gyda Cwy yn ei atgoffa'n flin, 'Ddudish i'n do!'

Yn ddiweddarach y tu allan i Ariel, ffarwelia Cwy â Kenneth, 'Gobeithio eith petha'n ocê hefo'r ripôrt. Wela i chdi wedyn?'

''Mond os bydd y fforjeri 'di gweithio Cwy!' Ac mae'n cerdded at ei dynged yr ochr arall i'r drws ffrynt, gan roi gweddi daer wrth groesi'r trothwy.

Cerdda Kenneth i mewn i'r gegin i gyfeiliant hŵfro gwyllt Dilys. 'Hia, Bons!' Ond cyn i Bonso gael rhoi hanner cyfarthiad i gydnabod cyfarchiad ei berchennog, mae Donald wedi ei sodro yn y gadair eisteddfodol. 'Dwi ishio gair hefo chdi, mi nabs!'

'Be sy?'

Mae Dilys yn parhau i hŵfro, ond mae ei sylw ar yr hyn sy'n digwydd ar y gadair eisteddfodol.

'Ti'n gwbod yn iawn be sy!' Ofna Kenneth y gwaethaf – ond sut ar wyneb y ddaear mae ei dad wedi dod i wybod mor sydyn ei fod wedi newid y marciau ar ei adroddiad diwedd tymor? Ateba'n ddiniwed, 'Nacdw, be?'

'Hilda Griffiths 'te!'

'Hilda Gegog?' Â pheth rhyddhad, gofynna, 'Be amdani?'

'Paid â chymryd arnat nad wyt ti'n gwbod yli – ti'n meddwl
'mod i'n wirion ne' rwbath?'

'Ond gwbod be, Dad?'

'Ye gods; tell him Donald, you're speaking in riddles, man!'

'O'n i'n canfasio hiddiw, a mi ddudodd Hilda Griffiths
wrtha i dy fod ti wedi bod yn chwara cnoc-dôrs arni, Kenneth.'

Â rhyddhad mawr, 'O hyn-ny!' Yna mae'n cofio rhywbeth,
a dechreua chwerthin, wrth i Dilys roi'r gorau i hŵfro a
dringo i ben cadair arall i dynnu'r llwch. Ac am ddim rheswm
call, dechreua hithau hefyd chwerthin – y tu ôl i'w chadach
tynnu llwch. A 'mhen chwinciad chwannen, mae'r ddau wedi
colli rheolaeth yn llwyr arnynt eu hunain, ac yn chwerthin
lond eu boliau dros y stafell.

Ond nid yw Donald yn chwerthin. 'Tydi'r peth ddim yn
ddoniol, Kenneth!' Ac mae'n arthio ar ei wraig iddi hithau
dewi, 'Dilys!'

Mae'r ddau'n sobri rhyw fymryn, wrth i Donald barhau'n
syber, 'A mi ddudodd hi dy fod ti wedi'i rhegi hi hefyd!'

Ar hyn, mae Kenneth yn sobri'n gyfan gwbl – mae'n
gwybod yn iawn bod rhegi'n anathema llwyr i'w dad. 'O
naddo Dad, faswn i byth yn rhegi!' Ac ymdrecha Dilys hefyd i
gadw wyneb syth.

'Wel, dyna ddudodd hi wrth Ifor Lloyd a David Ailsworth.
O'n i yno!'

Mae Kenneth yn gorfod meddwl yn gyflym, 'Cwy nath,
Dad. Fo regodd, onest!'

'Wyt ti'n deud y gwir Kenneth?'

'Cris croes tân poeth hôp tw dai Dad. Fydda i byth yn rhegi.'

'Dangos dy dafod 'ta?'

Protestia Dilys, 'Oh, for goodness' sake, Donald!' Ond mae
Kenneth yn ufuddhau a dangos ei dafod wrth i Donald ei
astudio'n ofalus – fel pe bai hyn yn rhyw ddull biolegol di-feth
o brofi geirwirder dyn. 'Oreit 'ta, mi dderbynia i dy air di – ti
yn onast, dyna un peth ddweda i amdanat ti. Ga i air hefo
Gwilym pan wela i o nesa!'

Gwena Kenneth yn anghysurus yn ystod saib sydd yn llawer
rhy hir.

Daw Dilys i lawr o ben y gadair yn frwd, 'Wel?'

'Wel, be?'

'Well, did you get your school report?'

'O, hwnnw!' Syrthia calon Kenneth i waelodion ei sanau tyllog wrth i Donald godi ei ben ac estyn ei law allan yn ddisgwylgar. Mae'n agor ei fag ysgol a thynnu'r amlen frown yn araf, araf ohono. 'Dyma fo!'

Cipia Dilys yr amlen, 'Fi gynta!'

'Wel duwadd annwl dad!'

Ac mae Dilys yn rhwygo'r amlen ar agor, wrth i Kenneth brofi'r gwacter erchyll hwnnw sy'n digwydd tra bod dyn yn disgwyl am ymateb rhywun i brosiect go amheus. Mae'n mynd i uffern ac yn ôl ddwy waith o leiaf yn y tragwyddoldeb o amser y mae'n rhaid iddo aros, ac nid yw'r ffaith fod ei dad yn amlwg ddisgwyl y gwaethaf o ddim cysur o gwbl i'w ysbryd bregus. Ar hynny, gyda sgrech o ryddhad sy'n dychryn Bonso, gorffenna Dilys ddarllen yr adroddiad, 'Well done you, Hyacinth! Look Donald, mae'r marcie hyn yn superb! Look, w!' Ac mae'n rhoi'r adroddiad i Donald, a llongyfarch Kenneth trwy ei gofleidio a'i gusanu'n wyllt. 'Who's a clever boy then?'

'O Mam!'

Yna, mae'n rhaid iddo fynd trwy'r un hunllef eto wrth ddisgwyl ymateb Donald y tro hwn. Wnaiff o sylwi tybed ar y 'gwelliannau'?

Daw gwên araf, fawr i wyneb Donald, 'Well done ti, Jac-y-do! Dwi'n falch sobor ohona chdi cofia!' Ac mae'n rhoi cusan iddo ar ei ben, 'Neinti-six yn Latin! Da iawn, iawn chdi, Kenneth! Os dali di ati fel hyn, Jac-y-do, do's wbod be ddaw ohona chdi cofia!' Gwena Kenneth fel giât, wrth i Donald ryfeddu mwy, 'Wel yn y wir, naw deg chwech!' Yna, mae'n sylwi ar rywbeth yn yr adroddiad, ac mae calon Kenneth yn methu tri churiad. 'Must try harder . . .! Pa mor "harder", dŵad? Be ma' nhw'n 'i feddwl?', ac mae'n chwerthin yn ddirmygus, wrth i Dilys ymuno ag o. 'My giddy aunt, he's only four short of a hundred w! What do they want, perfection?' Ac mae pawb yn chwerthin – a Kenneth yn arbennig, wrth feddwi yn yr ymdeimlad o ryddhad. Wedi ennyd, mae Donald yn dod i gasgliad pwysig: 'Ma' un peth yn sicr, neith y babi newydd fyth gadw i fyny â'r safon yma, Jac-y-do!'

A chyda hynny mae'r foment drosodd, ac mae Dilys yn cadw'r hŵfyr a'r cadachau llwch a throi at faterion pwysig eraill, 'Ma' 'da dadi rali yn y neuadd heno, Kenneth, i wneud 'da'r election – fydd that bad egg, Bob Bylbs 'na hefyd – sesiwn holi ag ateb yw e, cyfle i'r etholwyr holi'r ymgeiswyr neu rywbeth. Mae croeso i ti ddod 'da ni os ti'n moyn?'

'Na, dwi 'di gaddo mynd i chwara hefo Cwy, Mam, ac ma' gin i ishio picio i weld Miss World hefyd, gynta – nes i addo iddi!' Gwisga Donald a Dilys eu cotiau, wrth i Kenneth ffalsio'n hy, 'Sut ma'r 'lecsiwn yn mynd, Dad?'

'Iawn wyddost ti Jac-y-do, ond i neb ypsetio'r drol rŵan 'te. Fyddwn ni'n "home and dry" ddudwn i!' Ac mae pawb yn chwerthin yn or-hyderus wrth i Donald a Dilys adael. Oeda Donald wrth y drws, 'O dwi'n browd ohona chdi cofia, Jac-y-do!' Ac mae'n gadael wrth i Kenneth roi ebychiad arall o ryddhad, a chroesi am y pantri ac agor y cwpwrdd bwyd, 'Be ga i i fyta, dwch?'

Mae'n paratoi brechdan jam iddo'i hun. Ond mae'n anniddig, ac mae rhywbeth yn ei bryderu. Ei gydwybod, o bosib? Rhy'r frechdan jam i Bonso. 'Hwda Bons, ma' gin i gnoi!'

Yn y tŷ bach yn ddiweddarach, mae Kenneth yn eistedd yn ddiflas ar y toiled, gyda'i drowsus i lawr am ei fferau. Mae'n amlwg ei fod mewn tipyn o boen – corfforol ac fel arall. Wrth edrych ar yr adroddiad ysgol, ochneidia'n drist. 'Wel dwi 'di gneud hi rŵan ta'n do!'

Hanner awr yn ddiweddarch mae Kenneth yn nhŷ Miss World, ac mae ei gydwybod yn dal i'w boeni. Mae wedi galw'n gynt na'r arfer, wrth i'r ddau ymdrin yn ddwys â phroblemau bywyd o amgylch y tân.

'Dwi 'di gneud rhwbath ofnadwy, Miss World.'

''Wannwl, be sy felly? Be ti 'di neud rŵan?'

'Newch chi'm deud wrth neb na 'newch, Miss World?'

Ac meddai hithau'n chwareus, 'O, mae'n dibynnu, tydi!'

Mae Kenneth o ddifrif. 'Ma' rhaid i chi addo hynny imi, Miss World, neu nai'm deud 'thach chi, ylwch.'

Difrifola Miss World, 'O reit, dwi'n addo!' Yna, wedi eiliad, 'Ti'm 'di lladd neb, naddo?'

'Naddo siŵr, pidiwch â bod yn wirion Miss World!' Chwilia Kenneth, wrth syllu'n hir i'r tân, am yr hyder i gyfaddef.

'Wel?'

O'r diwedd mae'n mentro, 'Dwi 'di newid marcia'n ripôrt o'r ysgol, Miss World!'

'Be ti'n feddwl, newid marcia?'

Yn euog, dywed, ''Di fforjio nhw 'nte, Miss World – gneud i'r marcia edrach yn well! A dwi 'di newid y chwech gesh i am Latin yn naw deg chwech, Miss World – wn i'm pam nesh i beth felly!'

Rhyfedda Miss World, ''Wannwl! Ma' mwy i fywyd na marcia uchal mewn ecsams wyddost ti, Kenneth – all unrhyw ffŵl neud hynny. Be w'ti fel person sy'n bwysig. Dyna sy'n cyfri – ac ar hyn o bryd rwyt ti'n anonast. Yn twyt?'

Mae'n nodio'i ben, 'Be 'di'r peth gorau i' neud 'ta, Miss World?'

'Wel, bydd rhaid i ti ddeud y gwir wrth dy fam a dy dad yn bydd, Kenneth; does dim amheuath am hynny.'

'Ia, ond pryd Miss World?'

'Wel cynta'n byd gora'n byd 'te!' Edrycha Kenneth yn anfodlon. 'Fydd petha ddim yn rhy ddrwg gei di weld – ma' dy fam a dy dad yn siŵr o fod yn flin – ond ma' canlyniada *peidio* deud yn bownd o fod yn waeth.'

'Sut dach chi'n gwbod hynny, Miss World?'

'Fuo minna'n blentyn unwaith hefyd, cofia!'

'Be nathoch chi felly, Miss World?'

'Wel, paid â deud wrth neb, ond mi nesh i roi'r bai ar fy ffrind gora am rywbeth nesh i fy hun unwaith, cofia!'

Ac mae saib dyngedfennol. 'Dwi 'di gneud hynny hefyd, Miss World!'

'Hefo pwy?'

'Hefo Cwy. Rois i'r bai arno fo am regi, a fi nath go iawn!'

'Wrth pwy ddudist ti gelwdd felly?'

'Wrth Dad a Mam, Miss World – eto!'

'Wel twyt ti'n gradur, dŵad!' Yna'n llym, 'Ma' gin ti waith egluro felly, 'toes?'

'Dwi'n gwbod, Miss World!'

Ar hynny, mae sŵn curo gwyllt ar y drws. Coda Miss World ei phen, 'Dowch mewn!' A daw Cwy, Glymbo Rêch, Helen a Linda i mewn fel parti cyd-adrodd gwael yn cyrraedd y llwyfan. Helen, 'nôl ei harfer, yw'r llefarydd blaen, 'Ti'n dod allan i chwara, Ken?'

Yn y cwt yng ngwaelod yr ardd yn Ariel mae Helen, Linda, Cwy, Glymbo Rêch a Kenneth, yn chwarae *Truth, Dare, Kiss or Promise*. Cwy sy'n gosod y dasg gyntaf, 'Constantinople is a very big word; can you spell it?'

Bratha Helen ei gwefus a bod yn fwriadol dwp, 'Dwi'n hopeless am sbelio!'

Mae Glymbo Rêch yn amheus, 'Ond odd Coesa Bwrdd yn dy ganmol di – deud bo ti'n brêni.'

'Ia, am sgwennu stori odd hynny 'te, dim am sbelio . . . .!' Ac mae'n meddwl mwy. 'Na, dim clem – dwi'n give in.'

Sillafa Cwy'r atebiad fel athrylith, 'Ai tî!'

Ac mae Helen yn dwp go iawn y tro hyn, 'Be ti'n feddwl, ai tî?'

'Constantinople is a very big word, can you spell *it*? It! I T, 'te!' Ac mae'n chwerthin yn fuddugoliaethus.

'O cachwr Glymbo Rêch; tydi hynna ddim yn ffêr!'

'Reit, Truth, Dare, Kiss or Promise?'

Dewisa Helen yn ofalus, 'Ŵ, dwn i'm . . . Dare?'

Ac mae'r lleill i gyd yn gynhyrfus oherwydd ei dewis, 'We hei!' Cwy yw'r un sy'n gosod y 'dare'. 'Reit, ma ishio ichdi gusanu Kenneth 'de – fatha ma' nhw'n gneud ar y ffilms 'de – a ma ishio chdi roi sws ar 'i geg o – un 'lyb!' Mae Kenneth ar ei draed yn syth yn protestio, 'Iych, no wê, boi!' Ac mae Helen yn protestio hefyd – ond ddim go iawn. 'Dwi'm yn 'i ffansïo fo hyd yn oed – ych-a-fi!'

Mae Linda wedi cael llond bol, ac mae'n genfigennus hefyd

rhyw 'chydig bach, 'O, cym on, ma' raid 'chi neud, siŵr – ma' raid i chi chwara'r gêm.' Amenia pawb ei sylw craff. Yna, i gyfeiliant curo dwylo rheolaidd y lleill, mae Helen, fel ffilm stâr, yn paratoi i gusanu Kenneth, wrth i hwnnw ruthro am y drws. 'Dwi'n mynd adra . . .' Ac ar hynny, mae Glymbo Rêch a Cwy yn gafael yn ei freichiau a'i rwystro.

Gyda steil, gan ddiystyru protestiadau Kenneth yn gyfan gwbl, mae Helen yn ei gusanu'n llawn ac yn hir ar ei wefusau. 'Paid!' Ac mae'n poeri'n wyllt, 'Ych-a-fi! Cachwrs! Odd hwnna'n horrible!' Iddo ef efallai, ond nid i Helen. 'Pidiwch â gneud imi neud peth fylna byth eto – o cê!' yw ei hunig brotest wan.

Ac mae pawb arall yn chwerthin, wrth i Glymbo Rêch fwrw 'mlaen yn frwdfrydig gyda'r gêm. 'Reit, chdi sy nesa, Ken.'

Sycha Kenneth ei geg yn wyllt â hances boced fudr. 'Pych! Ych-a-fi! Pych-iych!'

'Sut ma rhywun o Fangor yn sbelio Mississippi?'

Yn y cyfamser, yn Neuadd y Pentref, mae pethau'n dechrau poethi. Mae cefnogwyr Bob Bylbs yno'n llu; ac mae Ifor Lloyd a Donald ar ochr dde'r Cadeirydd, sef Huw 'Cw, a Bob Bylbs a'i asiant yntau, Evelyn y flonden, ar yr ochr arall. Mae gan bob un o'r prif chwaraewyr rosetiau mawr lliwgar yn datgan eu teyrngarwch. Evelyn sy'n traethu gyntaf – ac mae'n flin, 'Ma' hyn yn ffact ichi, mi welodd Bessie Robaitsh Kenneth mab y gwnidog, hefo'i llgada'i hun, yn gneud llunia' ar bostar Bob . . . Mr Morris, ac fel asiant iddo fo, dwi'n protestio am hynny!' Daw bonllefau o gefnogaeth o'r llawr, 'Hear hear!', 'Sgandal!' a 'Nyl and foid!', wrth i Evelyn barhau'n fwy hyderus. 'Mae'n amlwg i mi fod hyn yn blot gin Parry Gwnidog i gal 'i deulu i ddifetha postars Mr Robert Morris, ymgeisydd swyddogol y Blaid Fach!'

Mae Donald ar ei draed yn gwrthwynebu'n gryf, 'Plot? Be dach chi'n 'i feddwl, ddynas?'

A daw ymyrraeth arall o'r llawr ar ffurf Gwenda, 'Glywish i fod gwraig y gwnidog wedi rhwygo postar arall, ac wedi'i roi o yn y bin – fedrwch chi'm gwadu hynny; Edgar Siop ddudodd wrtha i, ac mi roedd o yno.' Plyga Edgar ei ben mewn cywilydd – mae'n anodd cadw cwsmeriaid a bod yn deyrngar i ddau eithaf! Mae Morfudd wedi dysgu'r wers honno eisoes, mae'n amlwg, ac mae'n dangos ei dirmyg tuag ato am geisio'r amhosib, trwy edrych yn gas arno a thytian yn hunangyfiawn 'run pryd. Cod Dilys i'w thraed yn herfeiddiol, 'My giddy aunt, yes! And I would do it again too! How dare this . . .' ac mae'n chwilio am eiriau, '. . . this thing, stand against Donald – nagyw e'n ffit to hold public office w. Ma fe'n bad egg!' Ymdrecha Donald i gau ei cheg, ''Na ddigon, Dilys!' Ond mae'n rhy hwyr, oherwydd mae cefnogwyr y naill ochr a'r llall wedi dechrau ymladd ymysg ei gilydd, gyda David Ailsworth a'i iâr yn gweithredu fel reffarîs aneffeithiol yn y canol.

Uwch popeth, mae llais Huw 'Cw fel llef un yn llefain yn y diffeithwch, 'Ylwch, dwi'n ymbil am osteg a thangnefedd os gwelwch chi fod yn dda, gyfeillion?'

Yn ôl yn y cwt ar waelod yr ardd mae Glymbo Rêch yn dyfarnu'n goeth, 'Rong!', wrth i Kenneth fynnu ateb i'r amhosibl. 'Sut ma' rhywun o Fangor yn sbelio Mississippi, 'ta?'

'M ai, dybl s ai, dybl s ai, dybl p ai!' Ac mae pawb ond Kenneth yn chwerthin lond eu boliau.

Helen sy'n dewis y fforffed y tro hwn. 'Reit, chdi rŵan Ken, Truth, Dare, Kiss o'r Promise, pa un tishio?'

'O cê 'ta . . . gymra i 'Truth'!'

'Dy gosb di Ken, ydy deud y gwir am rwbath ti 'di neud yn rong!' A chlosia pawb i glywed yn well. Wedi meddwl yn ddwys, mae Kenneth yn cymryd gwynt mawr cyn mentro. 'Reit. Odd Hilda Gegog 'di deud wrth Dad bo' fi 'di'i rhegi hi noson o'r blaen pan odd Cwy a fi'n chwara cnoc-dôrs.' Mae'r lleill yn nodio mewn cydymdeimlad. 'A mi ddudis i wrth Dad ma' Cwy regodd, dim fi . . .!'

Mae Cwy yn cael anhawster i goelio'i glustiau. Yna, mae'n flin iawn pan mae'n gwneud, 'Cachwr! Fi ceith hi rŵan 'te, a mi ddudith dy dad o flaen pawb yn capal dydd Sul, fatha nath o hefo Harri Bont pan gafodd hwnnw'i ddal yn yfad peint yn y Quarry! No way, boi.' Mae'n sefyll. 'Dwi'm yn cymryd y bai am hyn, dwi'n mynd i ddeud wrth dy dad amdana chdi!'

A chod Kenneth ar ei draed hefyd gan ymbilio'n daer, 'Fedri di ddim Cwy, mae o'n yr Hall yn siarad hefo pobol am y 'lecsiwn.'

'Tria di stopio fi, boi, ac mi gei di warog!' Gafaela Kenneth ynddo, ac mae'r ddau'n ymladd yn ffyrnig ar lawr. Daw Helen i geisio eu rhwystro – mae'n gweiddi'n ddramatig, 'Ken, gad iddo fo fynd!' Llwydda Cwy i dorri'n rhydd o'r diwedd, a chydag edrychiad o gasineb pur, 'Dwi'm ishio chwara hefo chdi byth eto, Kenneth Parry!' ac mae'n gadael ar frys. ae Kenneth mewn panic mawr, 'Dowch, ma' raid imi drio'i stopio fo!' ac mae'n rhedeg ar ei ôl, wrth i'r lleill frysio i'w ddilyn.

Yn Neuadd y Pentref, mae'r dyrfa wedi gostegu erbyn hyn, ac mae Donald ar ei draed yn traethu am rai o'i bolisïau arfaethedig, 'A 'mwriad i, fel rhan o 'mholisi i adfywio'r pentra – os ca i fy ethol yn gynghorydd arnoch chi, hynny ydi – ydi datblygu'r cae chwara i'r plant, a chal pwll tywod yno, a swings a rowndabout. Ma'r plant 'ma'n haeddu hynny, dybiwn i.'

Mae Hilda Griffiths yn heclo, 'Ydyn, falla cawn ninna lonydd ganddyn nhwtha wedyn, rhag y cnoc-dôrs felltith 'na!'

Ar hynny, rhuthra Cwy i mewn trwy'r drws yng nghefn y neuadd, ac mae pawb yn troi i edrych arno. Rhewa yn y fan a'r lle o weld y ffasiwn dyrfa. Dywed Donald, wrth sylwi arno, 'A, Gwilym! Dyn ifanc dwi ishio gair hefo fo – a dwi'n gwisgo fy het fel gwnidog rŵan, bobol!' Mae'n flin. 'Rhag dy gywilydd di, Gwilym! Ymddiheura i Miss Hilda Griffiths am regi arni'r noson o'r blaen. Ffwrdd â ti, deud sori wrthi. Y funud yma!'

'Nid fi 'nath, Mr Parry . . . Kenneth regodd. Fo ddudodd "ffyc off"!' Ac mae'n Armagedon! Mae pawb yn arswydo o glywed y fath iaith mewn man cyhoeddus – nid lleiaf Tomi Bach y prifathro, sy'n procio'i glust dde hefo'i Parker pen i glirio unrhyw gŵyr a allai fod yn amharu ar ei glyw. Mae Donald ar ei fwyaf effeithiol fel gweinidog ar achlysuron prin fel hyn, 'Wel yn y wir, Gwilym, ma' hynna'n anfaddeuol – a rhoi'r bai ar rywun hollol ddiniwed hefyd, sy'n waeth!'

Daw Hilda'n gynghreiriad annisgwyl i Cwy, 'Ond nid Gwilym regodd, Mr Parry; mae o'n deud y gwir – ddudish i wrth Ifor Lloyd a David Ailsworth pnawn 'ma – Kenneth, ych hogyn chi, regodd!' Ac mae David Ailsworth a'i iâr yn ategu'r gosodiad o gefn y neuadd, 'Bidl bi bi bodl bi!' Gwrthoda Donald gredu'r fath beth, 'Kenneth . . . ond . . .?'

Ac ar hynny, mae'r drws yn cael ei daflu'n agored eilwaith, a daw Kenneth, Glymbo Rêch, Helen a Linda i mewn â'u gwynt yn eu dyrnau. Rhewant hwythau hefyd yn y fan a'r lle; wrth i Kenneth wybod, o edrych ar wyneb ei dad, fod y gath allan o'r cwd. Cwy, yn sur, sy'n waldio'r hoelen olaf i'w arch, 'A gofynnwch iddo fo faint o farcia go iawn gafodd o yn Latin?' Saif Dilys ar ei thraed yn falch a heb feddwl, 'Ninety-six, everyone! Would you believe it? Gafodd Kenneth ni ninety-six mas o gant yn Latin yn ei exams yn yr . . .' Rhwystra Kenneth hi, 'Mam! Peidiwch, plîs!', wrth i Tomi Bach wgu a throi i edrych arno'n flin. 'Why, Hyacinth? I've got every reason to be proud of you.' Yn y distawrwydd sy'n dilyn, mae holl ddisgwyliadau Donald ar gyfer ei fab ar amrantiad yn syrthio'n bowdr i'r baw. 'Ateb y cwestiwn, Kenneth; faint o farcia gest ti yn dy arholiad Lladin?' Bratha Kenneth ei dafod yn ofnus, wrth i Helen lygadu'r llawr. Di-glem sy'n disgrifio orau wyneb Glymbo Rêch; ond mae Cwy fel yr Iddew gynt yn hawlio'i iawn i'w eithaf. Sibryda, 'Ddysgith hynny chdi i beidio deud clwydda amdana fi, boi!'

Edrycha Kenneth ar ei dad, 'Ges i chwech, Dad!'

Dywed Donald, mewn anghrediniaeth, 'Be, chwech allan o gant?' Mae Tomi Bach yn tytian o dan ei wynt, 'Gwarthus! Cywilyddus!'

'Sori Dad, ond nes i newid y marcia – odd gin i ofn y basa chi a Mam yn siomedig . . . a dau ddeg tri ges i yn Ffrangeg hefyd, a dim ond wyth yn Algebra!'

Mae hyn yn ormod i Dilys, 'Oh, my giddy aunt!' Ac i isel-sibrydion y dorf, mae'n llewygu yn y fan a'r lle.

Yng nghanol y cynnwrf mawr sy'n dilyn, mae Morfudd yn

rhedeg tuag ati, 'Edgar, ffonia'r ambiwlans wir, ma' Mrs Parry'n disgwyl babi!'

'Be? O, reit-o! Peidiwch â phanicio!' Mae hwnnw'n troi'n wyllt yn ei unfan. 'Ma'r ambiwlans ar 'i ffor'!'

Ac mae sgwrsio brwd ymhlith y gynulleidfa, gan mai dyma'r tro cyntaf iddynt glywed sôn am unrhyw fabi – ac mae beichiogrwydd unrhyw wraig weinidog, fel y gŵyr pob copa walltog, yn destun trafodaeth gyhoeddus lawn a thrylwyr! Neidia Donald yn bryderus i lawr o'r llwyfan a rhuthro at ymyl Dilys i'w hadfer, 'Wel duwadd annwl dad!' A llynca Kenneth ei boer yn galed, wrth i Helen bwyso 'mlaen a sibrwd yn ei glust, 'Os doi di allan o hyn, Ken, gei di sdydio hefo fi os tishio. Na i dy helpu di – dwi'n dda hefo Latin, yli.'

Bythefnos yn ddiweddarach, yn yr union neuadd bentref, mae'n noson canlyniadau'r etholiad. Mae Dilys yn gwisgo smòc yn agored, ac mae Donald a Kenneth yn sefyll yn falch wrth ei hymyl, gydag Ifor Lloyd yr asiant. Disgwyliant yn eiddgar am gyhoeddi'r canlyniadau. Yno hefyd mae Bob Bylbs a'i wraig, Non, a Huw'r Ddôl y mab, ac Evelyn y flonden, ei asiant yntau. Mae'r neuadd yn llawn o drigolion y pentre'n disgwyl yn eiddgar. Mae'r swyddog etholiadol, Mr Humphrey Bonnington-Gross, yn darllen allan ganlyniadau'r pleidleisio.

'In the election for the Llanllewyn ward for councillor to the Caernarfon County Council, the votes cast were as follows: Mr Robert Wicker Morris, Plaid Cwmru: three hundred and forty six votes!' Mae cymeradwyaeth frwd, 'The Reverend Donald Parry, Independent: three hundred and twenty votes!' Bonllefau o gymeradwyaeth i Bob Bylbs. 'There were twelve spoilt votes; and therefore I, Humphrey Bonnington-Gross, being Returning Officer for this constituency, do hereby declare that Robert Wicker Morris has been duly elected as councillor for the said ward!'

Â cefnogwyr Bob Bylbs yn wyllt wrth chwibanu a bloedd-io'u buddugoliaeth; yn codi Bob Bylbs ar eu hysgwyddau, ac yn canu 'For he's a jolly good fellow' yn uchel. Mae Dilys yn cysuro Donald, 'Rachmáninoff! Be chi'n dishgwl gan ddonkey w, ond cic – ontefe, Donald?' Edrycha Kenneth i fyny ar ei dad yn drist, 'Sori Dad, fi gollodd y 'lecsiwn i chi!'

Mae Donald o ddifri, 'Naci fachgian, ddim o gwbwl.'

Erbyn hyn, i dwrw byddarol ei gefnogwyr, mae Bob Bylbs yn camu 'mlaen i wneud ei araith ddiolchiadau. Gydag ef mae Non ei wraig, a Huw'r Ddôl – sy'n tynnu tafod yn bowld ar Kenneth. Nid yw Bob yn siaradwr rhy rugl. 'Diolch i bawb nath fotio i fi ia . . . hysh ia, be quiet like no!' Ceisia dawelu'r dyrfa. 'Diolch i bawb nath fotio i fi ia, you get what you get, a hefo fi, ia, you've got the bloody best. No doubt at all about that ia!' Ac mae'n derbyn cymeradwyaeth fyddarol am ei araith fer unigryw.

Donald sydd nesaf i siarad, ac mae'n camu 'mlaen yn syber. Distawa pawb. 'Gair byr o ddiolch sydd gen i i bawb a'm cefnogodd, ac i un gŵr ifanc yn arbennig – un ddysgodd i mi fod 'na betha pwysicach na llwyddo'n academaidd yn yr hen fyd 'ma – ac ia, yn bwysicach na hyd yn oed llwyddo'n boliticaidd hefyd!' Gwena Dilys yn wylaidd, wrth i Donald barhau. 'Ma' 'niolch cynta i felly yn mynd i Kenneth . . .!' Mae'n troi i'w gyfeiriad, ond nid oes golwg ohono. 'Wel, lle ar wyneb y ddaear . . .?' O'r cefn, mae David Ailsworth yn pwyntio at y wings ar ochr y llwyfan, 'Bibl-bidl bi bi!'

'This way you say, David?' A chroesa at ochr y llwyfan, gyda phawb yn ei ddilyn; ac fel consuriwr lliwgar coda'r llen hir sy'n gwarchod y rhan honno o'r llwyfan ag un symudiad lledrithiol. Ac yno, yng nghanol y gusan fwyaf geg-agored, fwyaf cyfoglyd, welwyd yn wings unrhyw neuadd bentref erioed, mae Kenneth Robert Parry a Helen Wyn James! Ac mae'n amlwg, yn ôl eu medr, eu bod wedi bod yn ymarfer eu 'Lladin' gryn dipyn! Rhyfedda a synna'r dyrfa gyda'u 'ŵŵŵŵ's!' a'u 'aaaaa's!' dilornus, tra ymateba Dilys, Donald, Helen a Kenneth yn eu gwahanol ffyrdd arferol:

'Hyacinth? Oh my goodness gracious me!'

'Wel duwadd annwl dad, be ti'n feddwl ti'n neud, dŵad?'

'Wps!'

'O DIAR!'

★

4

YR ONTRYPRYNŶR

Mae Dilys ar fin llewygu. Mae hi'n chwys oer drosti, ei phen yn troi, ac mae ganddi bwys mawr wrth i Donald ei harwain yn ansad i eistedd mewn cadair o flaen y tân. Saif Kenneth gerllaw yn edrych yn euog. Mae rhywbeth ddywedodd o, mae'n amlwg, wedi achosi'r gorymateb hwn ar ei rhan. 'Oh my giddy aunt! I've never felt so rotten in all my born days.'

Mae Donald yn pryderu am y babi, wrth ddychwelyd â gwydraid o ddŵr iddi, ''Sa'n well imi alw am y doctor, dŵad?'

'Yes! Yes! Get him here at once, I think I'm going to die.'

Protestia Kenneth yn daer, 'Ond Mam?'

'Dyna ddigon, Kenneth! Ti'm yn meddwl bo' ti 'di gneud digon o ddrwg am un dwrnod dŵad?' Mae'n troi at Dilys yn bryderus. 'Dio'm byd i' neud hefo'r babi, nacdi?' Ond mae Dilys yn ffaffian gormod i ateb. Yn sydyn, croesa Donald at y drws cefn a'i agor. 'David? David?'

Daw David at y drws gyda'i iâr, 'Bibl di?'

'Forget that hen now, David! Tell Doctor Tomos to come at once. Tell him Mrs Parry Gwnidog isn't feeling at all well, and tell him to hurry up wir dduwch!'

'Bi bidl di!' Ac i ffwrdd ag o.

Croesa Donald yn ôl i ganol yr ystafell i ymuno â Kenneth, sy'n edrych mewn penbleth ar Dilys, wrth iddi roi un o berfformiadau gorau ei bywyd. Mae'n tuchan a thagu a goranadlu, cyn cael ei gwynt ati'n araf – ac atalnodi'r cyfan gydag ebychiadau bach torcalonnus effeithiol. 'Rachmáninoff! Carruthers! Ye gods! Oh, my goodness gracious me!'

Sibryda Donald yn ddwys wrth Kenneth, 'Be ddudist ti wrthi hi, dŵad?'

''Mond gofyn am godiad cyflog nes i, Dad . . .!'

Ymateba Dilys fel bollt o'r nef, ''Mond gofyn? 'Struth, do you think we're made of money, boy?' Mae hi'n parhau, yn bwdlyd, hunandosturiol a llewyglyd 'run pryd: 'We obviously don't love you enough, Kenneth! Chi'n gwybod beth mae hyn yn ei olygu on'd ych chi, Donald? Ni wedi methu fel rhieni w – 'na'r gwir plân amdani, ontefe Kenneth? Ni wedi methu!' Ac mae'n wylo'n dawel fel yr Iesu ers talwm.

'O Mam!'

''Na chdi yli!' Mae Donald yn rhoi hances boced iddi, wrth i Kenneth gynhyrfu mwy ar y dyfroedd. 'Ma' pawb arall yn cal deg swllt yr wthnos!'

Ac mae Dilys yn cael riláps arall yn y fan a'r lle, 'Oh my giddy aunt, Donald, did you hear that?'

Cura rhywun ar y drws ffrynt. Medd Donald, yn flinach, 'Atab y drws ffrynt 'na wir, hogyn!', ac mae Kenneth yn mynd, wrth i Donald gysuro Dilys, ''Na chdi yli. Wel duwadd annwl dad Dilys, paid â gneud dy hun yn waeth – meddylia am y babi, wir ddyn!'

Gyda'i llaw ar ei brest, mae Dilys fel pe'n ceisio arafu curiad ei chalon trwy berswâd, 'Ble ŷn ni wedi mynd yn rong, Donald?'

Ar hynny, daw Bessie Fusneslyd i mewn gan dynnu ei chôt yn gartrefol a chroesi at y sinc. 'Newydd glwad Mrs Parry bach . . . be sy', cariad, fedra i neud rhwbath i helpu?' Agora'r tap a dechrau llenwi'r tecell, 'Panad wan ydy'r remedi ora at betha fel hyn w' chi, dyna dwi 'di ffeindio.'

Ac am unwaith, mae Donald yn cytuno ac yn falch o'i gweld, 'Dwi 'di galw Doctor Tomos, Miss Robaitsh.'

'Mae o allan ar "call", Mr Parry – hemroids Hilda Griffiths 'di bostio, m'wn!' Chwardda, 'Neu felly clywis i beth bynnag.' Rheola ei hun. 'Ŵ, rhaid mi beidio!' Yna, wedi saib i sadio, 'Welis i nyrs Joan – ma' hi am bicio draw gynta bydd hi 'di gorffan rhoi dressing ar bendûyn Now'r Allt.'

Daw curo eto ar y drws – a Nyrs Joan ei hun sydd yno. 'Well, talk of the devil!'

Mae gwallt Nyrs Joan yn fôr o gyrls, 'Chi'n lwcus, Mrs Parry bach! Grasusa! Odd Now 'di cwchwn am y Quarry cyn mi gyrradd ylwch – Now'r Allt 'lly. Sobor 'te!' Tynna'i thymomedr allan o'i bag a'i sodro yng ngheg Dilys. 'Be ddigwyddodd ichi felly, Mrs Parry bach?' Astudia Kenneth wallt Nyrs Joan gydag edmygedd pur, gan redeg ei fysedd trwy ei wallt syth ef ei hun a theimlo'n annigonol. Mae Dilys yn siarad yn floesg drwy'r thymomedr yn ei cheg. 'Y cryt hyn ofynnodd am godiad cyflog, Nyrs Joan!' Ac anadla'n ddwfn eto er effaith. 'Goodness gracious me, Donald only gets five hundred pound a year w! Nagw i'n gwybod shwt ma' fe'n dishgwl i ni fanijo ar hynny bach *a* rhoi codiad cyflog iddo fe 'ed.'

Mae Nyrs Joan yn tytian yn ddirmygus, 'Plant yr oes 'ma, Mrs Parry – ma' nhw beyond!'

'I mean, he gets sixpence as it is!'

'Ac i be' wyt ti ishio'r holl bres ychwanegol 'ma – i brynu sigaréts ia? W'ti 'di dechra smocio eto?'

'Naddo Dad, onest!'

'Wel, i be 'ta?'

Ac mae Dilys yn ateb drosto, wrth i Nyrs Joan dynnu'r thymomedr o'i cheg, 'It's to take that Helen James to the pictures isn't it – so you can show-off?'

'Naci'n tad! Ishio safio i brynu beic gin Harri Bont dwi 'de.'

Daw Bessie Roberts a gwthio Kenneth yn bowld o'r ffordd, ''Ma chi, Mrs Parry bach – te pinsh, ylwch, hefo lot o shwgwr yno fo!'

'Harri Bont? What are you doing with that good-for-nothing?' a chymera'r te, 'Thank you, Miss Roberts.'

Mae Kenneth yn penderfynu defnyddio techneg newydd – hunandosturi. 'Fi 'di'r unig un yn y pentra heb feic go iawn . . .'

Ond nid oes gan Donald owns o gydymdeimlad ag o, 'Be sy'n bod ar yr un 'sgin ti?'

''Sna'm gêrs arno fo, na drop handles, a ma Harri Bont yn gwerthu un hefo saith gêr *a* drop handles arno fo.'

Ar hynny, daw David Ailsworth trwy'r drws cefn gyda'i wynt yn ei ddwrn, 'Bibl bobl di bibw!' Croesa Donald ato, 'Dan ni'n gwbod, David bach, mae o 'di mynd allan ar "call" – ddudodd Bessie Robaitsh!'

Yn sydyn, mae'r drws ffrynt yn cael ei daflu'n ddramatig ar agor, 'Clwad nesh i ar fy ffordd 'nôl o dŷ Hilda Griffiths!' A daw Doctor Thomas i mewn ar frys. 'Be sy, Mrs Parry bach?' Ac mae pawb yn sefyll yn ôl i wneud lle i'r meddyg gyrraedd y claf, wrth i Nyrs Joan egluro'n wybodus, 'Ma'i thempritsiŷr hi'n normal doctor, ond ma'i phyls hi'n rasio cofiwch – sobor 'te!' Sylla Doctor Thomas yn hir i lygaid Dilys, 'Be ddigwydd-odd, Mrs Parry bach?'

'My giddy aunt, y cryt hyn ofynnodd am godiad cyflog, Doctor Tomos!' Ac anadla'n drwm eto. 'Goodness gracious me, fel wedes i wrth Nyrs Joan, Donald only gets five hundred pound a year – a shwt ma' fe'n dishgwl inni fanijo ar hynny *a* rhoi codiad cyflog iddo fe 'ed? Rachmáninoff, it's impossible w.'

Mae Doctor Thomas yn tytian yn anoddefgar, 'Plant yr oes 'ma, Mrs Parry! Meddwl bod arian yn tyfu ar goed, tydyn!'

Ac erbyn hyn mae Morfudd Siop wedi cyrraedd. 'Be sy, Mrs Parry bach? Clwad yn siop nes i, oes 'na rwbath fedra i neud?'

Gwêl Bessie hi'n fygythiad, 'Na, mae'n iawn, *dwi* in charge, Morfudd!' Yna, gyda gwên ffals, 'Gymrwch chi dop-yp, Mrs Parry bach?'

'No thank you, Miss Roberts.'

'Bid bidl-bo bid di?'

'Do you take sugar and milk, David?'

'Di bi!'

Rhaid i Bonso druan symud i wneud lle i'r holl bobl, wrth i Doctor Thomas ddiagnosio'n gyhoeddus: 'Wedi styrbio 'dach chi, Mrs Parry bach. Clywch, ro i rwbath ichi gymryd ato fo, ylwch.' Ac mae'n paratoi i roi chwistrelliad iddi, 'Ma ishio bod yn ofalus rhag gor-gynhyrfu w'chi, a chitha'n disgwl babi a phopath.'

Try Donald at Kenneth, sydd â'i feddwl o hyd ar gyrls Nyrs Joan, 'Ti'n gweld be ti 'di neud, hogyn?' Edrycha Kenneth yn euog. 'Rŵan, 'dan ni ddim ishio clwad dim mwy o sôn am y nonsans codiad cyflog 'ma eto, reit?

'Iawn, Dad.' A chyda hynny, daw mwy fyth o bobl i mewn

trwy'r drws ffrynt a'r cefn, wrth i'r newydd am Mrs Parry gwnidog ledu fel tân gwyllt trwy Lanllewyn.

Edrycha Donald trwy gil ei lygad ar Kenneth, ac yn sydyn teimla dosturi mawr tuag ato, 'Hwda Jac-y-do, pryna chewing gum i chdi dy hun yli!' Ac mae'n rhoi grôt iddo.

'O diolch, Dad!'

Trwy fforest o goesau pryderus, gwylia Bonso Kenneth yn gadael yn dawel trwy'r drws cefn – mae'r drws wedi ei adael yn gilagored. Erbyn hyn, daeth Dilys dros y chwistrelliad, ac mae'n bwrw iddi eto gydag arddeliad newydd! 'No, it was Kenneth's fault! My giddy aunt, ofynnodd e am godiad cyflog w.' Anadla'n drwm eto, 'Wants to buy some stupid bike or other!' Croesa David Ailsworth a'i iâr at y drws a gadael yn dawel. ''Struth, fel wedes i wrth Nyrs Joan a Doctor Thomas just now, Donald only . . .' Ac i ffwrdd â hi eto! Ymateba pawb yn gydymdeimladol, wrth i Bonso adael hefyd. 'Ye gods, it's impossible w!'

Mae Miss World yn sipian ei the wrth i Kenneth ddod i mewn. Mae'n taflu ei hun i gadair, 'Dwi'n casáu blincyn rhieni, Miss World!'

''Wannwl, be sy, felly?'

'Neud song an' dance ma' nhw 'te, bob tro dwi'n gofyn am godiad cyflog!'

'Codiad cyflog?'

'Ia – pres pocad ydy o go iawn – ond bob tro dwi'n gofyn am godiad ma' Mam yn gneud ffỳs a mynd yn sâl a ryw lol – a'r cwbwl er mwyn cadw fi'n dlawd, Miss World!'

'Taw 'rhen!' Gwena, 'A be 'di dy gyflog presennol di, chwedl titha, a be w ti'n 'i neud i haeddu hwnnw, dŵad? Twyt ti'm i weld yn gneud rhw lawar!'

'Y chwe mîsli ceiniog, dach chi'n feddwl?' Mae'n am-ddiffynnol, 'Dwi'n goro golchi a sychu llestr weithia, Miss World . . . chwynnu rhwng slabs llechi lôn gefn tu allan i'r garej . . . gneud 'ngwely bob bora, *a* mynd â Bonso am dro, a lot o betha erill hefyd – so ŷgs Miss World!' Mae'n seibio, 'Y peth ydy, tasa gin i 'mond chweigian, faswn i'n medru agor busnas fy hun – a ’sa’m rhaid imi gal ’u blincyn pres nhw wedyn na fasa?’

’’Wannwl, pa fusnas fasa hwnnw felly?’

‘Gwerthu coed tân, ’te Miss World. A ma’ Coesa Bwrdd yn deud . . .’

‘Coesa Bwrdd?’

‘Ia, Miss Waterschoot yr athrawes ddosbarth – ’dan ni’n ’i galw hi’n Coesa Bwrdd . . .’

‘Pam, neno’r tad?’

‘Wel achos bod gyni hi goesa fath â coesa bwrdd – dim siâp ynyn nhw ’te! Eniwê, odd Coesa Bwrdd yn deud bo’ Mr Beeching ’di cau reilwê, a bod ’na ddigonadd o slîpars lein ar werth yn stesion Pencraig – ’mond chweigian ydyn nhw, a mi fasa nhw’n gneud toman o goed tân yn basan? A ma ’na pitch ynyn nw hefyd medda hi!’

‘Pitch?’

‘Ia, be ma’ Mr Jones y Saer yn roi yn ’i eirch i gadw pryfid a dŵr a ballu rhag mynd i mewn – ma o’n sdwff sy’n llosgi’n dda hefyd medda Coesa Bwrdd.’

‘Wel, be sy’n dy rwystro di ’ta?’

‘Ddudis i’n do Miss World – blincyn deg swllt, ’te! Dyna pam o’n i ishio codiad cyflog, i brynu slîpar lein i mi gal gwerthu coed tân. Dyna’r unig ffor’ medra i neud digon o bres i mi gal prynu beic drop handles Harri Bont!’

‘Beic drop handles Harri Bont? Y rwdlyn yna?’ Mae’r darnau’n disgyn i’w lle. ‘O, aros di – dwi’n dechra dallt y dalltings rŵan! Wela i!’ Ffurfia gwestiwn yn ei meddwl, ‘Wel faint ydy’r beic ’ma?’

‘Êt pownd sefn and sics, Miss World – ac mi allwn i neud hynna allan o un slîpar lein – îsî!’

‘Wel twyt ti’n gradur, dŵad!’ Ac mae’n codi at y dresel, ac yn estyn am gwpan. ‘Hwda, dyma ichdi bresant bach gin i yli,’ a chynigia bapur degswllt iddo. ‘I ti gal prynu dy slîpar lein.’

‘Na, fedrwn i ddim Miss World, be fasa Dad a Mam yn ’i ddeud? Ma’n nhw’n meddwl bo’ chi’n dlotach na ni!’

Chwardda Miss World yn uchel wrth feddwl am y peth. ’’Sdim rhaid iddyn nhw ga’l gwbod, nagoes?’

'Allwn i dalu'n ôl i chi ar ôl i mi gal y beic, Miss World . . .' mae Kenneth yn cael ei demtio. 'Fydda popeth wedyn yn broffit yn bydda; a dwi'n siŵr fasa gin i chweigian dros ben i brynu slîpar lein arall hefyd.'

'Dewadd, ma' gin ti ben am fusnas, fachgian! W't ti 'di rhoi'r gora i'r syniad o fod yn syrjon felly?'

'Naddo, dyna dwi ishio bod ar ôl tyfu fyny Miss World, transplant syrjon – rhwbath dros dro ydy hyn – i neud pres, ylwch.'

Clywir David Ailsworth a'i iâr wrth y drws ffrynt. 'Bibl bobl-di bibl bo?'

'David Ailsworth sy 'na, Miss World.' Gwaedda, 'Come in David.' Daw David a'i iâr a Bonso i mewn i'r ystafell a sefyll yn ddisgwylgar wrth y drws. Mae Kenneth yn falch o'u gweld, 'Helô David. Hia Bons.'

'Bobl bi di bob bo?'

'I'm coming now David.' Yna, wedi ennyd, 'Ocê 'ta. Diolch Miss World!' Mae'n rhoi cusan iddi, gan fyseddu ei gwallt yn genfigennus. 'Dach chi'n werth y byd.' Ac mae'n cymryd yr arian – gan barhau i sefyll yno'n ddi-glem.

'Oes 'na rwbath arall?'

'Wel, ma' 'na un peth, Miss World . . . Sut dach chi'n cal cymint o gyrls yn ych gwallt?'

Chwardda Miss World yn braf, 'Gwisgo cyrlyrs fydda i'n 'te – bob nos . . . Wel, dyna gwestiwn rhyfadd! Be sy, ishio cyrls w't ti dy hun?'

Mae Kenneth yn llawn embaras, 'Naci tad! . . . 'mond gofyn 'te – licio'ch gwallt chi dwi!' Ac mae'n gadael ar frys. 'Come on David, I'm going to need your help. Tyd Bons!'

Ysgydwa Miss World ei phen yn araf gan chwerthin yn braf. 'Wel twyt ti'n fwddrwg dŵad!'

Yn y cyfamser, yn Ariel, mae Donald yn cychwyn i'r ysbyty lleol i weinyddu'r Cymun ymhlith y cleifion. Mae ef a Dilys yn cyrraedd y giât gefn ar eu ffordd i'r garej, ac mae Donald yn dal i bryderu amdani. 'W't ti'n siŵr y byddi di'n iawn rŵan?'

'Yes, yes! Good god, wi'n ffein nawr w. Ody popeth 'da chi ar gyfer y Cymun?'

Tsiecia Donald yn ei focs bach Cymun, 'O drapia! 'Dwi 'di anghofio'r gwin! Duwadd, lwcus i ti ofyn.'

'Âf fi i'w nôl e,' ac mae'n dychwelyd i'r tŷ.

Tra bod Dilys yn nôl y gwin, mae Donald yn agor drws y garej a bacio'r BF46 allan i gyfeiliant ei hymian ansoniarus o *Que Sera Sera!* Ymhen dim, mae Dilys yn ôl gyda'r gwin sacramentaidd mewn ffiol bwrpasol. 'Ma' 'da chi ddigon o win man 'yn i holl gleifion y C & A, Donald!'

'Dria i beidio â bod yn rhy hwyr, yli.' Ac i ffwrdd ag o rownd y tro, gyda mwg mawr o'i ôl a'r corn yn twtio'n llawen.

Coda Dilys law yn dalog arno, 'Bye!' Yna, sylwa ar Hilda Gegog yn cerdded yn herciog boenus tuag ati. 'Clywed bo' chi'n dost, Miss Griffiths? Jest gobitho na chaf fi'r un probleme â chi 'da'r babi hyn. Chi'n well 'te?'

Edrycha Hilda yn dwp arni. 'Gorffod i fi gael rubber ring yn dilyn genedigeth y cryt Kenneth w. I was sore for weeks!'

Parha Hilda i edrych yn dwp.

'Well, you know . . .!' Mae'n brwydro i geisio egluro, 'Piles! Shwt ma'ch piles chi, Hilda Griffiths?'

'Peils?'Sylla Hilda mewn anghrediniaeth arni.

'Ie, piles . . . 'na beth sy arnoch chi, ontefe?'

'Pwy ddudodd hynna wrthach chi, Mrs Parry?'

'Wel, Bessie Roberts wedodd, a bod Doctor Thomas wedi bod draw y bore hyn – achos bo' nhw wedi bosto neu rwbeth poenus fel 'na.' Yn sydyn, deil ei gwynt, 'Nage 'na beth sy'n bod arno chi, ife?'

Mae Hilda'n flin, 'Y glap-trap yna ddudodd, ia?' A ffwrdd â hi yn boenus o araf i gyfeiriad tŷ Bessie. 'Mae'n bryd rhoi stop ar y bladras yna, Mrs Parry! Peils wir! Ingrowing toenail 'sgin i!'

Mae Dilys yn melltithio o dan ei gwynt, 'Ye gods! Sorry I asked!'

Yn ddiweddarach, ar ffordd wledig, mae David Ailsworth a'i iâr yn arwain fel petai o flaen band pres, gan chwifio'i freichiau yn yr awyr. Ar ei ôl daw trol a cheffyl, ac arno mae slîpar lein. Eistedda Bonso ar y slîpar wrth ymyl Thomas Williams, sy'n gyrru Hercules, ei geffyl gwedd, i gyfeiriad Llanllewyn.

Mae Kenneth yn cerdded wrth ymyl y drol – ac mae gwên fawr ar ei wyneb. ''Na i dalu i chi ar ôl i mi glirio 'nghosta, Thomas Williams, ocê?'

'Eni teim, bòs!'

Ymhellach ar y daith, daw'r drol a'i chriw o amgylch tro go siarp yn y ffordd. Ac yno yn disgwyl amdanynt mae Helen, Cwy, Linda a Glymbo Rêch. Cwy sy'n holi gyntaf, 'Be ti'n neud Ken?'

'Agor busnas dwi 'te, Cwy – dwi'n mynd i neud fy ffortiwn yn gwerthu coed tân 'tydw, a wedyn dwi'n mynd i brynu beic drop handles Harri Bont am êt pownd sefn and sics – ma' gyno fo adfyrt yn siop Morfudd!'

Cenfigenna Cwy, wrth i Helen gamu 'mlaen. 'Ti ishio chwara nes ymlaen, Ken?'

'Sgin i'm amsar, ma' gin i ofn, Helen, ond mi gei di ddod i helpu fi lifio os tishio! Tyd, neidia ar y drol.'

'Grêt!' Ac mae'n gwneud hynny'n falch wrth i Cwy benderfynu ffalsio, 'Ma' gin dad fi li-draws, Ken. Gei di 'i menthyg hi os ca i ddod hefyd!'

'Tyd 'ta, Cwy! Glymbo Rêch, w't ti'n da i rwbath am lifio?'

'So-so!'

'Tyd 'ta!' Ac mae yntau'n neidio ar y drol.

Mae Helen yn fawreddog braidd, 'Tyd Linda, dwi'm yn meindio chdi'n dŵad 'sti!'

'Thanks!' Ac mae hithau hefyd yn neidio ar y drol.

Wedi ennyd o deithio cytûn, sibryda Kenneth yng nghlust Helen, 'Sut w't ti'n cal cyrls yn dy wallt, Helen?'

'Byta digon o grystia, 'te. Pam, ti ishio rhei?' ac mae'n chwerthin. ''Mond sissis sgin gyrls!'

'Taw nei di Helen, 'mond gofyn o'n i – Miss World sy ishio rhei 'de!' Ac i ffwrdd â nhw i gyfeiriad y gornel nesaf, gyda David Ailsworth yn dal i chwifio'i freichiau a sgwrsio efo'i iâr wrth arwain o'r blaen.

Pan gyrhaedda'r criw Ariel, dyma fwrw ati i ddadlwytho'r slîpar, a'i osod ar ddau faril olew mawr o gefn y garej. Er hwylustod llifio, gosodant y slîpar i redeg ar hyd y garej, gyda'i flaen yn sticio allan trwy'r drws agored. Wrth gwblhau hyn, gwaedda Kenneth orchmynion ar y lleill, 'Geith Cwy a Glymbo Rêch neud y llifio!'

Cwyna Glymbo, 'Hei, tydi hynny ddim yn ffêr!'

'Granda, nei di! Geith Cwy a Glymbo Rêch neud y llifio hefo lli-draws tad Cwy, neu gewch chi iwshio lli dad fi . . . ?'

'Pam na nei di'r llifio 'ta?'

'Y musnas i ydio 'de, Cwy, a dwi'm yn cadw ci a chyfarth yn hun, nacdw? Eniwê, mi fydda i'n gorod mynd i chwilio am gwsmeriaid o gwmpas y pentra hefo Helen a Linda toc – er mwyn bildio'r busnas i fyny, 'de!'

Mae Glymbo Rêch yn grwgnach, 'Cachwr w't ti!'

'Têc it or lîf it, Glymbo – be 'di fod? Ond cofia, mi gei di go ar y beic 'de – eni teim!'

Oeda Glymbo, yna ildia i demtasiwn y reid: 'Ocê 'ta!'

'Cwy?'

Yn erbyn ei ewyllys, ateba hwnnw, 'Ia, iawn!'

Mae Helen wedi bod yn gwylio hyn wrth iddi ofalu am Hercules a Bonso, a thra bod Linda'n gofalu am iâr David Ailsworth. Erbyn hyn mae'r slîpar yn ei le, a phawb yn chwys diferol, wrth i Thomas Williams wneud ei ffordd yn ôl i'r drol.

'Be am David 'ta, be mae o'n cal 'i neud?'

'Geith David fod yn fanijar arna chi, ylwch!' Mae'n chwerthin. 'Jest i neud yn siŵr bo chi'n gwneud ych gwaith yn iawn – o cê, David?'

Mae David yn awdurdodol, 'Bidl bo bo bidl-di!' ac mae'n rhoi'r llif yn filitaraidd yn nwylo Glymbo Rêch, wrth i Cwy droi i adael.

'A' i adra i nôl lli-draws Dad 'ta!' Ac i ffwrdd ag o.

Erbyn hyn, mae Thomas Williams yn eistedd yn y drol. 'Duwcs, gymra i werth rhyw ddeuswllt o goed tân gynnoch chi – ma' nhw'n handi'n y tŷ, fydda i'n ffeindio.' Ac mae'n rhoi'r arian i Kenneth.

'Grêt! Fydda i'n delifro'n nes ymlaen, Thomas Williams!'

Yna, mae'n ailfeddwl. 'Na, clywch – gewch chi'r coed tân am ddim ylwch, fel tâl am fenthyg Hercules a'r drol.' Ac mae'n rhoi'r deuswllt yn ôl iddo.

'Wel, os felly . . . ?' Mae ôl meddwl mawr, 'Hwda, cym o tuag at gosta prynu beic Harri Bont 'ta!' Ac mae'n dychwelyd yr arian drachefn.

Â gwên fawr, mae Kenneth yn derbyn y deuswllt, 'O, diolch Thomas Williams.'

A chyda hynny, mae Thomas Williams a Hercules a'r drol yn gadael i lawr y lôn gefn. 'Jî yp, Hercules!'

Yn ddiweddarach mae Kenneth, Helen a Linda yn casglu ordors am goed tân o gwmpas y pentref. Curant ar ddrws ffrynt Nyrs Joan. Linda sy'n cofnodi'r ordors mewn llyfr nodiadau bach twt – ac mae Bonso yno hefyd i'w cefnogi gyda'i dafod bron yn cyffwrdd â'r llawr. Mae Kenneth yn ffyddiog odiaeth, 'Hei, 'dan ni 'di cal lot o ordyrs yn barod!'

Daw Nyrs Joan i'r drws, ac edmyga Kenneth ei chyrls wrth i Helen gamu 'mlaen. 'Dach chi ishio prynu coed tân 'di neud o slîpar lein Mr Beeching hefo pitch ynddo fo, Nyrs Joan?'

Gwena Nyrs Joan yn gadarnhaol arni, cyn troi at Kenneth. 'Sut ma' dy fam erbyn hyn, Kenneth?'

'Iawn am wn i, Nyrs Joan!'

'Rhaid i chdi beidio'i hypsetio hi eto. Grasusa – alla be nest ti fod wedi amharu ar y babi, ti'n dallt?'

Nodia Kenneth yn ddiamynedd. Roedd o'n arfer ei licio – oherwydd ei gwallt. Ond ddim mwy!

Mae Helen yn cwblhau'r ordor, 'Ro i chi lawr am werth chwech ia, Nyrs Joan?'

Nodia Nyrs Joan eto. 'Cofia di be ddudis i rŵan, Kenneth!' Ac mae'n cau'r drws yn glep.

'Am be odd hynna Ken?'

'Dim byd, Helen. Mam odd yn gneud ffŷs am ddim byd fel arfar!' A gwaedda'n flin, 'Tyd, Bonso!'

Wrth groesi'r llwybr sy'n arwain i gyfeiriad Y Lôn Goecia, mae'r pedwar yn gweld Now'r Allt yn ymlwybro'n feddw am adref o'r Quarryman's Arms. Rheda Kenneth tuag ato'n frwd fel un o'r efengylwyr, 'Dach chi ishio prynu coed tân, Now?'

Mae Now yn siarad yn floesg, 'Coed tân? Ydy o'n . . . creu confflagrashwn fydd yn cynhesu corff ac enaid dyn sydd wedi llithro i ffyrdd y Diafol, 'ngwas i?'

'Mae o'n gneud mwy na hynny, Now – ma' 'na bitch ynddo fo!'

'Ah! Mae 'na wastad un o'r rheiny wedi bod yn fy mywyd inna hefyd, fachgian! Gymra i werth . . .' Ac mae'n estyn am ei waled, '. . . deg swllt.' A rhy bapur chweigen i Kenneth, gan barhau i ddal ei afael ynddo. 'Dwi ishio sypléi bob wsnos am . . .' Ac mae'n cyfri yn ei ben, '. . . ddeg wsnos, ti'n dallt? Ma' gin i ddigrî mewn maths weldi, a phenddûyn sy'n tynnu'n goblyn – dyna ichdi pam mod i'n yfad, weldi. Gweddïa na chei di fyth bendduyn washi!' Gwna ddefod bron o'r weithred o ryddhau'r papur chweigen i'w ofal, cyn gadael yn ansad tua'i gartref, gyda Bonso yn cyfarth o'i ôl.

'Grêt 'de!' Deil Kenneth y papur degswllt fel pe bai'n droffi anghyraeddadwy. 'Sbiwch, chweigian!' Ac mae Helen a Linda, hwythau hefyd, yr un mor orfoleddus.

Yn y man, gan barhau yn eu hwyliau, dychwela'r tri i'r garej yn Ariel, gyda Bonso wrth eu cwt yn cyfarth yn frwd. Ond golygfa drist sy'n aros amdanynt.

'Dim ond dau floc dach chi 'di llifio?'

'Gna di'n well.' Yn tuchan, 'Mae o'n anodd tydi!' Ac mae Glymbo Rêch yn amenio'n ufudd, 'Asu' yndi. Dwi 'di hario'n lân, Ken.'

'Ond tydi dau floc ddim yn ddigon, siŵr – a lle mae David Ailsworth?'

'Rhwbath arall 'di mynd â'i sylw fo m'wn!'

Mae Kenneth yn flin, 'Waeth i ni heb â hel mwy o gwsmeriaid, genod. Ma gynnon ni fwy na digon yn barod – os ma' ar y rêt yma ma' rhein yn llifio!' Anobeithia, ''Sraid i mi neud popath o gwmpas y lle 'ma dwch? Lifia i!' Gafaela mewn bwyell. 'Gewch chi dorri'r blocia'n goed tân hefo'r fwyall yma i chi gal sbel, Cwy a Glymbo! Ac mi gewch chi, genod . . .'

Mae'n estyn am weiren denau oddi ar fur y garej '. . .'u sdwffio nhw i'r weiran yma.' Plyga'r weiren i siâp cylch. 'Dyma ichi be 'di gwerth chwech – no môr no less, ocê?'

Dechreua Cwy a Glymbo, yn anfoddog, dorri'r coed tân, wrth i Helen a Linda eu pacio'n dawel i'r cylch weiren gwerth chwech.

'Reit, dipyn o eli penelin!' Ac estyna Kenneth am lif ei dad, a'i byseddu'n ofalus i brofi ei min. 'Os dach chi ishio gneud rhwbath yn iawn, gnewch o'ch hun dduda i!' A chydag arddeliad, llifia'n wyllt wrth i Bonso syllu'n edmygus arno gerllaw.

Yn y cyfamser, ar y stryd yn Llanllewyn nid nepell o siop Edgar a Morfudd, mae pethau wedi poethi gryn dipyn. Mae Bessie Fusneslyd a Hilda Gegog yn ffraeo tu allan i ddrws ffrynt tŷ Bessie, tra bod David Ailsworth a'i iâr, a chriw bychan o bentrefwyr wedi ymgynnull i wylio'r ornest.

Mae Hilda yn 'dop catsh'. 'Ddudodd Mrs Parry Gwnidog wrtha i, fedrwch chi'm gwadu'r peth, Bessie Robaitsh – chi ddudodd wrth bawb fod gin i beils!'

'Clwad o le da nes i, Hilda Griffiths. Faswn i'm yn deud clwydda am neb, ylwch.'

'Pwy odd y "lle da" 'ma, sgwn i?'

Daw Dilys a Morfudd a dau arall allan o'r siop i weld beth yw'r holl dwrw.

'Wel Ifor Lloyd, i chi gael dallt, Hilda Griffiths – ych ffansi man chi'ch hun, ylwch!'

'Pwy ffansi man, neno'r tad?'

'Be, 'di'r sbrych 'di'i gal o'n rong, yndi? Dio'm syndod, deud gwir, cofiwch – tydio'n gwbod dim byd am chwaeth chwaith mae'n amlwg, heb sôn am be sy'n bod arna chi, Hilda Griffiths!'

Bytheiria Hilda'n wyllt, 'Peidiwch chi â meiddio siarad fel 'na am Ifor, ylwch chi'r jadan!' A rhy swaden go egr i Bessie dan ei bron.

'Cymrwch chitha honna'r sguthan!' Ac mae Hilda'n taro'n ôl. Ymhen dim, ac yng ngŵydd pawb, mae'r ddwy yn cyf-newid ergydion am y gorau wrth i David Ailsworth fod yn rhyw fath o reffarî answyddogol dros y cyfan. 'Bi bidl bi di bi bi!'

Cyflyma Dilys a Morfudd eu cerddediad tuag atynt i gael gweld yn well. ''Struth! These two are at it again!'

'Ŵ sguthan, ia?' Ac mae Hilda Griffiths yn cydio yng ngwallt Bessie. 'Reit, dach chi 'di gofyn amdani rŵan!' A thynna'i gwallt wrth i Bessie sgrechian mewn poen, 'Waaaaaah! Waaaaaah!'

Ar hynny, daw Helen a Linda ar ras wyllt rownd y tro. Maent wedi cynhyrfu'n arw, 'Help! Dowch wir! Dowch! Help – rhywun! Ma' 'na rwbath ofnadwy 'di digwydd!'

'Oh my goodness gracious me!' Ac mae Dilys, Morfudd a'r lleill yn dilyn Helen a Linda rownd y tro i gyfeiriad y garej. 'What's happened?' A chyda hynny, daw Bessie a Hilda i benderfyniad sydyn: 'Adawn ni hi'n fana, dyna fasa ora, Hilda Griffiths – am y tro.' Ac wedi cytundeb unfrydol, rheda Bessie'n fusneslyd ar ôl y lleill.

Wedi sadio, penderfyna Hilda hefyd wneud yr un fath. Ac wrth iddi brysuro'n herciog anghyfforddus ar eu holau, rhy bat bach llechwraidd i'w phen-ôl, 'Damia'r ingrowing toenail 'ma!'

Wrth i'r dyrfa ruthro rownd y tro am y garej, gyda Helen a Linda ar y blaen, a Dilys a Morfudd ar eu holau a'r gweddill wrth eu sodlau, dônt wyneb yn wyneb â'r drasiedi:

Mae Kenneth wedi llifio'i arddwrn yn ddamweiniol! Saif yno'n welw lwyd, gyda'r gwaed yn llifo i lawr ei fraich chwith i bwll sylweddol ar y llawr. Sylla Cwy a Glymbo Rêch yn ddirym arno gerllaw.

Cyrhaedda Dilys – a gorymateb.

'Oh, my giddy aunt, he's tried to commit suicide!'

Yn ddiweddarach, yn ystafell aros syrjeri Doctor Thomas, mae Morfudd Siop, Helen, Linda, Cwy, Glymbo Rêch, David Ailsworth a'i iâr, Bessie Roberts a Bonso yn eistedd mewn distawrwydd.

Ar yr un pryd, yn yr ystafell archwilio drws nesaf, mae Doctor

Thomas yn gorffen lapio bandej yn ofalus am fraich Kenneth, tra bod Dilys yn cerdded 'nôl a mlaen yn ei beio hi ei hun. 'It's all my fault, w! Fedri di fyth fadde imi, Hyacinth?'

'O Mam! 'Sdim ishio siŵr!'

'Of course there is! Roeddet ti'n moyn beic drop handle-bars fel pob plentyn arall, w – ond na, just oherwdd bo' ti'n fab i weinidog, a bod Donald yn ennill cyn lleied, it wasn't possible. Ac oherwdd 'na, my giddy aunt, ti'n ceisio lladd dy hunan!'

Mae Kenneth yn flin, 'Damwain odd hi Mam. Y lli nath lithro – a dodd dim ishio i chi boeni am y pres, Mam, eniwê; mi faswn i 'di gneud digon yn gwerthu coed tân ylwch.'

'Nonsens!' Ac mae'n cau ei geg yn swta. 'Chi boity cwpla, Doctor?'

'Ar wneud, Mrs Parry bach . . . dyna ni, Kenneth . . . dyna chdi yli, fel dyn newydd!'

Edrycha Kenneth yn hurt arno, 'Ond hogyn dwi Doctor Tomos!'

'Ia, wel, dwi'n gwbod hynny . . .' Mae'n ceisio egluro, 'Ffordd o siarad, tweld . . .?' Ond mae'n rhoi'r gorau iddi, wrth i Kenneth sefyll ar ei draed yn barod i adael gan fethu deall o hyd pam fod y meddyg wedi'i alw'n ddyn!

Cydia Dilys yn benderfynol yn ei law, 'Come along, Hyacinth! 'Struth! Nagyt ti'n mynd i fod yn wahanol i blant neb arall, w!'

Yn y cyfamser, yn yr ystafell aros drws nesaf, mae Hilda Gegog wedi cyrraedd i gael gweld beth sydd wedi digwydd i Kenneth. Mae'n amlwg, wrth iddi eistedd yn ofalus, ei bod wedi cymryd oes ac ymdrech boenus iawn iddi gyrraedd yno. Wrth i'r lleill symyd i fyny i wneud lle iddi eistedd, ac i bawb – yn arbennig Bessie Roberts – ei llygadu'n ofalus, daw Kenneth a Dilys allan o'r ystafell archwilio drws nesaf, a martsio heibio iddynt am y drws allan. Fel un coda Cwy, Glymbo Rêch, Helen, Linda, Morfudd Siop, Bessie Roberts, David Ailsworth a'i iâr, a Bonso, a'u dilyn allan trwy'r drws, gan adael Hilda Griffiths ar ei phen ei hun, 'Wel ar f'encoes i!'

Mae'r dyrfa erbyn hyn, gyda Dilys a Kenneth ar y blaen, a chydag amryw eraill yn ymuno â nhw ar y ffordd, yn cerdded yn gyflym, fwriadol trwy brif, ac unig, stryd Llanllewyn. Dônt i stop y tu allan i dŷ blêr iawn yr olwg. Cura Dilys yn galed ar y drws. Wedi ennyd, agora'r drws ac yno, yn ei holl ysblander, mae Harri Bont – y tedi-boi Cymreig cyntaf!

Cama'r dyrfa'n ôl gan roi un ebychiad unfrydol o ofn, 'Waaaaw!'

A hola Harri'n cŵl, 'Ia, be dach chi ishio'r 'ffernols?'

Yng nghegin Ariel y noson honno mae awyrgylch o dangnefedd yn teyrnasu. Mae Dilys yn gweu cardigan i'r babi newydd, Bonso'n gorwedd o flaen y tân, a Kenneth, er bod ei fraich mewn bandej, yn llawfeddyginiaethu ar sosej wrth y bwrdd. Newidiodd Kenneth i'w byjamas eisoes, mae ganddo fasg meddyg am ei geg, ac mae ei ben yn fôr poenus o gyrlyrs gwallt sbâr Dilys.

'Nagyw'r cyrlers 'na'n brifo dy ben di, Kenneth?'

Mae Kenneth yn rhoi crystyn bara yn ei geg y tu ôl i'r masg heb i Dilys sylwi, 'Nacdyn, dy'n nhw'm yn bad!' Yna, dioddefa bwl o gywilydd am y cyrlyrs, ''Newch chi'm deud wrth neb, 'na n'wch Mam?'

'Goodness gracious me, of course not, pwt.' Coda Dilys a chroesi at feic drop handles newydd sy'n pwyso yn ei holl ogoniant yn erbyn y stôf, 'Beth yn gwmws ti'n neud 'da'r sosej 'na, pwt?' Bysedda Dilys y beic yn edmygus wrth wrando ar atebiad Kenneth.

'Wel, odd gin i gena-goeg mewn pot jam . . . dwi 'di 'i biclo fo mewn Milton . . . a rŵan dwi'n 'i roid o yn y sosej . . . mi fydda i'n 'i bwytho fo wedyn cyn 'i ffrio fo – a wedyn tynnu'r stitches!'

'Ye gods! You're a genius, Hyacinth!'

Edrycha Kenneth yn gariadus arni, 'Diolch am y beic, Mam.' A gwena Dilys arno.

Yn sydyn, mae Bonso yn neidio i'w draed a chyfarth wrth glywed corn car Donald yn twtian yn llawen wrth yrru rownd y tro am y garej. ''Co ti, mae Dadi'n ôl yn ddiogel!' Ac ar hynny, mae crash anferthol – gyda'r twrw'n diasbedain drwy'r tŷ.

'Rachmáninoff!'

Rhuthra Dilys a Kenneth am y drws cefn. Wrth redeg yn wyllt i gyfeiriad y giât gefn, mae Dilys a Kenneth yn stopio'n stond mewn anghrediniaeth.

'Oh my giddy aunt!'

Gwelant Donald yn camu'n ansad o'r car, 'Wel duwadd annwl dad!' Ac wrth i'r mwg glirio, gwelant fod y car wedi cael ei sgiwrio gan y slîpar lein, a hwnnw'n sticio allan drwy'r lle'r oedd y ffenest gefn i fod!

Ymateba'r tri mewn ffyrdd gwahanol iawn i'w gilydd:

Dilys, â chonsýrn mawr, 'Wel Donald bach, ych chi'n oreit w?'

Donald, yn flin iawn, 'Kenneth, ti nath hyn?'

A Kenneth, yn euog iawn, 'O DIAR!'

★

5

Y TREFNYDD ANGLADDAU

Mae'n fore Llun ac mae'r gwyliau'n parhau. Mae Dilys erbyn hyn yn rhyw bum mis yn feichiog, ac mae hi ar ei gliniau o flaen y lle tân yn prysur glirio allan y lludw wrth ganu: '*We joined the navy to see the world, and what did we see, we saw the sea! We saw the Atlantic and the Pacific, and the Pacific wasn't terrific, and the Atlantic wasn't what it turned out to be!*' Daw Kenneth i lawr i gael ei frecwast, ac mae Bonso'n ei groesawu'n gynnes. Mae gan Kenneth gyrlyrs yn ei wallt – tynna rheini o flaen y drych, gan roi brwsh trwy ei wallt cyrliog wrth siarad. 'Mam? I lle ma' pobol yn mynd ar ôl marw?'

''Struth, I've no idea love; ask your father!' Yna, 'Cer i nôl y *News of the World* i fi, Hyacinth?'

Mae Kenneth yn grwgnach wrth edmygu ei wallt cyrliog, 'Ond tydw i ddim 'di cal 'y mrecwast eto, Mam, a sgin i'm byd ar fy nhraed.' Poera ar ei fys a bawd a rhoi un blewyn anystywallt o wallt yn ôl yn ei le. 'Mam? I lle ma' pobol yn mynd ar ôl . . .?'

'Kenneth, 'na ddigon! Cer i nôl y *News of the World* nawr w!' Eistedda Kenneth yn bwdlyd i roi esgidiau am ei draed a chlymu'r carrai.

'Wel cer, gryt!'

'Pam na gewch chi'r *News of the World* ar ddydd Sul fath â pawb arall? Ma' fo'n hen niws eniwê erbyn dydd Llun.'

Mae Dilys yn hunangyfiawn wrth godi a mynd â'r lludw allan trwy'r drws cefn, 'Nagyw Dadi'n meddwl 'i fod e'n addas ar gyfer dydd Sul, Kenneth – mae lot o hen storis brwnt ycha-fi ynddo fe . . . 'na pam ni'n 'i gal e ddydd Llun, 'tweld!'

Daw Donald i mewn o'r stydi, ''Sna rywun 'di cal y *News of the World* eto?'

Mae Kenneth yn flin, 'Dwi'n mynd i'w nôl o rŵan, Dad!'
Yna, wedi saib fechan i glymu cwlwm dwbl, 'Dad?'

'Ia, Jac-y-do?'

'I lle ma' pobol yn mynd ar ôl marw . . .?'

Ond cyn i Donald gael amser i ateb, daw Dilys yn ôl, 'I bags first read, Donald!'

'Ia, ond ga i 'i fenthyg o am funud gynta, tra bydda i'n y toilet, does bosib?'

'My giddy aunt, Donald, you'll have to go out the back – *wy'n* moyn defnyddio'r un lan lofft, w. I've just taken my senna pods!'

'Wel, ga i fenthyg o am funud jesd i weld yr hedleins, 'ta?'

Gorffenna Dilys glirio'r lle tân. 'I'll have to see about that!' Ar hynny, clywir curo ar y drws ffrynt. 'Go and see who that is, Donald,' ac mae Donald yn mynd. 'Kenneth, hasta! Cer i'r siop, gryt!'

''Sna neb yn grando ar 'im byd dwi'n ddeud!'

'Get the *News of the World* now Kenneth, there's a good boy!'

'Sut dwi'n mynd i gal gwbod lle ma' pobol yn mynd ar ôl marw 'ta?'

'For goodness sake, just go, boy!'

A heb ymateb o gwbl i dymer Dilys, rhy Kenneth un edrychiad olaf ar ei wallt yn y drych, cyn gadael trwy'r drws cefn am y siop. Mae Dilys yn estyn am yr hŵfyr, fel 'tai ei bywyd yn dibynnu'n unig ar lanhau'r tŷ. ''Struth, there's no peace to be had for the wicked, w!'

Yn y drws ffrynt, mae gŵr o'r India hefo twrban gwyn mawr ar ei ben yn gwerthu amrywiol bethau allan o gês lledr sy'n agored ac ar y llawr. Gwranda Donald yn amyneddgar arno, 'Do you want to buy some braces made by disabled soldiers, Boss?'

Ar hynny daw Dilys allan o'r gegin gyda'r hŵfyr, a chroesi y tu ôl i Donald.

''Dan ni ishio bresys 'di cal 'u gneud gin disabled soldiers, Dilys?'

'My giddy aunt, Donald! Do I have to decide everything around this place? *Chi* yw'r un sy'n gwisgo'r trwsers, ddyn, decide for yourself!' Ac mae'n dringo'r grisiau'n flin.

Mae Donald yn troi'n llawn embaras at y gŵr o'r India, 'Ia, ym . . . olreit, I'll have one – my best ones are wedi breuo braidd, achan!' Ac mae'n estyn pres o'i boced i dalu, cyn ychwanegu'n frwdfrydig, 'My sister's a missionary in India, you know!'

Sylla'r gŵr o'r India yn ddi-glem arno, wrth i Donald edrych heibio iddo ac i gyfeiriad siop Edgar a Morfudd, 'Duwcs, be sy'n mynd ymlaen yn fancw, dwch?'

Y tu allan i'r siop mae Taid Mortimer wedi llewygu, ac mae Morfudd wedi ei roi i eistedd ar gadair y tu allan i'r siop i ddod ato'i hun. Mae Taid Mortimer yn hen iawn iawn. Yno yn syllu arno mae Cwy, Glymbo Rêch, David Ailsworth a'i iâr, ac Edgar Siop – sydd mewn tipyn o banic. Daw Kenneth atynt, 'Be sy 'di digwydd, Cwy?'

'Taid Mortimer ath yn sâl yn siop; ma' Morfudd 'di roid o i ista'n y gadar 'ma i ddod ato'i hun.'

Mae Kenneth yn edrych i lygaid Taid Mortimer, a theimlo'i byls.

Medd Cwy, yn genfigennus, 'Be ti'n neud Ken?'

'Jesd tsiecio i weld os 'dio'n fyw. Dwi'n dallt y petha 'ma, ti'n gweld, Cwy – tydw i ishio bod yn syrjon!'

'Ia, ond dim ond ar sosejys ti 'di operêtio so ffâr!'

'So ffâr, 'te!'

Pwysa Edgar Siop ymlaen, 'Wel, ydy o?'

'Ydy o'n be?'

'Wel, ydy o wedi marw?'

Daw Morfudd allan o'r siop gyda diod o ddŵr mewn cwpan i Taid Mortimer, 'Ma' Doctor Tomos ar 'i ffordd – dwi newydd 'i ffonio fo.' Edrycha ar Taid Mortimer, 'Ydy o'n dod ato'i hun dwch, cradur?'

Saif Kenneth yn ôl mewn dychryn, 'Iych, ma' ganddo fo rwbath yn 'i geg!'

'Bo bibl di bobl-dym!' Cynigia David Ailsworth eglurhad; ac mae pawb yn closio i weld yn well, wrth i Kenneth gadarhau,

'Ma' David yn iawn – baco Shag ydy o ylwch . . .!', ac mae'n tynnu strimyn hir ohono allan o geg Taid Mortimer a'i ddangos i bawb.

Daw Bessie Fusneslyd ar frys gwyllt – yn dderyn corff profiadol fel ag y mae. 'Newydd glŵad, cradur! Mae o'n êti ffôr, w'chi, 'di cal innings da ma' fo 'te – enjinîar yn y Crimea'n 'i ddydd. ''Sa'n well 'ni roid o i orwadd ar lawr, 'dwch?'

Mae pawb yn cytuno, ac yn gafael yn dyner yn Taid Mortimer a'i osod yn ofalus i orwedd ar y llawr: mae David yn cydio yn ei ben ac Edgar yn ei draed, tra bod Glymbo Rêch yn gofalu am yr iâr i David. Mae pawb arall yn helpu trwy afael yn ei freichiau a symud y gadair o'r ffordd, gan dytian ac ochneidio yn gydymdeimladol, ac atalnodi'r cyfan gyda 'Bechod!' a 'Cradur bach!' yn rhy aml o lawer.

Abertha Bessie Fusneslyd ei chardigan, 'Hwdiwch, rhowch hwn yn glustog dan 'i ben o!' Ac ar hynny, cyn i bobl gael gormod o amser i ryfeddu at ei charedigrwydd, daw Doctor Tomos, 'Dowch mi weld!', ac mae pawb yn sefyll yn ôl i wneud lle iddo archwilio'r claf. Yn y dwys ddistawrwydd sy'n dilyn, mae Kenneth yn camu 'mlaen, ''Di Taid Mortimer 'di marw, Doctor Tomos?'

Wedi iddo deimlo'i byls a byseddu'r wythïen yn ei wddf yn ddigon hir, cyhoedda Doctor Tomos yn dawel, 'Ma' gin i ofn 'i fod o, cofia . . . mae o mewn lle llawer iawn gwell rŵan, cradur!'

'I lle mae o 'di mynd, Doctor Tomos . . .?' Ond cyn i Kenneth dderbyn ateb i'w gwestiwn tyngedfennol, daw Helen a Linda â'u gwynt yn eu dyrnau. 'Be sy? . . . Taid Mortimer 'di marw?' ac mae'r ddwy'n beichio crio, wedi'u hypsetio'n lân, wrth i Edgar atgoffa pawb o realaeth bywyd a'r trefniadau sydd angen eu gwneud. ''Sa'n well i rywun fynd i nôl Mr Jones y saer, dwch?'

Mae Kenneth, yn or-awyddus, yn cynnig 'A' i!' Yna, 'rôl meddwl, 'I be?'

Mae Bessie Fusneslyd yn awdurdod, 'Wel i fesur siŵr, ddyn!' Yna, wrth y lleill, ''Sa'n well i ni roid o ar gowntar y siop dwch, Morfudd?'

'Rown ni o ar y setî yn y parlwr gora, ylwch!' Ac mae pawb
ond Kenneth yn gafael yn Taid Mortimer drachefn, gan
duchan a thagu, wrth i Doctor Tomos gymryd cyfrifoldeb
dros y truan. 'Sefwch chi'n ôl, hogia!', ac mae Cwy a Glymbo
Rêch yn ufuddhau, wrth i'r gweddill geisio mynd ag o i mewn
i'r siop.

Ar eu traws, mae Kenneth yn cofio'n sydyn, 'O, bron imi
anghofio!' Edrycha pawb arno, 'Dwi ishio copi o'r *News of the
World* i Mam a Dad, Morfudd.'

Ffieiddia Bessie Fusneslyd wrth y fath beth, '*News of the
World* i'ch tad a'ch mam?'

Yna, o nunlle, daw Donald a'r gŵr o'r India gyda'r twrban
ar ei ben. Mae Donald wedi clywed y pwt olaf – ac mae'n
dwrdio'n rhagrithiol, 'Be ti'n 'i neud yn ordro sothach fel 'na,
Kenneth? *News of the World*, wir! *Daily Post* mae o'n 'i feddwl,
Morfudd – ac mi cawn ni o nes ymlaen, ylwch . . .'

Mae Bessie'n falch fod y gweinidog a'i wraig yn gadwedig
wedi'r cyfan. 'Swn i'n 'i feddwl hefyd!'

'. . . ar ôl i Taid Mortimer ddod ato'i hun!'

'Ddaw o ddim!'

'Ddaw o ddim be, Bessie Robaitsh?'

'Ato'i hun 'te. Ma' Taid Mortimer wedi marw!'

Ffugia Donald ymateb sy'n fwy nag y byddai wedi'i roi yn
naturiol – er effaith! 'Tewch!' Yna, wedi ennyd ddwys i'r 'effaith'
gydio. 'Claddu dydd Merchar, m'wn . . .?' Cyn ychwanegu'n
sur o dan ei wynt, 'A finna 'di gobeithio mynd i sgota!' A
rhydd ei ysgwydd dan fraich yr ymadawedig.

Erbyn hyn, mae'r gŵr o'r India wedi agor ei gês ar y palmant.
'Would anyone like to buy some braces made by disabled
soldiers?'

Rheda Kenneth, yn gymysglyd ei feddwl, i gyfeiriad gweithdy
Mr Jones y Saer, wrth i ambell un arall o drigolion busneslyd
Llanllewyn ymgasglu o gwmpas y siop – i brynu bresys ac i
gydymdeimlo.

Mae Mr Jones y saer wrthi'n hoelio plancyn i'w le i wneud
arch pan ddaw Kenneth i mewn i'r gweithdy ar frys. 'Plîs, Mr
Jones, ma' ishio ichi ddŵad i fesur – ma' Taid Mortimer 'di

marw!' Mae Kenneth yn gweld yr arch, ac yn croesi ati a dechrau ei byseddu a'i harchwilio'n ofalus.

'Taw fachgian!' Gorffenna Mr Jones hoelio, 'Wel dyna hen dro . . . roedd o'n enjinîar yn y Crimea ti'n gwbod . . . hen siort iawn.' Mae'n estyn am ei gôt a throi at Kenneth, 'W't ti am ddangos imi?' Edrycha Kenneth arno heb ddeall. 'Lle ma' Taid Mortimer?'

Croesa Kenneth ato, 'Yn siop Edgar a Morfudd ar setî yn y parlwr gora!' Yna, â brwdfrydedd, 'Ydy hi'n hawdd gneud arch, Mr Jones?'

'Hawdd iawn. Galwa heibio rhwbryd ac mi ddangosa i iti sut ma' gneud – pam ti'n gofyn?'

'O jest meddwl o'n i Mr Jones!' Ac mae'r ddau'n gadael am y siop.

Wrth gerdded trwy'r pentre, mae Kenneth a Mr Jones y saer yn mwynhau sgwrs:

'Dach chi'n gwbod pan dach chi'n mesur, be'n union dach chi'n 'i neud, Mr Jones?'

'Mesur hyd a lled y corff, a'i drwch o, os dio'n digwydd bod yn gorff tew iawn.'

'Dim byd arall?'

'Na. Be arall odda chdi'n ddisgwl imi neud?'

'Sdim ishio leisans na dim byd?'

'Na, 'mond i chdi fod yn garedig hefo pobol – cofia bo' nhw 'di cal collad fawr – bod yn gwrtais, felly. Ishio bod yn saer coed w' ti?'

'Ella!' Mae'n cicio carreg, 'Ma'n siŵr bod anifeiliaid 'run fath â phobol tydyn?'

'Ym mha ffordd, dŵad?'

'Yn marw, felly!' Mae'n codi ei lais, 'Dach chi 'di gneud arch i anifail 'rioed?'

'Do, droeon . . . i amball fwji neu gath . . . dim byd crand, cofia, 'mond bocs!'

''Di eirch yn ddrud, Mr Jones?'

'Dibynnu ar y trimings – ond ma'r coed a'r hoelion yn ddigon rhad, ac i'w cal ym mhobman. Ma' nhw'n 'i iwsio fo erbyn hyn, y coedyn felly, i neud drysa a fflôr bords a phetha felly – ond cofia bod ishio defnyddio pitch, 'te i . . .'

Gorffenna Kenneth y frawddeg iddo, 'I stopio pryfid a dŵr a phetha felly rhag mynd i mewn!'

'Ia, 'na chdi. Dyma ni, fachgian!' Ac maent wedi cyrraedd y siop, lle saif Cwy, Glymbo Rêch, Helen a Linda ac eraill, y tu allan i'r drws – Linda sy'n gofalu am yr iâr. 'Aros di'n fama yli.'

Ac mae Mr Jones y saer yn mynd i mewn i'r siop, wrth i David Ailsworth ddod allan a chydio yn ei iâr. 'Bi bodl-bobo Bi bi!', ac mae'n ei chusanu a'i chofleidio'n gariadus wrth i bawb arall chwerthin am ei ben.

Mae Helen yn plesio Kenneth, 'Dy wallt ti'n ddel hiddiw, Ken!'

'Thanks Helen!' Yna, gwêl Glymbo Rêch yn byseddu rhywbeth. 'Be sgin ti'n fana, Glymbo?'

'Baco Shag Taid Mortimer!'

'Lle cêst ti o?'

'O'i bocad o, 'te . . . pan odda ni'n trio'i godi o – mi syrthiodd allan!'

'Syrthio allan, wir!' Mae Kenneth yn ei ffieiddio, 'Gei di jêl am hynna, Glymbo Rêch – dwyn gin gorff marw! Tyd â fo i mi. Ofynna i i Mr Jones y saer 'i roi o'n ôl!'

'Ond fydd o'n da i 'im byd iddo fo, mae o 'di marw!'

'Sut w't ti'n gwbod, Cwy . . .? 'Sna neb yn gwbod be sy'n digwdd iddyn nhw ar ôl iddyn nhw farw, yli!' Ac mae'n cymryd y baco a'i roi yn ei boced.

Saif y lleill yno'n meddwl am beth mae o newydd ddweud. Pawb ond Helen, 'Ych! Paid â siarad felna, Ken – ti'n codi ofn arna fi!'

Ond mae Kenneth wedi mynd. Rheda i lawr y ffordd i gyfeiriad tŷ Miss World.

Yn ddiweddarach, arweinia Miss World Kenneth i mewn i'r parlwr gorau.

'Sbia, ma' gin i lun o Uffern yn fama wel'di!' Ac mae'n dangos y diafoliaid yn poenydio eneidiau ar eu ffordd i 'Uffern ddofn a'i ffwrn dân'.

'Tydy o ddim yn lle neis iawn, yn nacdi!' Mae Kenneth yn astudio'r llun yn ofalus, 'Lle gafoch chi'r llun 'ma, Miss World?'

'Gal o'n bresant prodas nes i!'

Synna Kenneth, 'Yn bresant prodas?'

'Ia, fachgian, rodd o'n beth rhyfadd iawn i'w roi ar un olwg, toedd? 'I gal o gin 'rhen wreigan Lizzie Wilias, mam Wiliam, nes i!'

'Wiliam Wilias ych gŵr?'

'Ia, 'i gal o gin 'y mam-yng-nghyfrath nes i!'

'Sut fuo Mr Wilias farw, Miss World?'

'Wel, fachgian, fuodd o'n gorwadd am yn hir iawn – gafodd o gystudd blin, ac un dwrnod mi ddudodd o, "Dwi'n teimlo'n well hiddiw Jinnie, yn well na dwi 'di teimlo 'rioed" – ac hefo'r gwynt nesa, fuodd o farw, cofia!'

'Pryd odd hynny, MissWorld?'

'Aros di rŵan, o, siŵr o fod, fforti-sics îyrs yn ôl!'

'Dach chi'm 'di prodi ers hynny, Miss World?'

'Naddo, cofia. Chymra neb mona' i!' Ac mae'n chwerthin.

'Mi gymrwn i chi, taswn i'n ddigon hen, Miss World!'

'Gwnaet, fachgian? Wel twyt ti'n gradur, dŵad!' Ac mae'n mynd i godi, 'Tishio panad o de?'

'Na'm diolch, Miss World, dwi 'di cal syniad sut i neud lot o bres, ylwch!'

'Sut felly, dŵad?'

'Gneud eirch, Miss World!'

'Gneud eirch?'

'Ia, i'r holl anifeiliaid sy'n marw o gwmpas Llanllewyn 'ma – welis i Jac-do gynna!'

'Pwy dalith i gladdu hwnnw, dŵad?'

'O . . .!' Oeda, ''Nes i ddim meddwl am hynna! Yna cyflyma'n frwdfrydig, 'Ond ma' 'na gŵn a byjis, a ma' gin Meredydd Robaitsh fongŵs! 'I dad o 'di dod â fo'n ôl o'r Nêfi yn Singapôr!'

'Singapôr?'

'Ia, a ma' 'na gwningod a tortoisys, a ma' gin Harri'r Bont ffurat!'

'Ffurat? 'Wannwl! Ond pryd cei di amsar i ddod i 'ngweld i, dŵad, yng nghanol dy brysurdab mawr?'

'Mi *wna* i amsar, Miss World!'

Yn y saib sy'n dilyn, mae Miss World yn ei ddarllen fel llyfr. 'Ia, be sy'n mynd drw'r pen 'na rŵan?'

'Wel, dach chi'n gwbod Mr Wilias, 'te, Miss World . . . ar ôl iddo fo farw. I ble'r ath o?'

'Wel, i'r Nefoedd siŵr iawn – a fanno mae o rŵan yn sbio arnon ni'n dau'n fama yn siarad amdano fo, weldi.'

'Wir yr, Miss World?'

'Wir yr!'

Edrycha Kenneth i fyny i'r nenfwd, a gwena'n swil. Yna sibryda'n ofnus, 'Pwy sy'n mynd i fana 'ta?', a chyfeiria at y llun o uffern.

'Harri Bonts y byd 'ma, weldi, a riff-raffs a charidýms y tai newydd!'

'Dach chi'n credu mewn Nefodd go iawn, Miss World?'

'Wrth gwrs bod 'na Nefoedd go iawn! Ma'n deud yn y Beibil, tydi!'

'Yndi, ond . . .?'

'Wel, dyna fo, 'ta!' A dyna ddiwedd ar y mater, 'Tria di fyw gora medri di, Kenneth, ac mi gei ditha fynd i'r Nefoedd hefyd, fel Taid Mortimer, cradur! Odd o'n enjinîar yn y Crimea, wyddost ti?'

'Pryd ath o yno, Miss World?'

'Be, i'r Crimea?'

'Naci, i'r Nefodd.'

'Mi eith ar ôl y cnebrwng – lle bynnag bydd hwnnw! Tydi hi 'di mynd yn rhyw ffasiynol iawn i losgi cyrff y dyddia 'ma tua'r Colwyn Bay 'na!'

Mae hyn yn newydd i Kenneth, 'Llosgi cyrff, Miss World?'

'Ia, crematoriwm ne' rwbath ma' nhw'n 'i alw fo – ma' nhw'n llosgi eirch yno. 'Sna'm byd ond lludw ar ôl.'

Mae llygaid Kenneth yn pefrio wrth i bosibiliadau di-ben-draw agor o'u blaenau, 'Ia wir, Miss World?'

'Cofia di 'mod i ishio cal 'y nghladdu yn Macpela wrth ymyl Wiliam – thâl gin i mo'r llosgi felltith 'ma . . .!' Ond mae

Kenneth wedi gadael yn ystod ei geiriau olaf. 'Kenneth? Wel, lle est ti'r cradur?' Ysgydwa Miss World ei phen mewn edmygedd, 'Gneud eirch, wir!' Mae'n chwerthin, 'Wel tydi'r hogyn 'ma'n fwddrwg, dwch!'

Dridiau'n ddiweddarach, yn y cwt ar waelod yr ardd, mae Cwy a Glymbo Rêch yn gwylio Kenneth yn hogi llif ei dad yn araf a llafurus.

Mae Kenneth yn grwgnach, "Sna'm un 'nifail 'di marw ers tridia' – a' i i 'nunlla fel hyn! Dwi'm 'di gneud un blincyn arch eto!'

Doethineba Cwy, 'Rhyw fusnas fel 'na ydio – yp an' down!'

'Fydd gin ti'm lli ar ôl os roi di fwy o fin arni, Ken!' Ac mae Kenneth yn gwrando ar gyngor doeth Glymbo Rêch, a rhoi'r gorau i finiogi.

Daw Donald a Dilys allan o'r tŷ at y car yn eu dillad gorau – mae Donald yn gwisgo'i fresys newydd lliwgar. "Dan ni'n cychwyn i Colwyn Bay rŵan Kenneth, ma' Gwladys, merch Taid Mortimer, 'di trefnu te posh i'r mourners yn Gwalia Café yn Rhos-on-Sea, yli. Fyddwn ni'n ôl at y chwech 'ma!'

'Dach chi'n mynd i gnebrwng yn y bresys yna?'

'Yndw, pam? Neis, tydyn! A chofia bod ishio rhoi bwyd i Bonso!'

'Oh come along Donald, or we'll be late!' Eistedda Dilys yn y car. 'There's food on the table, Hyacinth – brawn a tomatoes a crisps, ti'n lico rheini!' A thania Donald yr injan, cyn newid gêr yn swnllyd a gyrru i ffwrdd yn wyllt i gyfeiriad Bae Colwyn.

'Ych! Ma' Mam yn gwbod yn iawn 'mod i'n casáu brôn'!'

'Gna swap hefo Bonso, 'ta!'

Ar hynny, daw Helen a Linda rownd y tro yn gynnwrf i gyd. 'Hei dowch! Ma' 'na rwbath ofnadwy 'di digwydd! Ma' iâr David Ailsworth 'di marw!'

Cartref digon di-nod sydd gan David Ailsworth – ei dad sy'n gofalu amdano, ac mae hwnnw'n hen ac yn fusgrell. Mae'r iâr yn gorwedd ar y bwrdd *in state* yn y parlwr gorau, ac mae

David yn eistedd wrth ymyl y bwrdd yn syllu arni. Mae dagrau yn ei lygaid.

Tad David, sy'n ŵr boneddigaidd iawn, sy'n arwain Kenneth a'r criw i mewn i'r ystafell. 'Come in – it's very kind of you to call. She died of old age, you know. He loved that hen like no other – I don't know where we'll find him another one. Come in, he's this way.'

Daw Kenneth, Cwy, Glymbo Rêch, Helen a Linda i mewn i'r ystafell. Nid yw David yn cymryd unrhyw sylw ohonynt. Mae Helen a Linda'n crio i'w hancesi poced, wrth i bob un, yn ei dro, fynd at David ac ysgwyd llaw i gydymdeimlo a mwmblan 'Sori!'

'I'm so sorry, David.' Siarada Kenneth ag argyhoeddiad, 'You know that the hen has gone to Heaven, don't you? She's with Taid Mortimer now!'

Edycha David i fyw ei lygad, 'Bobl bibl bobl di di?', ac mae'n torri i lawr.

Ar ôl i David ddod ato'i hun, sibryda Kenneth yn ei glust. Yna, wedi ennyd, nodia David. Edrycha Kenneth ar y lleill sy'n sefyll yno fel defaid, ac arwydda'n gynnil iddynt sefyll yn ôl o'r bwrdd. Maent yn gwneud hynny'n drwsgl. Yna, cama Kenneth ymlaen a thynnu tâp mesur a phapur a phensil o'i boced. 'Rho'r mesuriada 'ma lawr, Helen!'

'Lle dysgist ti neud hyn, Kenneth?'

'Mr Jones y saer – dwi 'di bod yn 'i helpu fo i neud arch Taid Mortimer!' Yna, dechreua fesur yr iâr ar y bwrdd yn araf, ddefodol. Digwydd hyn mewn distawrwydd, ar wahân i wylo tawel o du'r merched. 'Ddyla rhw' droedfadd a hannar sgwâr 'i neud o Helen!' Bysedda David yr iâr yn hiraethus wedi i Kenneth orffen mesur.

Yna, plyga Kenneth ymlaen a sibrwd drachefn yn ei glust, 'Do you have any particular favourite hymn, David?'

Ger afon ar gyrion y pentref mae David, sy'n dal arch fechan yn ei ddwylo, a Cwy, Glymbo Rêch, Helen a Linda, yn sefyll o amgylch bedd agored. Kenneth sy'n gwasanaethu, wrth i bawb orffen canu 'emyn', *'And when one green bottle will accidentally fall, there'll be no green bottles standing on the wall.*

Amen!' Tra bod Kenneth yn adrodd, 'Llwch i'r llwch, lludw i'r lludw,' mae David yn rhoi'r arch yn y ddaear a thaflu pridd i'r bedd, wrth i bawb arall ddilyn ei esiampl a gwneud yr un fath. Ledia Kenneth y fendith i orffen, 'Gras ein Harglwydd Iesu Grist, a chariad Duw, a chymdeithas yr Ysbryd Glân a fyddo gyda chwi . . .'

Ar hynny, daw Huw'r Ddôl yn rhedeg yn wyllt i'w cyfeiriad. 'Hei, Ken, tyd – ma' merlyn Melanie Ponsenby 'di marw!'

Daw ymateb o ddychryn oddi wrth bawb.

'Grêt!' oddi wrth Kenneth.

Yn ddiweddarach, mewn ffermdy wledig ar gyrion Llanllewyn, daw Kenneth allan trwy'r drws cefn yn sgwrsio'n dawel â Melanie. Mae gan Melanie Ponsenby ddwy bleth yn ei gwallt, ac mae ganddi lisb go gryf. Wrth iddynt gerdded yn hamddenol trwy'r buarth rheda ieir yn wyllt ym mhobman. 'And I tho, tho want a pvoper, dethent buvial fov Cvomwell. He was thuch a nithe, kind, faithful little pony – I've got £5 to thpend on the funeral. Will that be thuffithient, do you think, Kenneth?'

Mae llygaid Kenneth yn goleuo, '*More* than syff . . . isient, Melanie! Where is Cromwell, so I can measure him?'

'He'th thith way. Follow me.' A cherddant i gyfeiriad y beudai.

'Shame about David, wasn't it?'

'What happened?'

'His hen died of old age . . .'

'Oh, jutht like Cvomwell!'

'And his father was worried he wouldn't be able to find him another . . . hen 'lly!'

'Oh poov old David, that'th tho thad.' Yna mae'n sbriwsio drwyddi, 'Come with me!'

Ac mae'r ddau'n rhedeg ar draws y buarth, a Melanie yn agor drws i feudy – ac yno mae dwsinau o gywion-ieir bach melyn, del. 'Theve, take him one ath a pvething from me!'

Mae Kenneth wrth ei fodd.

'Nôl yn y cwt at waelod yr ardd yn Ariel, mae arch fawr ar

hanner cael ei hadeiladu. Edrycha Cwy, Glymbo Rêch, Huw'r Ddôl, Helen a Linda, ar David Ailsworth yn anwylo'r cyw bach wrth iddo ei gwpanu'n dyner yn ei law. 'Bo bi bi bidl-bi!', ac mae'n chwerthin yn braf.

Mae Helen yn falch, 'Ma'n neis gweld David yn hapus eto.' Yna, wrth edrych ar yr arch anorffenedig, 'Be neith Ken 'sna fedar o ffeindio mwy o bren?'

'Na, mae'n iawn 'sti . . .' Mae Cwy yn hollwybodus, 'Ddudodd o bod gin Mr Jones y saer ddigonadd i sbario – a pitch!'

'Pitch?'

'Ia, rhwbath ti'n 'i roi mewn arch i stopio pryfid a dŵr a ballu rhag mynd i mewn!'

'Ych a fi!'

Mae Cwy yn arwrol, 'Ddoi di i arfar 'sti!'

Yn y cyfamser, mae'r drws i weithdy Mr Jones y saer ar glo – nid oes modd mynd i mewn. Dringa Kenneth, gyda Bonso, i ben sachau llawn y tu allan, i gyrraedd y ffenest – ond mae'r ffenest ar gau hefyd. 'O ia, dwi'n cofio rŵan Bons. 'Di mynd i gladdu Taid Mortimer yn y Creamatoriwm yn Colwyn Bay mae o siŵr!' Meddylia'n ddwys wrth agor ceg un o'r sachau, 'O leia ma gin i ddigon o pitch, Bons, ond o lle ga i goed dŵad?'

Edrycha Bonso fel 'tai'n gwybod yr ateb!

Yn hwyrach ymlaen, yng nghegin Ariel, mae Helen a Linda'n troi â llwy bren lond dwy sosban o bitch sydd ar yr hob drydan yn berwi – mae mwg mawr ymhob man. O'r llofft daw sŵn curo a morthwylio a waldio mawr.

Edrycha Linda yn bryderus ar Helen. 'Jest gobeithio bod Ken yn gwbod be mae o'n neud, 'te?'

'Cromwell odd yn ferlyn mawr. Ma' ishio lot o goed, 'tweld!' Ar hynny, daw Kenneth i lawr o'r llofft, a cherdded allan trwy'r drws cefn yn cario planciau pren hir. Edrycha Helen a Linda arno'n mynd, wrth i Cwy ddod i'r drws: ''Di'r pitch yn barod?'

'Yndi, Cwy!' Ac mae Helen a Linda yn cario'r ddwy sosban yn ofalus allan trwy'r drws cefn.

Awr yn ddiweddarach, ar fuarth fferm Melanie Ponsenby, mae Cromwell yn ei arch o'r diwedd – clamp o un fawr, wedi ei waldio'n flêr at ei gilydd gydag ambell garn yn sbecian drwyddi. Ond mae'r arch yn rhy drwm i neb ei symud! Mae Melanie yn ddagreuol gerllaw ac yn gwisgo du, wrth i Kenneth geisio datrys y broblem. 'Cerwch i ofyn i Thomas Williams gawn ni fenthyg Hercules a'r drol – dyna'r unig ffor 'dan ni'n mynd i symud yr arch 'ma! Ac aros di hefo fi, Cwy – you too David, a chditha, Glymbo Rêch.' Gadawa Helen, Linda a Huw'r Ddôl, ond mae Cwy a Glymbo Rêch eisiau mynd hefyd, ac yn grwgnach, 'I be?'

'Wel i dyllu bedd, 'te.' Mae Kenneth yn rhoi rhawiau iddynt, ''Dan ni 'di anghofio gneud hynny'n 'tydan!'

'No, no, no!' Mae Melanie Ponsenby yn dechrau strancio, 'I'm not having poov Cvomwell buvied in any damp old gvound, with wovmth and cveepy-cvawlieth all ovev him!'

'No, no, that won't happen Melanie, I've put pitch inside the coffin to stop that!'

'I want him cvemated!'

Dychryna Kenneth braidd, 'Cremated? But I've never done that before!'

'You thaid you weve expevienthed!' Ac mae Melanie yn mynnu, 'I want him cvemated! Tell him evevybody, I want him cvemated! I want him cvemated!

Gwaedda Kenneth ar ôl Helen, Linda a Huw'r Ddôl, 'Hei. 'Rhoswch! Anghofiwch am Hercules a throl Thomas Williams!' Ac ar hynny, cama David Ailsworth a'i gyw bach yn gynhyrfus ymlaen, 'Bi bi di bidl-bi?'

'Yes David, exactly like a bonfire!'

Mae'r gwasanaeth angladdol ar fin dechrau, ac mae coelcerth enfawr yn y buarth wrth ymyl y tŷ, yn barod i'w thanio. Kenneth sy'n 'gwasanaethu' unwaith eto, a Melanie Ponsenby, Cwy, Glymbo Rêch, Huw'r Ddôl, Helen a Linda yw'r prif alarwyr. Chwaraea David Ailsworth gyda iâr ddieithr gerllaw, 'Bidl bodl bo?'

'David wants to know if he can have the hen instead of the chick, Melanie?'

'Of couvthe he can – anything that maketh him happy!'

'Bidl bidl-bo bop!' Mae David yn llawen, ac mae'n mynd â'r cyw a'i roi yn ôl i Melanie, gan gusanu'r iâr ddieithr a'i rhoi yn ddwfn dan ei gôt a'i wasgod.

Yn ystod y 'gwasanaeth', adrodda Kenneth yn sanctaidd, 'Dust to dust!' Saib, 'Dust to dust . . . and . . . and . . .?' Mae'n oedi cyn gofyn yn dawel i Helen, 'Be 'di lludw yn Seusnag, Helen?' Hola Helen y lleill, 'Hei! Dach chi'n gwbod be 'di lludw yn Seusnag?' Mae pawb yn holi ymhlith ei gilydd. O'r diwedd cynigia David Ailsworth, 'Bidl-di!'

'Thank you, David . . .' Yna, â llais mawr, 'Dust to dust and *ashes* to ashes.' Tania'r goelcerth, ac mae'n cydio'n syth! Saetha fflamau mawr tua'r awyr wrth i bawb sefyll yn ôl yn ofnus.

Mae Cwy fel Solomon, 'Ti'm yn meddwl 'i fod o braidd yn agos at y tŷ, Ken?'

Dri chwarter awr yn ddiweddarach, mae'r frigâd dân wedi cyrraedd; mae'r tân o dan reolaeth, ond wynebau pawb yn ddu. Mae'r profiad wedi bod yn ormod i Helen, 'Odd dy wallt ti'n ddel bora 'ma, Kenneth Parry, yn gyrls i gyd, ond rŵan mae o'n hyll ac yn syth! Dwi'm ishio dim byd i neud hefo chdi byth eto!' Ac mae'n martsio i ffwrdd yn flin.'Tyd, Linda. Ma' hi'n beryg bywyd chwara hefo hwn!'

Mae Kenneth wedi ei frifo, 'Ond Helen . . .?'

Mae Melanie Ponsenby a'i mam yn cysuro'i gilydd yn ddagreuol gerllaw, 'Just thank God I had a puncture on the way to Taid Mortimer's funeral, Melanie – otherwise I wouldn't have been back in time!'

Saif pawb arall o gwmpas y lle yn edrych yn euog tra bod Kenneth, wedi cochi at ei glustiau, yn chwibanu yn y gwynt.

'Who's responsible for starting this fire?' hola'r Prif Swyddog tân yn awdurdodol.

'I think it was me, officer!'
'Well, I've got one or two things to say to you, my boy!'
Llynca Kenneth ei boer yn ofnus.

Y noson honno yn Ariel, mae'r teulu yn gytûn o gwmpas y tân. Y teulu delfrydol. Mae Dilys yn darllen y *News of the World*, Bonso'n cysgu'n sownd, Kenneth yn rhoi cyrlyrs yn ei wallt o flaen y tân, a Donald yn cael smôc, wrth ddisgwyl i Dilys orffen darllen y papur.

'Sut ddwrnod gest ti heddiw, Jac-y-do?'

'O, iawn, Dad!' Fel bod dim wedi digwydd, ychwanega 'Fuon ni'n lle Melanie Ponsenby!'

'Duwcs, be odda chdi'n neud yn fano?'

'Cromwell y merlyn 'di marw.'

'Taw 'rhen!'

'*A* iâr David Ailsworth hefyd.'

'Taw fachgian, wel dyna hen dro!' Rhy Donald edrychiad reit flin ar Dilys – mae o wedi blino disgwyl am y papur, ac eisiau mynd i'r tŷ bach.

Mae Kenneth yn parhau, 'Fi nath 'u claddu nhw. Ma' Mr Jones y saer 'di dangos imi sut i neud.'

'Wel, chwara teg iddo fo!' Yna, yn ddiamynedd, 'Dilys, w't ti 'di gorffan efo'r *News of the World* 'na eto, i mi gal mynd i'r toilet?'

''Struth, there's no peace to be had for the wicked! Wy fod relacso 'da'r babi hyn, chi'n gwbod Donald!' Ac mae'n plygu'r papur, a'i roi i Donald yn flin, wrth i hwnnw adael am y llofft. 'O'r diwadd!'

Ochneidia Dilys, 'I might as well get on with the supper, I suppose; nobody else will do it!' Ac mae'n croesi at y pantri. 'Be ti'n moyn, Hyacinth?'

'Rhwbath, Mam.'

Mae distawrwydd tra bod Dilys yn edrych yn y pantri.

'Odd na lot o bobol yn cnebrwng Taid Mortimer, Mam?' Yn sydyn, cofia Kenneth am y baco Shag yn ei boced, ac mae'n teimlo amdano.

'Quite a few – roedd teulu'r ferch, Gwladys, 'na o Scunthorpe – a bad lot, husband works in a brewery!'

A thra bod Dilys yn y pantri, tafla Kenneth y baco Shag yn frysiog ar y tân – ac yn y fflamau, fel trychiolaeth, gwêl wyneb Taid Mortimer – a chlywed ei lais. 'Arclwydd, o'r diwadd – lle ti 'di bod, dŵad? Dwi'm 'di cal smôc ers dydd Llun.'

Gwelwa Kenneth wrth i Dilys ddychwelyd i'r gegin a mynd i chwilota am rywbeth o dan y sinc. 'My giddy aunt!' Mae Dilys wedi darganfod y sosbenni! 'Be ti 'di neud i'r sosbenni hyn, Kenneth? My mother gave them to me as a wedding present – they're ruined, w!' A dechreua weiddi'n groch a gorymateb yn afresymol yn ôl ei harfer, 'Donald? Come quickly! Goodness gracious me, Donald?' Mae cynnwrf mawr, wrth i Bonso ddechrau cyfarth yn wyllt, 'Where are you?'

Uwch y bedlam hyn gwaedda Donald o'r llofft, 'Ia, be sy, neno'r tad?'

Ac ar hynny, mae anferthol o grash – a'r tŷ'n ysgwyd i'w seiliau bron. Mae Dilys mewn syfrdan, 'Rachmáninoff!'

Ac edrycha Kenneth i fyny mewn ofn, 'Dad?'

Rhuthra'r ddau am y drws sy'n arwain i'r llofft.

Yn y llofft, mae Dilys a Kenneth yn agor y drws yn araf i'r tŷ bach – a dengys eu hwynebau syndod a dychryn mawr. Yno mae Donald, yn eistedd ar y pan yn darllen y *News of the World* ac wedi syrthio drwy'r llawr i fyny at ei hanner, yn llwch ac yn galch drosto! Mae'n amlwg bod rhywun wedi dwyn y fflôr bôrds!

Ymateba'r tri mewn ffyrdd gwahanol iawn i'w gilydd: Dilys â chonsýrn mawr, 'Oh, my giddy aunt!'

Donald yn flin iawn, 'Wel duwadd annwl dad! Ti nath hyn, Kenneth?'

A Kenneth, yn euog iawn, 'O DIAR!'

★

123

6

Y PENWYTHNOS CREFYDDOL

Mae'n hwyr nos Iau, a mae Kenneth yn eistedd yn ei byjamas ar ei wely yn rhoi cyrlyrs yn ei wallt, tra bod Dilys ei fam yn pacio cês iddo. Mae Dilys yn ddagreuol iawn – mae Kenneth yn gadael cartref am y tro cyntaf erioed. Mae'n mynd am benwythnos i Wynllifon ar gwrs crefyddol sydd wedi ei drefnu gan Mr Evans (Porci) yr athro addysg grefyddol a Miss Waterschoot (Coesa Bwrdd), ei athrawes ddosbarth.

'And you promise to look after yourself don't you, Kenneth?'

'Wrth gwrs 'na i – cwrs crefyddol 'dio, a 'mond am wîc-end dwi'n mynd!'

'Ond hwn fydd y tro cynta i ti fynd i ffwrdd oddi cartref, Hyacinth! Beth wna i hebo ti, gwêd?' Mae'n wylo, 'Fy ngwnglwngls i ar ben 'i hunan am y tro cyntaf!'

Coda Kenneth a rhoi ei fraich amdani, 'Fydd popeth yn iawn, Mam – 'di Wynllifon ddim yn bell!'

Yna'n sydyn, mae Dilys yn cael ei pharlysu gan boen. 'Oh Rachmáninoff!' gorymateba fel arfer.

'Be sy, Mam?'

'Y babi yw e! Mae'n cico 'to!' Mae'n dal ei gwynt, 'Oh 'struth, he's going to be even worse than you were, Kenneth!' Ac eistedda ar y gwely i gael ei gwynt ati.

'Dach chi ishio imi nôl diod o ddŵr ichi, Mam?'

'No, no, I'll be alright – just get your father!'

Agora Kenneth y drws a gweiddi, 'Dad? Dad? Ma' Mam yn sâl!'

Daw Donald ar frys gwyllt o'r stydi, 'O duwadd annwl dad! Be sy?' A chyrhaedda â'i wynt yn ei ddwrn, 'Y babi sy ar 'i ffordd, ia Dilys?'

'Good god, Donald, that's not for another four months, w!'

'Wel, be sy 'ta?'

'Cico ma' fe! Ac ma' fe'n cico'n wâth nag odd Kenneth hyd yn o'd!'

Mae Donald yn flin o ddeall y rheswm, 'Duwadd annwl dad, dyna'r cwbwl odd o? Bron imi gal heart attack, ddynas!'

Ffrwydra Dilys, ''Na'r cwbwl odd e? Carruthers, you're just like that Sister Gwyneth of yours, Donald – you think of no one else but me, me, me all the time!'

Mae Donald yn un mor flin, 'Gad ti Sister Gwyneth allan o hyn! Duwadd, pan ma' sipsiwn yn cal babis, ma' nhw jesd yn mynd ar 'u cwrcwd tu ôl i'r gwrych – dy'n nhw'm yn gneud ffŷs fel hyn!'

''Struth! My giddy aunt! Compare me to a gypsy now, do you? Gwneud ffŷs ife, is that what you call it?' Ac mae'n torri i lawr. 'That's it! I can't take anymore! I'm leaving you, Donald!'

Mae Kenneth wedi bod yn gwrando mewn dychryn mawr, 'Ond Mam, fedrwch chi ddim!'

'Wy'n dod 'da ti, Kenneth! I'm not coming second to any gypsy! Wy'n mynd i baco, and that's the beginning and the end of it!' Yna, â chwerwder, 'You'll just have to get that Sister Gwyneth of yours to fly home from India to look after you, won't you Donald?' Ac mae'n martsio allan.

'Duwadd ma' ishio gras, fachgian!' A dilyna Donald hi.

Mae Kenneth yn cael ei rwygo – nid yw'n hoffi gweld ei rieni'n ffraeo fel hyn.

Ar y landin y tu allan i ystafell wely Donald a Dilys, mae'r drws ar gau; ac mae Donald ar yr ochr allan yn ceisio gwneud iawn â Dilys, sydd wedi ei chloi ei hun yn yr ystafell.

'Clyw . . . ypsetio 'nes i Dilys; toeddwn i ddim yn meddwl be ddudish i, yli. Agor y drws 'ma wnei di – dwi'n sori.' Tria'r drws eto. 'Dilys? Tydan ni ddim yn gosod esiampl rhy dda i'r hogyn 'ma, ti'n gwbod – gweld 'i dad a'i fam yn ffraeo fel hyn. Agor y drws 'ma – beryg i hyn 'i 'styrbio fo am weddill 'i fywyd.' Mae'n gweiddi eto, 'Dil-ys?'

Tu mewn, gorwedda Dilys ar y gwely'n flin, 'Mae'n well 'da ti gael dy wâr gartre i ofalu amdano ti!'

'Nacdi ddim – fedrai'm diodda'i chal hi adra mwy na chditha!'

'Why didn't you say so earlier?'

'Be ti'n feddwl "earlier"?'

Ac mae'n sgrechian, 'Iaaagh! If Sister Gwyneth arrived here Donald, I think I'd commit suicide!'

'Neith hi ddim siŵr, be ti'n 'i fwydro dŵad? Tydi'm yn diw adra o'r India am flwyddyn arall.'

Sgrechia Dilys yn afresymol, 'Iaaagh! I can't bear the thought!'

Mae distawrwydd am ennyd, yna ceisia Donald eto, 'Dilys? Agor y drws 'ma, nei di?'

A chladda Dilys ei phen yn y gobennydd, 'No, no, no, no!'

Yn y cyfamser, yn ei stafell wely, gorwedda Kenneth ar ei gefn yn y gwely yn dweud ei bader. 'Sori am beidio mynd ar 'y nglinia, ond dwi 'di blino yli, *a* dwi ishio codi'n gynnar, ocê? God bless Mam a Dad – plîs gna iddyn nhw bidio ffraeo cymint – a God bless pawb arall yn y byd, a gna Kenneth yn hogyn da, er mwyn Iesu Grist ein Harglwydd, Amen!' Yna, mae'n troi drosodd yn anniddig yn ei wely, o un ochr i'r llall. Mae ei ben yn brifo gyda'r holl gyrlyrs sydd yn ei wallt, 'O ia, bron i mi anghofio – plîs ga i gyrls?' Ac mae'n cau ei lygaid, a mynd i gysgu.

Y bore wedyn, amser brecwast, daw Kenneth i lawr y grisiau gyda'i gês, a'i wallt yn gyrls drosto. Mae Bonso'n ei groesawu. 'Hia Bons!'

Disgwylia Dilys amdano gyda gwên ffals a brecwast llawn, 'Ah, 'co ti Hyacinth!' Ac mae'n rhoi cusan fawr wlyb iddo, 'Sori am nithwr, w! Fedri di fadde ifi? Yr holl fecso hyn yw e. 'Da'r babi newydd a phopeth, wy'n ffaelu cysgu 'tweld, a wy'n mynd yn flin wedyn 'ny. Sori, pwt!'

Daw Donald i mewn o'r stydi, 'Ah, Jac-y-do! Gysgist di'n iawn?'

A'i geg yn llawn o frecwast, mae'n dweud 'Do diolch, Dad.'

'Clyw, ma' dy fam a fi yn sori am be ddigwyddodd neithiwr. Ma' pob gŵr a gwraig yn cal rhyw ffrae fach withia, wyddost ti – rhyw 'biff' bach, chwedl Déspret Dan.' Gwêl hyn yn ddoniol. 'Hwda, dwi 'di bod yn y siop yn nôl dy *Ddandy* di yli, cyn i ti fynd.' A rhy'r *Dandy* iddo â gwên fawr.

'Diolch, Dad.'

Mae Donald a Dilys yn or-garedig gyda'i gilydd – ar y dechrau.

'Fedra i neud rhwbath i helpu, Dil?'

'Na, mae'n iawn, Donald – nagw i'n mynd i wneud ryw lawer o waith 'eddi. Wy'n mynd i resto mwy – rhoi'n nhrâd lan, ontefe.'

'Ia . . . ond ma' rhaid gneud ryw chydig *bach* o waith, 'toes Dilys?'

Gwena Dilys yn haearnaidd arno, wrth i Donald newid y pwnc yn sydyn. 'Pwy sy'n mynd hefo chdi i Wynllifon, Kenneth?'

'Porci a Coesa Bwrdd sy'n edrach ar 'yn hola ni, ac ma' Helen, Cwy, Glymbo Rêch, Huw'r Ddôl a Linda'n dod hefyd.'

'Nage cwrs crefyddol yw e fod, Hyacinth?'

'Ia, Mam, 'dan ni'n studio 'Pistol Paul yn 'rysgol!'

Gofynna Donald, â diddordeb mawr, 'O, pa un felly?'

'Rhyw bennod am gariad ne' rwbath.'

Doethineba Donald, 'Odd Paul 'di dallt hi, o oedd. Fo ddudodd, "Tawed y merchaid yn yr eglwysi"!'

Mae Dilys yn meddwl fod hyn yn rhyw fath o feirniadaeth arall arni hi. 'I beg your pardon . . .?' Ond cyn iddi gael cyfle i danio, daw David Ailsworth i mewn trwy'r drws cefn gyda'i iâr, a'i draed yn fwd drostynt. 'Bidl bi bi bobl-bib?'

'Good god, David, look at your feet – they're filthy, w! Get out! Shew! Mas â thi!'

Ac wrth i David adael, gwaedda Kenneth ar ei ôl, 'I'm going away, David, I'll see you when I come back on Monday.'

'Bidl bi bi bodl-bidl di!'

Gwthia Dilys ef allan, 'Out! Out! Hen drâd brwnt ar hyd y carped, w!' Edrycha ar y mwd ar y llawr, ''Struth, look at the mess!' Ac mae'n croesi'n ôl at y bwrdd ac eistedd i lawr. 'Enjoiest ti 'na, pwt?' Sylla Donald arni mewn anghrediniaeth, wrth i Kenneth orffen ei frecwast, 'Do diolch, Mam, odd o'n lyfli.'

'Cofia di frwsio dy ddannedd nawr, Kenneth, tra bod ti ffwrdd a . . .' Cofia'n sydyn, 'W! Ti'n moyn mynd â'r cyrlers 'da ti 'ed?'

Mae Kenneth yn embaras, 'Nacdw siŵr, Mam! Newch chi'm deud wrth neb, na nwch Mam a Dad?'

'Na wnewn siŵr, Hyacinth!' Yna, 'Your hair looks nice this morning!'

Gwena Kenneth yn ddel, ond mae Donald yn ddig ers meitin. 'Wel, be am y mess 'na nath David?'

'Be amdano fe, Donald?'

'Wel, twyt ti'm yn mynd i' llnau o?'

'Nagw! Fel wedes i, wy'n mynd i resto 'eddi – rhoi'n nhrâd lan.'

'Nid salwch ydy o, ti'n gwbod, Dilys!'

Ac ar hynny, ffrwydra Dilys drachefn, 'My giddy aunt, Donald, chi'n dishgwl i fi wneud popeth o gwmpas y lle hyn – chi'n treto fi fel skivvy! If you want to do something about the mess, do it yourself!'

'Tydi dyn ddim i fod i neud gwaith tŷ, siŵr!' Yna'n flin, 'Ti'n brysur droi'n hen slwtan ddiog, Dilys!'

'Rachmáninoff!' Dyma'r diwedd! 'Call me a slut now, do you?' ac mae'n mynd amdano wrth i Bonso gyfarth yn wyllt.

Ceisia Donald ei amddiffyn ei hun, 'Arclwy' paid wir – ti'n beryg bywyd! A watsia'r babi 'na, wir ddyn!'

Saif Kenneth ar ei draed yn ofnus, a gwylio'r ornest â dychryn mawr.

'I've never been so insulted in all my born days – and from a minister of religion too, supposed to be! Take that, Donald!' Ac mae'n ei waldio o gwmpas ei ben. Cynhyrfa Bonso'n fwy, a phrotestia Donald mewn poen, 'Owj! Paid Dilys, paid!'

Ac ar hynny, yn sefyll yn y fynedfa i'r gegin, mae Bessie Fusneslyd. Taga'n hunanymwybodol, 'Hy hym!'

Distewa pawb mewn embaras mawr.

'O, helô 'na, Miss Roberts!'

Mae'r distawrwydd yn llethol, cyn i sŵn corn bws yn cael ei ganu'n ddiamynedd y tu allan i'r tŷ dorri ar ei draws. 'I mi ma' hwnna, Mam – dwi'n mynd.'

Erbyn hyn, mae Dilys wedi cael amser i feddwl am esgus, 'Wel, na fe, cer di te gryt. Cei di wylio dadi a mami yn practeiso'r ddrama pan ddoi di 'nôl – iawn, pwt? Efalle bydd dadi'n gwybod ei leins yn well bryd 'ny!' A chwardda'n ffals wrth i Donald a Kenneth ymuno â hi yn y chwerthin. Rhy gês yn llaw Kenneth, ''Co ti!' Ac mae Donald yn ffarwelio ag o fel 'tai dim o'i le. 'Hwyl i chdi, Jac-y-do.'

'Ta-ta Dad a Mam. Ta-ta Bons. Ta-ta Miss Robaitsh!' Ac mae'n gadael fel angel gyda'i gês a'i *Dandy*.

'Ych *chi'n* moyn gweld rehersal o'r ddrama, Miss Roberts?'

'Dwi 'di gweld digon diolch, Mrs Parry! Dod â hwn ichi nesh i, gin Edgar Siop.'

'Beth yw e, Miss Roberts?'

'Teligram, Mrs Parry!'

Dychmyga Dilys y gwaethaf. 'Telegram? Oh my god – Aunty Mary in Aberystwyth's had a stroke!'

'Sut gwyddost ti dŵad – paid â rwdlan!' A chymera Donald y teligram a'i agor.

'Newyddion drwg, Mr Parry?'

Rhy'r teligram i Dilys, 'Braidd!'

Mae Dilys yn ei ddarllen, 'Rachmáninoff, Anti Gwyneth's coming to stay!'

'Sister Gwyneth? Y genhadas o'r India ydy'r Anti Gwyneth yna, Mrs Parry?'

Anwybydda Dilys hi, 'Ye gods, I'm not going to be able to cope, Donald!' A chyda hynny, llewyga'n ddramatig i'r llawr, wrth i Donald lwyddo i'w dal jest mewn pryd, 'Wel duwadd annwl dad!'

Rhy Bessie Roberts wên slei, foddhaus.

Yn ddiweddarach, yn y bws ar y daith i Wynllifon, mae'r plant yn canu'n groch, '*She'll be coming round the mountain when she comes. She'll be coming round the mountain when she comes. She'll be coming round the mountain, coming round the mountain, coming round the mountain when she comes. Singing ai-ai yippee, iyppee âi! . . .*'

Eistedda Kenneth yn dawel ar ben ei hun. Daw Helen ato. 'Dy wallt ti'n ddel hiddiw, Ken.'

'Diolch, Helen. Ma'n siŵr bod y cyrls yn dŵad wrth imi dyfu yli!'

'Ma'n siŵr!' Gwrandawant ar y canu am ychydig, 'Ti'n dawal iawn. Be sy'?'

'Mam a Dad sy 'de!'

'Be amdanyn nhw?'

''Di dechra ffraeo ma' nhw bob munud – ac am ddim byd. Odda nhw'n ffraeo achos bo' David 'di gneud mess ar y carpad gynna – *a* nath Bessie Fusneslyd 'u dal nhw'n gneud!'

'Fylna ma' nhw 'sti. Ma' mam a dad fi 'run fath. Cal pylia ma' nhw – weithia 'dyn nhw'm yn bad, ond dro arall ma' hi fath â wyrld wôr thrî yn tŷ ni!'

Gwena Kenneth.

'Paid â gadal iddyn nhw dy ypsetio di, Ken!' Yna, 'Sbia be sgin i.' Mae'n agor ei bag i ddangos creision a photeli pop. 'Gawn ni midnight feast heno, ia? Tyd i lle'r genod ar ôl iddi dwllu, a gawn ni hwyl.'

'Be 'san ni'n cal yn dal?'

'Chawn ni ddim, siŵr – mond Porci a Coesa Bwrdd fydd yno, a ma' nhw'n ocê!'

Eistedda Coesa Bwrdd wrth ymyl Porci ar flaen y bws – hi a'i llygaid ar gau, ac yntau'n syllu yn ei flaen ac yn rhochian, 'Soch!'

Gwaedda Huw'r Ddôl o'r cefn, 'Thyrti-thrî!'

Plyga Kenneth drosodd, 'Thyrti-thrî be?'

'Cyfri faint o withia ma' Porci'n rhochian dwi!'

Mae Porci'n rhochian eto, 'Soch!'

'Thyrti-ffôr!'

Chwardda Kenneth.

'Sbia Ken!' Ac mae Cwy yn dangos llun o ddynes noeth iddo. 'Lle gêst ti hwnna?'

'Llyfr midwifferi Anti Gwenfair 'te. Ma' hi'n assistant mêtron yn St David's, cofio?'

'Hei, grêt!'

Ac ar hynny, cwyd Glymbo Rêch ei ben uwch cefn un o'r seddi, ''Tishio Woodbine Ken?'

'Na, dwi 'di rhoi'r gora iddi, Glymbo!'

'Sbia be arall sgin i 'ta.' A thynna set radio allan o'i gês. 'Gawn ni Radio Luxembourg – grêt 'de?'

Mae Kenneth yn troi at Helen ac yn sbriwsio drwyddo, 'Dwi'n meddwl 'mod i'n mynd i enjoio'r wîc-end 'ma, Helen!' Ac ymuna'n frwd yn y canu, *'She'll be wearing rubber knickers when she comes! She'll be wearing rubber knickers when she comes . . .'* Ac yn eu blaen yr ânt dan ganu.

Rhai oriau'n ddiweddarach, mae Plas Wynllifon yn ei holl ogoniant yn yr heulwen gyda'r bws wedi ei barcio'n ddel o'i flaen. Yn yr ystafell ddarlithio, mae'r plant yn gwrando ar Porci'n darllen o'r Beibl am rinweddau cariad, o'r drydedd bennod ar ddeg o'r llythyr at y Corinthiaid. 'Y mae cariad yn hirymarhous; y mae cariad yn gymwynasgar, nid yw cariad yn cenfigennu; nid yw cariad yn ymffrostio, nid yw yn ymchwyddo . . . soch!'

Mae Huw'r Ddôl yn dal i gyfri, 'Hyndryd and ffiffdi-thrî!'

Mae Coesa Bwrdd yn gwrando ag angerdd ar bob gair a ddaw allan o enau Porci – y rhan fwyaf o'r plant hefyd, tua 20 ohonynt. 'Nid yw yn gwneuthur yn anweddaidd, nid yw yn ceisio yr eiddo ei hun, ni chythruddir, ni feddwl ddrwg . . .'

Yn y cefn, mae Kenneth, Cwy a Glymbo Rêch yn astudio'r llyfr *midwifery*, a llun o ddynes noeth yn rhoi genedigaeth i fabi. Rhyfedda Kenneth, 'Asu!' Ac mae'n troi'r llun bob sut, gan edrych arno o bob ongl. 'Allan o ba dwll ma' pen y babi 'ma'n dŵad, Cwy?'

Trechir Cwy gan y cwestiwn – ond rhag iddo edrych yn gwbl dwp, dyfala, 'Allan o'r twll pi-pi ia, dwn 'im?'

'Paid â malu cachu, Cwy!' Ac mae Kenneth yn troi i ofyn yr un cwestiwn i Helen, 'Helen, allan o ba dwll ma' . . .?'

Ar hynny, mae Coesa Bwrdd, sydd wedi crwydro draw yn ddiarwybod iddynt, yn ei ddal. 'Be sgin ti'n fana, Kenneth Parry?'

Sudda Kenneth i'w sedd, 'O diar!' sibryda, wrth i'r lleill ymbellhau oddi wrtho, ac i Porci barhau gyda'i ddarllen yn y cefndir.

Ar yr un pryd, gyrra Donald ei gar ar hyd ffordd wledig i gyfeiriad Llanllewyn. Mae Sister Gwyneth yn eistedd wrth ymyl Donald yn y sedd flaen, a Dilys yn y cefn. Mae Sister Gwyneth yn reit fawr o ran corffolaeth. Mae ganddi natur benderfynol, ac mae'n hoffi cerdded, pysgota a phethau dynol eraill felly – mae hi hefyd yn hen ferch.

'Nathon ni ddocio ddoe yn Lerpwl w'chi – syrpreis holidê, flwyddyn yn gynnar, 'te!' Anadla'n ddwfn, 'O dwi'n edrych ymlaen i gal mynd ar country walks w'chi hefo Bonso. Sud ma' hwnnw? – iawn m'wn. A physgota yn 'rafon 'te – ma' gin ti wialan ga i fenthyg, 'toes, Donald?'

'Oes, Sister Gwyneth.'

Mae'n troi at Dilys, 'Ac ma' gin i, w'chi, y résipi arbennig 'ma sy'n dangos sut ma' gneud chocolate cornflake fudge! Sgynnoch chi gornfflêcs, Dilys?'

Cofia Dilys y tro dwethaf iddi wneud un o'i résipis, 'Ôs, Sister Gwyneth – ond nagyw e'n un o'r résipis hyn sy'n gwneud lot o fès ar y stôf?'

'A siocled! Fydd ishio o leia pum pwys ohono fo – siocled cwcio felly 'te, 'di'i doddi.'

Gwena Dilys yn ffals, 'Fydd 'da Morfudd ac Edgar siop beth wy'n siŵr, ond cofiwch bo chocolate yn ddrud, Sister Gwyneth.'

'Triwch gal peth imi, Dilys. Neith Kenneth bach i fwynhau o w'chi – a dyna sy'n bwysig 'te! A sut mae o, Donald?'

'Ar i fyny. Mae o 'di mynd ar gwrs crefyddol i Wynllifon y penwythnos yma. Fydd o'n ôl ddydd Llun.'

'Tynnu ar d'ôl di, Donald – am fynd i'r weinidogath ma' fo?'

Medd Donald, yn sarrug, 'Gobeithio ddim!'

Yn sydyn, mae Sister Gwyneth yn chwerthin yn afreolus, 'Ma' pum mlynadd er pan o'n i adra ddwytha o Frynia Cashia, w'chi – chi'n cofio'r tro dwytha?'

Rhy Donald hanner gwên oddefgar wrth i Dilys, yn pryderu a chwerthin 'run pryd, ateb drosto, 'Odyn odyn, ni'n cofio'r tro diwetha'n iawn, Sister Gwyneth!'

Mae Sister Gwyneth yn hel atgofion, 'Odd o'n biti garw am y tân 'na'n 'toedd – very unfortunate indeed – ond dyna fo, cé sera sera, w'chi, chwedl y Ffrensh 'te!' A chana emyn dros y lle, *'Glân geriwbiaid a seraffiaid, fyrdd o gylch yr orsedd fry, Mewn olynol seiniau dibaid . . .'* A diflanna'r car rownd y tro gyda chlamp o drync wedi'i glymu i'r trymbal.

Y noson honno yn Wynllifon mae Kenneth, Cwy, Glymbo Rêch, Huw'r Ddôl a'r gweddill, yn mynd ar flaenau eu traed, ac yn eu pyjamas, i gyfeiriad ystafell wely'r merched. Sibryda Kenneth yn ofnus wrth y lleill, 'Hysh! Dim un smic! Bydd 'na le os cawn ni'n dal,' a chura'n ysgafn ar y drws. Daw Helen i'w agor, 'Hysh! Cwic, dowch i mewn!' Ânt i mewn i'r ystafell ac mae Helen yn cau'r drws yn ddistaw o'u hôl.

Dri chwarter awr yn ddiweddarach, yn ystafell wely'r merched, mae 'na arwyddion o barti gwyllt. Mae pacedi creision ym mhobman, a photeli lemonêd a 'dandelion and burdock' yn cael eu hyfed yn ffri. Mae Helen a Linda a'r giang yn eistedd a gorwedd ar lawr ac ar eu gwlâu yn eu cobenni; ac mae Kenneth, Cwy, Glymbo Rêch, Huw'r Ddôl a'r bechgyn eraill yn bod yn dipyn o fois, ac yn dangos eu hunain braidd. Gorffenna Kenneth ddarllen jôc o'r *Dandy*, 'A dyma'r hwch fawr dew yn deud wth yr hwchods bach, "Pa un ohona chi sy'n chwythu yn lle sugno"?' Chwardda pawb yn wirion, wrth i Glymbo ychwanegu, 'Porci odd 'u tad nhw, ia?' Ac mae pawb yn chwerthin yn wirionach y tro hwn, a rhai'n dynwared Porci trwy rochian yn uchel. Tawela Helen hwy, 'Hysh! Byddwch ddistaw, wir, rhag iddo fo a Coesa Bwrdd glwad!'

Amenia Kenneth, 'Asu ia, dwi 'di cal un row yn barod!'

Ac mae Cwy'n rhag-weld un arall, 'A ma' Coesa Bwrdd 'di conffisgêtio llyfr midwifferi Anti Gwenfair fi – wn i'm be ddudith hi pan ffeindith hi allan!'

Ond mae Helen yn bendant, 'Oddat ti'n ffŵl i ddod â fo hefo chdi, Cwy!'

'Be sy arnat ti – *fi* gafodd y bai!'

Ac ar sylw hunandosturiol Kenneth, try Glymbo Rêch y set radio 'mlaen – ar Radio Luxemburg. 'Paid â'i roid o'n rhy uchal, Glymbo!' Ond anwybyddant rybudd Helen, a dechrau symud a jeifio i'r gerddoriaeth.

'Tyd, Ken!' Mae Helen yn arwain Kenneth i eistedd ar un o'r gwlâu efo hi.

Mewn congl arall o'r ystafell, siarada Huw'r Ddôl yn llechwraidd â Glymbo Rêch. 'Hei, sbia be sgin i'n fama!' Ac mae'n dal potel i fyny.

'Be 'dio?'

'Ginger beer! – nesh i ddwyn o o goctêl cabinet Dad!'

'Tyd â swig i fi!' Ac i sŵn mwynhad a miri diniwed, mae Glymbo Rêch yn llowcio'r ddiod yn swnllyd.

Yn y cyfamser, mae Helen yn siarad â Kenneth ar y gwely, 'Ti'n dal i boeni am dy fam a dy dad twyt, Ken?'

Mae Kenneth yn drist, 'Yndw braidd, Helen – dwi'm yn licio gweld nhw'n ffraeo. Ma' gin i ofn iddyn nhw gal difôrs, fatha Evelyn a Henry Pen Bwlch,' ac mae'n beichio crio.

Mae Helen yn ei gysuro, ''Nan nhw ddim, siŵr!' A rhy ei braich amdano. 'Paid â chrio Ken; 'todd gin Evelyn a Henry ddim plant yli, ag eniwê, Saeson 'dyn nhw!'

Sycha Kenneth ei ddagrau. Mae'r ddau'n agos.

Ar yr un pryd, yn Ariel, mae Sister Gwyneth yn gorffen ei the. Mae sosbenni'n berwi ar y stôf – mwg mawr ymhobman; mae Dilys wedi cynhyrfu, ac ar ben ei thennyn.

'Ych chi wedi cwpla'ch te 'to, Sister Gwyneth – mae swper bron yn barod, w!'

'Fydda i'n cnoi pob cegiad thirty-three o weithia, w'chi. Dyna sut ma' gneud, Dilys – 'dan ni'n dysgu hynna i'r blacs yn yr ysbyty 'cw yn Ceylon w'chi. Felly ma' gofalu am y digestion yn iawn – dim thirty-two, na thirty-four – ond thirty-three o weithia!' Llynca'n galed, ''Na ni, dwi jest yn barod ar gyfar fy swpar rŵan, w'chi, Dilys – jest rhyw bum cegiad arall ar ôl, dyna'r cwbwl!'

'Beth wnaf fi 'da'r holl chocolate sy'n berwi ar y stôf, a'r cornflakes hyn?'

Coda Sister Gwyneth, 'O ia, dollta i nhw i'r tunia 'ma ar y bwrdd rŵan!'

'Ond wy'n moyn defnyddo'r bwrdd i seto'r swper, Sister Gwyneth!'

''Na' i o ar y stôf 'ta.'

'Ond ma' 'da fi lobsgows ar y stôf, w!'

Mae Donald wedi bod yn eistedd gyda Bonso wrth y tân yn darllen ei bapur, 'O na, dim lobsgows eto!' Dywed wrth Sister Gwyneth, 'Ddudish i wrth Dilys 'ma, ryw chwe mis yn ôl, y bydda fo'n beth reit dda cal lobsgows rŵan ac yn y man – fel bydda Tada'n gneud inni 'stalwm, ti'n cofio? Byth ers hynny, dwi 'di cal lobsgows ddwy waith yr wsnos, *bob* wsnos, nes 'i fod o'n dŵad allan trw' 'nghlustia i!'

Chwardda Sister Gwyneth dros y lle, 'A'th helpo di!'

'I'm trying my best, Donald! My giddy aunt, with what little money I get, what more can I do?'

Mae Donald yn rhag-weld ffrae arall, ac yn ceisio cymodi, 'Na, ma' hi'n iawn, siŵr. Jest deud o'n i, 'te!'

'Jest gweud?!'

'Toedd Donald ddim yn meddwl dim byd, Dilys!'

A ffrwydra Dilys, ''Na'r drwg ontefe, nagych chi *yn* meddwl! You're as bad as each other – y ddou o' chi! – and I'm sick of it right up to the back teeth!' A chyda sylweddoliad dwys, 'Rachmáninoff, wy' newydd sylweddoli, Donald – I'm a slave in my own home!' Ac mae'n cerdded allan i gyfeiriad y llofft, gan daflu'r llinell olaf at bwy bynnag sy'n fodlon gwrando, 'Skivvy, 'na beth 'y fi – cheap labour, w!'

Wedi iddi fynd, mae Sister Gwyneth yn ddoeth odiaeth, 'Wel, fedri di'm deud na nath Tada dy rybuddio di, Donald.'

'Na, na! Ond disgwl babi ma' hi, 'te Sister Gwyneth. Fydd hi'n oreit wedi iddi gŵlio lawr 'sdi – tydi'm yn ddrwg i gyd!' A chyda hynny, gadawa'n flin i chwilio am Dilys yn y llofft.

Tytia Sister Gwyneth wrth roi'i phlât o'r neilltu, ''Tishio i mi ofalu am y swpar, ne' be bynnag ma'r merchaid 'ma'n 'i neud Donald?'

Gwaedda Donald o'r llofft, 'Na, mi wna i o rhag i ti neud mwy o lanast, yli!'

Mae'r parti yn ystafell wely'r merched yn Wynllifon yn ei anterth, gyda Huw'r Ddôl yn brolio, 'Hei, dwi 'di yfad tair potal gyfa o'r ginger beer 'ma!', a Glymbo Rêch a rhai o'r merched yn cogio bod yn feddw. Mae eraill yn canu, *'Roll me over in the clover, roll me over, lay me down and do it again!'* Yn sydyn, daw Porci a Coesa Bwrdd i mewn – maent yn gwisgo'u pyjamas, ac mae arswyd ar eu hwynebau. Rhewa pawb.

'Be sy'n mynd ymlaen – soch! – yn fama?' Ac mae Huw'r Ddôl, gyda photelaid o ginger beer yn ei law, yn parhau i gyfri, 'Sics hyndryd and ffiffti-ffôr . . . ygh!', a chyfoga i'r bin sbwriel.

Ar hynny, â dychryn mawr, edrycha Miss Waterschoot i gyfeiriad y gwely, 'Kenneth! Helen! Be dach chi'n feddwl dach chi'n neud, dwch?' gwaedda wrth ddal y ddau yn gorwedd ar y gwely'n cusanu'i gilydd!

Mae Porci'n ymddwyn fel 'tai'n ddiwedd y byd, 'Reit! Ma hyn 'di mynd rhy bell – soch! – Geith y prifathro ddelio hefo hyn fore dydd Llun!'

Ac mae braw ar wynebau pawb, wrth i Kenneth eistedd i fyny'n ostyngedig. 'O diar!'

Ar yr un pryd yn Ariel, mae pethau wedi cyrraedd y pen yno hefyd. Mae Dilys yn beichio crio ar ei gwely, tra bod Donald, wedi ei gloi allan o'r ystafell, yn gweiddi'n groch ac yn curo ar ochr arall y drws. 'Dilys? Agor y drws 'ma! Dilys – dwi'm yn gofyn eto!' Sgrechia, 'Dil-ys, agor y drw-ws 'ma.'

Powlia'r dagrau i lawr gruddiau Dilys.

Fore Llun, yn swyddfa'r prifathro, agora'r drws i orchymyn blin Tomi Bach. 'Dowch i mewn!' Ac ymlwybra Kenneth, Cwy, Glymbo Rêch, Huw'r Ddôl, Helen a Linda yn euog benisel i mewn i'r ystafell. Safant mewn rhes o flaen yr athrawon:

Porci, Coesa Bwrdd, a Tomi Bach y prifathro, sy'n eistedd y tu ôl i'w ddesg.

Mae distawrwydd byddarol yn yr ystafell, gyda phawb yn edrych yn anghyfforddus ar ei gilydd. Yna, hola Tomi Bach yn ddwys, ddifrifol, 'Reit, be ddigwyddodd?' Mae distawrwydd eto. 'Gwilym, dechreuwch chi, fachgen.'

'Wel, nathon ni gyrradd jesd cyn amsar cinio . . .' Mae Cwy'n ferchetaidd braidd, '. . . a gafon ni sosejys neis iawn a, ym, chips, pys a grêfi i ginio . . .'

Mae Tomi Bach yn flin, 'Dyna ddigon Gwilym! Dach chi'n gwybod yn iawn be dwi'n 'i feddwl, fachgen. Dechreuwch eto.'

'Wel, nathon ni gyrradd jesd cyn cinio, a . . . a . . .', ac mae'n beichio crio.

'Cerwch chi 'mlaen, Kenneth.'

'Wel, nathon ni gyrradd fel dudodd Cwy . . . ym, Gwilym – gafon ni ddympio'n lygej, syr, a wedyn nath Mr Evans ddarllan pennod un deg tri o Corinth . . . o Corinth . . .'

'Iaid!' Yn ei gywiro, 'Corinthiaid!'

'Corinthiaid, syr!'

'Ac wedyn? Beth am y pornograffi?'

Gofynna Kenneth, â syndod mawr, 'Pornograffi, syr?'

Chwifia Tomi Bach lyfr *midwifery* Anti Gwenfair yn yr awyr, 'Pornograffi pur!' Mae'n ei daflu at Porci. 'Llosgwch o, Mr Evans!'

Rhochia Porci ei gymeradwyaeth wrth i Cwy bryderu am beth fydd ymateb ei Fodryb Gwenfair.

'Ond roedd gwaeth i ddod mae'n debyg! Be ddigwyddodd wedyn, Glyn? Eglurwch chi.'

'Gafon ni barti, syr . . .'

'Do! *Ac* yfed cwrw hefyd, glywais i!'

'Dim ond ginger beer odd o, syr!'

'Dyna ddigon, Glyn! Plant ych oed chi'n yfed diod feddwol! Gwaradwyddus! Cywilyddus!' Ac amenia Coesa Bwrdd yn hunangyfiawn wrth i Tomi Bach ddyrnu arni'n ddi-droi'n-ôl, 'Ac wedi meddwi . . .'

Mae Glymbo Rêch yn astudio'i draed yn euog wrth gofio.

'Yn cyfogi i mewn i fin sbwriel!' Ac mae'n tytian yn siomedig wrth i Huw'r Ddôl astudio'r nenfwd. 'Ond, fe wnaethoch chi rywbeth gwaeth, Kenneth Parry a Helen James!' Mae'r Prifathro fel pe bai'n gwneud ei hun yn gyfforddus i wrando stori dda, 'Kenneth, be oeddech chi'n ei wneud, felly? Dwedwch wrthon ni, fachgen?'

'Lled-orwadd, syr.'

'O wela i, lled-orwedd!' Mae'n ei wawdio, 'Ac fe gawsoch chi'ch riportio i mi am led-orwedd, do?' Mae'n flin, wrth i Helen ddechrau crio, 'Beth ddigwyddodd, fachgen?'

Wedi tragwyddoldeb, 'Odda ni'n . . . gorwadd, syr.'

'Wela i! A beth arall?'

'Odda ni'n . . . cus-anu, syr!'

Mae Coesa Bwrdd, Porci a Tomi Bach yn cael modd i fyw – fel 'tai neb wedi cusanu ei gilydd erioed o'r blaen! Mae'r tri yn tytian, Porci'n rhochian ddwy waith, ac nid yw Coesa Bwrdd yn gwybod lle i edrych yn ei ffug gywilydd-dra.

Pwysa Tomi Bach yn ôl yn ei gadair a datgan, 'Dyma ydy effaith pornograffi ar feddyliau ifanc, dach chi'n gweld!' A chytuna'r ddau arall yn frwd.

Gyda hynny, coda Tomi Bach i'w lawn bum troedfedd a phedair modfedd, 'Dwi am i bob un ohona chi fynd â llythyr adref i'ch rhieni gen i, yn egluro beth ddigwyddodd – dwyn gwarth ar yr holl ysgol ac arna i! A dwi'n disgwyl llythyr o ymddiheuriad yn ôl. Ac mi fydda i'n eich cosbi chi 'mhellach trwy ofyn am fil o linellau yr un ganddoch chi, 'I must behave myself when on school weekend courses, and conduct myself in a manner becoming to my school, which I am proud to represent!'

Rhy pawb ochenaid o ollyngdod a rhyddhad mawr.

'Ond mae un wedi bod yn y fan hyn o'r blaen!' Mae Tomi Bach yn parhau, a phawb yn sythu drwyddynt drachefn. 'Kenneth, a chithau'n fab i weinidog – fe ddylech chi wybod yn well, fachgen, i fod yn esiampl i bawb arall, felly . . .' Cymra wynt mawr. 'Am hynny, a beth wnaethoch chi'r penwythnos hwn ar gwrs crefyddol, o bopeth, yn Wynllifon – beth ddyw-edith eich tad a'ch mam, wn i ddim – rwy'n eich gwahardd chi o'r ysgol, fachgen – am byth!'

Nid yw Kenneth wedi deall yn iawn, 'Be, syr?'

Mae Tomi Bach yn sgrechian nes bod ei lais yn atseinio drwy'r ysgol, 'You are expelled, boy!'

Ymateba pawb â sioc a dychryn mawr.

Y prynhawn hwnnw, yn nhŷ Miss World, eistedda Kenneth yn nerfus mewn cadair, tra saif Miss World uwch ei ben, yn edrych i lawr arno.

'Wn i ddim be w't ti'n ddisgwl i mi 'i neud, Kenneth? 'Wannwl, twyt ti 'di'n siomi fi cofia – a dy fam a dy dad hefyd, fachgian! Deud y gwir, ti 'di siomi pawb yn y pentra 'ma! Fasa well gin i tasa ti'n peidio galw yma o hyn ymlaen, Kenneth!'

Mae Kenneth yn crio.

''Wannwl, ac i feddwl y baswn i'n fodlon gneud unrhyw beth i ti unwaith, Kenneth – unrhyw beth ar wynab daear, cofia!' Yn flin, 'Dos wir, dos allan o 'mywyd i, y cena' bach annifyr iti!'

Ac mae Kenneth yn mynd gyda'i gynffon rhwng ei goesau, tra brwydra Miss World yn galed i ddal dagrau'i siom yn ôl.

Yn ddiweddarach, wyneba Kenneth a Bonso ei gilydd mewn cae.

Ymbilia Kenneth, 'Plîs, Bonso! *Plîs* paid â ngadal i?' Ond mae Bonso'n troi ei gefn arno a cherdded i ffwrdd.

Yna, y tu allan i Siop Edgar a Morfudd, mae Kenneth yn ffarwelio â Cwy, Glymbo Rêch, Huw'r Ddôl, Helen a Linda. Mae pawb yn ddagreuol wrth i Bessie Fusneslyd ddod atynt ar garlam gwyllt, 'Newydd glwad y niws! Eitha gwaith â ti hefyd, Kenneth Parry – mêi iŵ rot in hel, dduda i!' A ffwrdd â hi.

'Ow, yr hen sguthan front iddi hi!'

''Di hynna'n ddim byd, Helen. 'Di Miss World na Bonso 'm ishio dim byd i neud hefo fi chwaith, a neith Dad a Mam byth fadda imi – 'sna'm ond un ffor' allan o hyn, ma' gin i ofn – fydd rhaid imi ladd fy hun!'

Sylla Helen arno â llygaid mawr.

'Edrych ar ôl Bonso i mi plîs, Helen?'

Nodia'n ddagreuol fel mewn llewyg.

'A dwi ishio i chi gyd fod yn garedig hefo David Ailsworth, ac edrach ar 'i ôl o – dach chi'n addo hynny imi?'

Mae pawb ar fin torri lawr, 'Yndan, Ken!'

'Pidiwch â bod yn drist . . . mae o 'di bod yn hwyl tra parodd o!' A cherdda i ffwrdd, gan droi i godi ei law arnynt o bell.

Daw David Ailsworth a'i iâr ar frys gwyllt o rhywle, 'Bidl bo bidl-bidl di?'

Helen sy'n ateb, 'Kenneth has gone to kill himself, David; everything has become too much for him!'

Cama David i ganol y ffordd, 'Bid bid bodl-bo?' â'i fryd ar ei achub.

Ond nid oes olwg o Kenneth yn unman. Wyla David yn hidl.

Yn ddiweddarach, mewn coeden dderw fawr, mae Dilys, sy'n wylo'n dawel, yn sefyll ar gangen yn barod i neidio i lawr a lladd ei hun. Dringa Kenneth i fyny ati – mae wedi ei synnu'n arw, 'Mam! Be dach chi'n neud yn fama?'

'I just can't take any more, Hyacinth . . . nagw i'n hapus, w – dy dad a finne'n cweryla drw'r adeg; and to crown it all, that Anti Gwyneth of yours has arrived from India! Ond beth y' ti'n wneud 'ma, pwt?'

'Mynd i ladd fy hun fel chi, Mam!'

'Lladd dy hun – ond . . .?'

'Dwi 'di cal yn ecspelio o'r ysgol, Mam!'

'Oh, my giddy aunt!' Mae'n gas, 'Well, you'd better get on with it before your father gets to hear of it – I wouldn't like to be in your shoes when he finds out!'

'Reit 'ta.' Ac ymddiheura i Dduw, 'Sori am hyn, ond dwi'n meddwl 'i fod o er lles pawb yn pen draw. Thanks eniwê!' Mae'n cyfri'n araf, 'Un, dau . . . tri!'

A neidia i niwl a mwg gwyn trwchus yr hyn sydd ochr draw. 'Waaaaaaaaa!'

Mae'n fore dydd Gwener yn ystafell wely Kenneth – a chliria'r niwl a'r mwg yn sydyn, wrth i Donald a Dilys guro ar ddrws ei stafell wely!

'Tyd Kenneth, deffra wir!'

Mae Kenneth yn deffro, gyda'r cyrlyrs yn ei wallt. Nid yw'n siŵr iawn ble y mae. 'Ble ydw i?'

Croesa Dilys ato, 'Ti wedi cysgu'n hwyr! Dere, Hyacinth, mae Helen, Cwy a'r crowd yn dishgwl amdano ti tu fas.'

'Disgwl amdana i?'

'Ie, nagyt ti'n cofio? Ti'n mynd ar gwrs crefyddol i Wynllifon, w! Dere nawr, hasta!'

A sylweddola Kenneth mai breuddwyd oedd y cyfan. 'O whiw!' Gwena, 'Dwi newydd gal breuddwyd ofnadwy, Mam a Dad – ac odda chi, ac Anti Gwyneth, ac o'n i a Helen, ac odd Bonso . . . a lot o bobol . . .' Mae Bonso'n ei lyfu, wrth i Donald egluro, 'Dyna sy'n dod o wisgo'r cyrlyrs 'na, yli! Tyd wir, brysia, ne' fydd y bỳs wedi mynd hebdda chdi, yli.'

Neidia Kenneth o'i wely a dechreua dynnu'r cyrlyrs yn boenus o'i wallt, 'Owj! Nefar a-gén – ma' nhw'n brifo gormod eniwê. Sdwffio'r cyrls!' Ac ar hynny, gwêl ei fam a'i dad yn cusanu'n gariadus wrth ddrws y stafell wely. Gwena Kenneth yn fodlon.

Yn fuan wedyn, yng nghegin Ariel, mae Kenneth wedi gwisgo amdano ac yn barod i adael am Wynllifon wrth i David Ailsworth a'i iâr wneud ffỳs mawr ohono. Estynna Donald ei gês iddo a chopi o'r *Dandy*, 'Hwda, Jac-y-do, dwi 'di bod yn y siop yn nôl dy Ddandi di yli, cyn ti fynd!'

Edrycha Kenneth yn amheus arno, a phrofi teimlad o déjà-vu wrth i Dilys roi brechdanau iddo i'w bwyta ar y daith. ''Co ti, sandwich ham cartre, Hyacinth.'

'Diolch, Mam.' Ac wedi cadarnhau yn ei feddwl mai cyd-ddigwyddiad oedd busnes y *Dandy*, ffarwelia Kenneth, 'Ta-ta, Mam a Dad. Ta-ta, Bonso. Bye David, see you on Monday.'

'Bi bibl di bibl-di bi!'

Ar hynny, mae sŵn curo ar y drws cefn.

'Agor o cyn i ti fynd, Jac-y-do, inni gal gweld pwy sy 'na.'

Ufuddha Kenneth ac yno, gyda chlamp o gês yn ei llaw, a chlwstwr o drugareddau Indiaidd drosti – yn saethau gwenwynig, gwaywffyn, penwisg lliwgar a chroen teigr ffyrnig – saif Sister Gwyneth!

'Helô, 'sna bobol? Ma' gin i fis o wylia, w' chi – 'di docio'n Lerpwl ddoe. Oes 'na groeso i gal?'

Ac ymateba pawb yn eu ffyrdd gwahanol eu hunain:

'Bi bibl-dibl bi bi?' Mae David yn awyddus i wisgo'r penwisg lliwgar.

'Oh Rachmáninoff, I hadn't bargained for this!' Llewyga Dilys i freichiau Donald.

'Wel duwadd annwl dad!' Mae Donald yn flin wrth ei dal.

Ac mae Kenneth mewn penbleth a pheth diléit 'run pryd, o weld ei hoff fodryb wedi dychwelyd o'r India, 'Anti Gwyneth! Ond sut . . .?'

★

7

BONSO A'R GENHADAETH DRAMOR

Yn festri capel Bethlehem mae Kenneth, Cwy, Glymbo Rêch, Huw'r Ddôl, Helen a Linda a thair arall, yn ymarfer canu'r emyn cenhadol, 'Iesu Cofia'r Plant', tra bod Hilda Gegog yn cyfeilio iddynt ar y piano. Mae Sister Gwyneth, y genhades o'r India, yn eu harwain o'r tu blaen yn flodeuog odiaeth. Saif David Ailsworth a'i iâr gerllaw yn gwylio'r cyfan yn genfigennus.

> Draw, draw yn China a thiroedd Japan,
> Plant bach melynion sy'n byw;
> Dim ond eilunod o'u cylch ymhob man,
> Neb i ddweud am Dduw!
> Iesu, cofia'r plant,
> Iesu, cofia'r plant . . .

'Stop! Stop! Stop wir!' Mae Sister Gwyneth yn flin, 'Go drapia chi! Clywch, os 'dan ni'n mynd i fynd o gwmpas, w'chi, yn cynnal nosweithia i ddeud wrth bobol am y maes cenhadol yn 'r India, fydd rhaid i'r canu 'ma fod yn well na hynna – mwy o ystyr i'r geiria dwi'n feddwl. Clywch, rhowch fwy o bwyslais ar yr *Iesu* – fo 'di'r un sy'n achub wedi'r cwbwl 'te, Haleliwia! – a 'run fath hefo *plant*, ar 'i diwadd hi 'te – chi wedi'r cwbwl, w'chi, sydd angan cal ych achub 'te?'

'Ydan ni, Glymbo?'

'Cau hi, Cwy!'

Parha Sister Gwyneth yn ddi-dor bron, 'A 'dan ni yn capal Cwm wthnos i ddydd Iau nesa w'chi – so ma' ishio lot o bracteishio cyn hynny, 'toes? Thank you, Miss Griffiths – cord cynta plîs,' ac mae Hilda'n ufuddhau. 'Gwynt mawr!' A chana'r côr bach eilwaith:

Draw, draw yn China a thiroedd Japan . . .
Iesu, cofia'r *plant*,
Iesu, cofia'r *plant* . . .

Mae Sister Gwyneth yn fodlon â'r gorbwysleisio amlwg, 'Hwnna 'dio – lot gwell w'chi!'

Anfon genhadon ymhell dros y môr,
Iesu, cofia'r *plant*!

Ar yr un pryd, tu allan i ddrws ffrynt Ariel, mae Dilys ynghanol dadl â dau o Dystion Jehofa, sydd yn ceisio ei pherswadio ei bod angen cael ei haileni i Grist.

'Don't you talk to me about religion! 'Struth, my husband's a minister you know. Ma' fe'n gwybod popeth sydd i wybod am religion, w – ma' fe'n expert!'

Un o'r Tystion, 'Ond ody e wedi cal 'i aileni, Mrs Parry?'

A'r llall, 'Ei eni drachefn i Grist? Chweld, mae'r Beibl yn gweud nago's neb yn gadwedig "oddigerth eich geni chwi drachefn" – hyd yn od gweinidogion 'da'r Methodistiaid, Mrs Parry, ma' 'da fi ofan!'

A'r cyntaf eto, 'Ych chi'n gyfarwdd â'r ysgrythyre, Mrs Parry? Beth mae'r Beibl yn ei weud am "ddilyn Crist" a'r aberth sy'n gorffod cal ei wneud?'

Mae Dilys ar gefn ei cheffyl, 'Don't you talk to me about aberth! Rachmáninoff, nagw i'n gwneud dim ond aberthu, w! Chi'n sylweddoli faint o gyflog ŷn ni'n gal – Donald only gets five hundred pounds a year, you know!'

'Nid dyna'r math o aberth mae'r Beibl yn gofyn inni 'i wneud, Mrs Parry!'

Dechreua Bonso gyfarth wrth y drws cefn.

'Carruthers! Look you two . . .' ac mae Dilys yn cynhyrfu fwy fyth, 'Who do you think you are, coming here and talking to me about crefydd – a minister's wife? Wy 'di bod yn briod 'da Donald nawr for fifteen years. Wy 'di slafo i gadw'r tŷ hyn iddo fe all those years. I've washed, I've ironed – nagw i'n cal muned o rest – wy'n ôl a mlân i'r capel fel io-io – band o' hope, this committee, that committee – wy'n dishgwl babi arall miwn tri mis . . . ma' 'da fi Kenneth yn barod, and Bonso . . .' A gwaedda'n flin i gyfeiriad y drws cefn. 'Be quiet, dog!' Ac mae'n syth yn ôl i'r frwydr, 'And to cap it all, that Sister Gwyneth has come to stay! My giddy aunt, how much more of an "aberth" do you want?'

Mae Bonso'n cyfarth mwy wrth i Donald agor y drws cefn. Saif plismon yno.

'Bore da, Mr Parry!'

Mae Donald yn cael tipyn o sioc, 'Duwadd annwl dad, dos dim byd 'di digwdd nagos?'

'Ma' gin i ofn bod, Mr Parry! Chi bia'r ci 'ma, Bonso?'

Gwena Bonso'n ddel.

'Ia siŵr – ma' pawb yn nabod yr hen Bonso o gwmpas y lle 'ma – ma' fo'n gymeriad, ac yn garwr mawr na fu rotsiwn beth. A deud y gwir wrthoch chi . . .' Sibryda Donald, 'fo 'di tad y cŵn bach ma' Meg, gast glyfar Ifor Lloyd, yn 'u disgwl – cena drwg iddo fo! Ond pidiwch â deud wrth neb, na 'nwch! Be sy 'lly?'

'Mae o 'di cal 'i riportio am boeni defaid Thomas Williams.'

Sobra Donald, 'Be, Bonso ni . . .?' Mewn anghrediniaeth, 'Yn poeni defaid Thomas Williams?'

'Ia ma' gin i ofn, a ma' 'na witness! A dach chi'n gwbod be 'di'r gosb am boeni defaid, 'tydach?'

Disgwylia Donald yn ofnus am yr ateb.

'Os 'di'r Llys yn 'i gal o'n euog, Mr Parry, mi fydd rhaid 'i roid o i lawr!'

Dechreua Donald simsanu braidd, ''I roid o i lawr . . .? Be, lladd Bonso dach chi'n feddwl?'

'Os 'dio'n euog, Mr Parry!'

''Sa'n well ichi ddod i mewn, Sarjant.'

Mae'n cael ei gywiro, 'Cwnstabl, syr!'

'Wel, 'sa'n well ichi ddod i mewn 'run fath!'

Y tu allan i'r drws ffrynt, mae Dilys yn parhau gyda'r Tystion Jehofa.

'. . . and now we're expected to traipse round all the other chapels as well, 'da'r Sister Gwyneth hyn, dragging these kids behind us, yn perfformo rhyw silly action song yn dangos shwt mae hi'n gwneud ei gwaith yn yr India! Gwneud ei gwaith, wir! 'Struth, nagyw Sister Gwyneth yn gwybod ystyr y gair! Cwbwl mae'n wneud trw'r dydd yw cered y ci, ishte a bwyta, cered y ci 'to, pysgota 'da Donald, ishte a byta 'to, a 'to, a 'to! – and to crown it all, mae'n cnoi pob ceged thirty-three o withie, *and* I'm expected to wait on her hand and foot! A ma' dach chi'r cheek i ddod man 'yn i sôn wrtho i am aberth! 'Struth! My giddy aunt! Aberth's my middle name, I'll have you know.'

Mae'r Tystion Jehofa wedi cael llond bol, 'Awn ni 'te, Mrs Parry, sori bo' ni wedi'ch styrbo chi – chi'n amlwg yn fenyw fishi iawn!', a gwaedda ar ryw gi anweledig, 'Dere Mot! Dere!' cyn gadael.

'I should think so too!' Ac mae'r drws yn cau'n glep arnynt, 'Trollops!'

Ar y stryd wrth ddychwelyd i Ariel, cerdda Sister Gwyneth yn frysiog, a Kenneth a David Ailsworth a'i iâr yn gorfod cyflymu i ddal i fyny â hi.

'David sy ishio cal joinio'r côr, Anti Gwyneth!'

'Be fedar o neud – fedar o ganu?'

'Can you sing, David?'

'*Bo bidl-bodl bi!*'

'Na, ddim yn rhyw dda iawn – ond mae o'n medru chwara'r piano!'

'Sais 'dio?'

'Ia.'

'Sgin i'm byd yn Saesnag, w'chi, ond ma' gin i sgetsh mewn Hindŵ!'

'Sgetsh mewn Hindŵ?'

'Ia,' ac eglura Sister Gwyneth, 'yn dangos sut ma' teulu cyffredin yn byw yn 'r India. Fedar o ddysgu Hindŵ, ti'n meddwl?'

'Can you learn Hindŵ, David?'

'Bi di di bidl-bo!'

'Medar, medda fo. Neith yr iâr 'i helpu fo!'

'Achos fydd ishio ichi wisgo mêc-yp, a ma' gin i ddillad i chi'ch tri'n y trync, a saetha gwenwynig a phetha felly!'

'Pwy 'di'r tri, Anti Gwyneth?'

'Wel chdi a Helen 'te, a David rŵan – geith o fod yn dad ichi!'

'Bi badl bidl-bib?'

'Mae o'n gofyn os oes 'na ran i'r iâr, Anti Gwyneth?'

'Falla. Ga i weld – ond mi fydd ishio Bonso'n deffinêt w'chi!'

Ac ymlaen â nhw, gyda Kenneth a David yn codi bodiau ar ei gilydd yn llawen.

Nôl yng nghegin Ariel, daw Donald â diod o ddŵr i Dilys, sydd wedi llewygu ar ôl clywed am Bonso.

'Ti'n well rŵan, Dilys?'

''Struth! Palpitation I had!'

Mae'r plismon yn ymyrryd, 'Sori am ddod â newyddion drwg fel hyn 'te, Mrs Parry, 'mond gneud 'y ngwaith ydw i. Gymra i stêtment gynddoch chi rŵan os ydy hynny'n iawn . . .'

Mae Dilys yn torri ar ei draws, 'Pwy ody'r witness hyn sydd wedi gweld Bonso'n chaso'r defed?'

'Y Cynghorydd Robert Morris!'

''Struth! Bob Bylbs w, Donald!'

'Chi'n 'i nabod o'n dda, Mrs Parry?''

'Nabod e'n dda? He's got it in for us right enough. Ma' fe'n bad egg – 'na beth yw e, Sarjant!'

Mae'r plismon yn ei chywiro, 'Cwnstable!'

''Na beth yw e, constable! Wy'n gweld nawr pam 'i fod e'n gweud celwdd . . .!'

'Deud celwydd?'

Mae Donald yn ymyrryd, 'Paid rŵan, Dilys, rhag inni fynd i fwy o drwbwl, yli!'

Mae Dilys yn torri ar ei draws, '*A* ma' fe'n Blaid Bach, w – learned all his dirty tricks from Hitler he did!'

Daw Bonso ati, a rhoi ei ben ar ei gliniau, 'Paid ti becso, Bonso, we'll fight this all the way!'

Pesycha'r plismon yn hunanbwysig, 'O's modd cymryd y stêtment 'ma, Mrs Parry? Ma' gin i betha erill i'w gneud w'chi.'

Gwena Donald a Dilys eu bod yn fwy na pharod i gydweithredu.

'Gai'ch enw llawn chi'n gynta 'ta?'

'Dilys Georgina Parry.'

'Date of birth?'

'I'm not giving you that, constable – my giddy aunt, when all's said and done, Donald, I've still got my pride, w!'

Pwysa Donald ymlaen, 'Mehefin y cyntaf, neintîn twenti sefn!'

'Donald, how dare you!'

'A chi 'di perchennog Bonso?'

Sibryda Donald, 'Deud ia!'

'I thought we all owned him?'

'Ia, ond tydw i'n wnidog – ti'm ishio i fi orfod mynd i'r Llys, nago's? Be fasa pobol yn 'i ddeud?'

'Llys? Nobody told me about any Llys!'

'O, mae o'n fater difrifol Mrs Parry.' Sgwaria'r plismon, 'Beryg bydd rhaid ichi roi Bonso i lawr os bydd o'n euog.'

'I lawr? What do you mean, "i lawr"?'

'Wel, 'i roid o i gysgu 'te – 'i ladd o 'lly!'

'What?' A chyda hynny, llewyga Dilys eilwaith.

'Wel duwadd annwl dad, ma' hi 'di mynd eto!'

Yn sydyn, daw Sister Gwyneth, Kenneth a David Ailsworth i mewn.

'Geshiwch be, Mam a Dad, ma' David yn cal actio Hindŵ . . .' Gwêl y plismon, a'i fam wedi llewygu ym mreichiau'i dad, 'Be sy'?'

'Ma gin i newyddion drwg iti, Jac-y-do. Ma'r Bob Bylbs 'na 'di riportio Bonso am boeni defaid Thomas Williams – fydd Bonso'n gorfod mynd o flaen 'i well, ma' gin i ofn!'

Ymateba pawb â dychryn a phryder mawr.

Yn ei ystafell wely y noson honno, mae Kenneth ar ei liniau'n dweud ei bader wrth ymyl y gwely. 'God bless Mam a Dad, a Bonso – a plîs nei di neud i Bob Bylbs newid 'i stori am weld Bons yn poeni defaid Thomas Williams? A God bless pawb arall yn y byd, a g'na Kenneth yn hogyn da, er mwyn Iesu Grist ein Harglwydd, Amen.' Edrycha i fyny ar ei Dduw ac agor un lygad, 'A gollwng di fi lawr tro yma, a na' i'm siarad hefo chdi byth eto, ocê?'

Mae'n mynd i'w wely a setlo i gysgu am y nos.

Yn ystod y nos, mae Kenneth yn breuddwydio. Ar lan afon fechan, mae Kenneth, Cwy, Glymbo Rêch, Helen, Linda, Hilda Gegog a gweddill y giang, wedi eu gwisgo a'u lliwio'n ddu fel Indiaid o Asam. Mae gan Kenneth benwisg lliwgar amdano, tra bod pawb arall wedi eu harfogi â saethau a gwayw-ffyn gwenwynig. Cura David Ailsworth ddrymiau'n fygythiol, wrth i bawb ddawnsio mewn cylch o amgylch crochan enfawr, sydd yn crogi uwchben tân. Yn y crochan, yn gwisgo dillad milwrol a helmedau o'r cyfnod ymerodraethol, mae Bob Bylbs a'i fab Huw'r Ddôl. Eiriola Bob Bylbs am ei fywyd, 'Asu, plîs pidiwch â'n byta ni'n 'te, no. Uffar dân, dwi'n fod-lon newid yn blydi stori, ia!' Ac mae Huw'r Ddôl yr un mor daer, 'Plîs Ken cachwr, gollwng ni'n rhydd, neith Dad ddeud dim byd am Bonso – dwi'n gaddo Ken, cris croes.'

Edrycha Kenneth i gyfeiriad Bonso, sy'n eistedd yn fren-hinol ar gadair, a chroen teigr mileinig tros ei ben, 'O Bonso, O frenin, beth a wnawn ni?'

A chyfartha Bonso ei atebiad. 'Mae Bonso wedi siarad, filwyr,' ac mae Kenneth yn sgrechian, 'Lladdwch nhw!' Yna, llafar-gana'r gweddill yn frwd, 'Lladdwch nhw! Lladdwch nhw!' cyn dawnsio eto mewn cylch o amgylch y crochan, a chanu i gyfeiliant piano Hilda Griffiths,

Draw, draw yn India a glannau Ceylon,
Marw mae myrdd yn ddi-hedd;
Plant bach â chysgod y nos ar eu bron,
Plant bach duon eu gwedd . . .

Mae Bob Bylbs a Huw'r Ddôl yn sgrechian yn alaethus, 'Na! Na! Achubwch ni! Help! Help! H-E-L-P!'

Yn ddiweddarach yn y freuddwyd, ar lan yr un afon fechan, mae'r tân o dan y crochan wedi diffodd bellach – dim ond mwg a tharth sy'n amgylchynu'r lle, gan greu effaith sinistr. Eistedda Kenneth a'r lleill mewn cylch yn gorffen crafu esgyrn, tra bod David Ailsworth yn bwydo asgwrn i'w iâr.

'Hens don't eat bones, David.'

'Bo bidl-di bobl bi?' A chrafa'r asgwrn ei hun, wrth i bawb chwerthin ar ei ben.

'Pwy sa'n meddwl, 'te . . .' Mae Kenneth yn fyfyrgar, '. . . y basa dau mor ddrwg yn medru bod mor flasus!' A rhochia'r gweddill eu cytundeb wrth grafu'r esgyrn yn awchus.

Yn sydyn, edrycha Kenneth i gyfeiriad Bonso – ond nid yw yno. Dim ond y gadair wag sydd lle bu. Saif Kenneth a gweiddi'n bryderus, 'Bonso?'

A bryd hynny, a hithau'n fore, mae Kenneth yn deffro o'i freuddwyd. Agora'i lygaid yn gyflym, 'Bonso, lle'r ŵt ti?', a sylweddola nad yw Bonso'n ateb. Gwaedda'n uwch, 'Bonso?' Dim ateb eto. Yna'n orffwyll, 'Bonso? B-O-N-S-O?'

Yng nghegin Ariel yn ddiweddarach, eistedda Kenneth yn ddagreuol yn y gadair eisteddfodol, tra bod Donald, Dilys a Sister Gwyneth – sy'n eistedd gerllaw yn bwyta'u brecwast – yn ceisio egluro iddo pam eu bod wedi anfon Bonso i ffwrdd am byth i gartref cŵn yn Grunswich yn Lloegr.

'We had to, Hyacinth bach . . . just think of it – fydde'r stori'n siŵr o ddod mas sooner or later!'

'A fydda fo wedi bod yn y papura i gyd wedyn 'tweld, hefo llunia a headlines yn deud, "Minister's dog attacks sheep", a phetha felly.'

'Nagyt ti'n moyn gweld enw dadi yn y papure, yt ti, Kenneth? Rachmáninoff, think of the shame, w!'

Mae calon Kenneth ar dorri, 'I lle dach chi 'di anfon Bonso 'ta dad?'

'I gartra cŵn yn Grunswich.'

'Lle ma' fano?'

'Yn bell bell i ffwrdd. Ond o leia ma' Bonso'n fyw, tydi – tasa fo 'di aros yn fama, mi fasa 'di cal 'i roid i lawr, ffact ichdi. A toedda chdi'm ishio gweld hynna'n digwydd, odda chdi, Jac-y-do?'

Wyla Kenneth, 'Na.' Yna, 'Ond dach chi'n gorod mynd i'r Llys 'run fath?'

'Formality yw e, 'na beth wedodd y sarjant.'

Mae Donald yn ei chywiro, 'Cwnstabl, Dilys.'

''Struth! Cwnstabl 'te!'

Ar hynny, mae Sister Gwyneth yn torri gwynt, 'Pardon me, w'chi!' Ac edrycha pawb arni â chasineb pur.

Beth amser yn ddiweddarach, mae Miss World yn sipian paned o de, tra bod Kenneth yn eistedd gyferbyn â hi yn edrych yn drist iawn.

'Dwi'n casáu Mam a Dad, Miss World!'

'W'ti, ngwas i? 'Wannwl, mi faswn inna hefyd, cofia – hen dric gwael i neud, 'te? Cofia di, ma' dy dad yn iawn, mi fasan nhw 'di gorod rhoi Bonso i lawr basan – tasa fo 'di aros?'

'Basan. Methu dallt ydw i, Miss World, tydi Bonso 'rioed 'di poeni defaid o'r blaen. 'Di Bonso'm 'di brathu neb o'r blaen chwaith – hyd yn oed Anti Gwyneth ar ôl iddi fynd â fo am dro tro dwytha!'

'Be ddigwyddodd, felly?'

'Mynd am dro rownd y traeth nath hi 'te, a fyny am y Cwm, ac i lawr Lôn Goecia', ac am Dôl Bedol, a nôl i fyny am Pen Bwlch – fuo rhaid iddi gario Bonso adra, odd gynno fo flistars ar 'i draed!''

'Taw 'rhen! Un am gerad ydy dy Anti Gwyneth di felly?'

'A byta 'te, Miss World – byta'n ara deg! Ma' hi'n cnoi pob cegiad thyrti-thrî o weithia – mai'n mynd ar nerfa Mam – ma'i bron yn amsar te cyn iddi orffan 'i chinio, a di'm yn gneud dim byd i helpu Mam yn tŷ!'

'Wel, yn y wir!'

Tynna Kenneth ddarn o bapur o'i boced, 'Sut ma deud hwnna Miss World?'

'Di . . . ji hali . . . gwnda – Dombadéro! 'Wannwl, be 'di'r dybl-dutch yna dŵad?'

'Sgript ar gyfar wthnos i pnawn fory yn Capal Cwm 'dio. Dwi'n actio Indian hefo Helen a David Ailsworth ylwch, mewn sgetsh ma' Anti Gwyneth 'di sgwennu am deulu cyffredin yn 'r India, medda hi. Odd Bonso i fod i actio yno fo hefyd . . .' a dechreua grio eto.

Mae Miss World yn ei gysuro, 'Paid ti â thorri dy galon, rŵan. Mi fydd Bonso'n iawn, gei di weld.' Yna, 'Pryd ma'r achos Llys 'ma 'ta?'

'Disgwl clwad ydan ni. 'Newch chi'm deud wrth neb na 'nwch Miss World, ne' fydd enw Dad yn y papura, ylwch – a tydio'm ishio hynny, nacdi?'

''Wannwl, na 'na siŵr – 'sa pobol yn cal modd i fyw, basan, yn darllan am y gwnidog yn y Cwrt! Be haru pobol, dwch?'

Ar hynny, daw curo ar y drws ffrynt.

Agora Miss World y drws, ac yno'n sefyll mae Tystion Jehofa.

'Pnawn da! Odych chi wedi cael eich aileni?'

'Eich geni drachefn i Grist? 'Chweld, mae'r Beibl yn gweud nago's neb yn gadwedig "oddigerth eich geni chwi drachefn" – hyd yn o'd . . .'

Ac mae Miss World yn cau'r drws yn glep yn eu hwynebau.

Wrth i Miss World eistedd yn ôl yn araf yn ei chadair, gofynna Kenneth, 'Pwy o'dd 'na, Miss World?'

'Rhw ddau Jihofa's Witness gythgam – ma' nhw'n bla hyd lle 'ma! Aros mewn ciarafán wrth ymyl Capal Cwm, medda nhw, ac yn cadw pobol yn siarad am oria ar stepan drws. Ân nhw o 'ma fel gwenoliaid ddigon buan decini! Odd gynyn nhw gi reit debyg i Bonso hefyd. 'Wannwl, dyna 'di'u drwg nhw, 'te? Tydyn nhw'n meddwl ma' nhw sy wastad yn iawn?'

Mae Kenneth fel pe bai'n deffro, 'Be ddudoch chi rŵan, Miss World?'

'Be, bo' nhw'n meddwl ma' nhw sy wastad yn iawn, ti'n feddwl?'

'Naci, naci, *cyn* hynny.'

'Aros di rŵan . . .' yn ceisio cofio, '. . . o ia, bo' gynnyn nhw gi reit debyg i Bonso . . .'

Ar hynny, mae Kenneth yn saethu allan drwy'r drws.

'Wel i ble'r ath o dwch?' Ysgydwa Miss World ei phen yn edmygus, 'Wel, tw't ti'n rêl mwrddrwg, dŵad!' A chwardda'n braf.

Ar y stryd yn Llanllewyn, mae'r ddau Dyst Jehofa'n curo ar ddrws arall.

'Pnawn da! Odych chi wedi cael eich aileni?'

'Eich geni drachefn i Grist?' A dyma barhau â'u pregeth. Wrth eu cwt, yn neidio a phrancio, mae ci nid annhebyg i Bonso! Yn eu gwylio'n llechwraidd o tu'r ôl i wal gyfagos mae Kenneth, Cwy, Glymbo Rêch, Helen a Linda – ac mae gan Cwy gamera.

Mae Kenneth wedi cynhyrfu'n arw, 'Gest ti lun, Cwy?'

'Do. Neith Penri Jones, Cemist 'i ddifélypio fo inni!'

'Ti'n meddwl ma' 'u ci nhw nath boeni defaid Thomas Williams, Ken?'

'Dwi'n *gwbod*, Helen! Fasa Bonso'm yn gneud, yli!'

'Jesd gobeithio fedar dy dad a dy fam neud y job yn iawn yn y Llys hebddan ni, 'te – biti'n bod ni'n Capal Cwm 'run pryd.'

'Ond ma'r éfidens gynnon ni, Helen – fedra nhw'm mynd yn rong!' Cydia yn y camera, 'Dowch, ne' fyddwn ni'n hwyr i bractis Anti Gwyneth,' a gadawant ar frys.

Wythnos yn ddiweddarach, tra bod Donald a Dilys yn y Llys, mae Kenneth, Cwy, Glymbo Rêch, Helen, Linda, Huw'r Ddôl, David Ailsworth a'i iâr, a thair arall, yn barod i ber-fformio i gynulleidfa lew yn Capel Cwm. Hilda Griffiths sydd yn cyfeilio iddynt, ac mae pawb wedi eu gwisgo mewn dillad Indiaidd a'u lliwio'n ddu. Mae Sister Gwyneth yn gorffen dangos sleidiau ar ei 'magic lantern'.

'Dyma ichi lun o deulu o Asam, w'chi – a welwch chi'r ci 'na? Wel, mi odd Bonso i fod i'w actio fo yn y sgetsh nesa – ond bod o 'di gorod mynd i ffwrdd, 'te. Felly iâr fydd ganddon ni yn lle ci!'

Mae Kenneth yn tristáu yn y 'wings' o glywed y cyfeiriad at Bonso.

'Ymddiheuriad bach fel yna w'chi cyn dechra, 'te.' Yna, cofia rhywbeth, 'O, ac o sôn am gi – ffaith fach ddiddorol arall ichi. 'Rôl geni babis yn yr ysbyty lle dwi'n fêtron arni ar Frynia' Cashia, mi fydda i'n taflu'r placenta, yr afterbirth, felly, i'r cŵn w'chi, iddyn nhw gal chydig o faeth, 'te. Bechod – ma' ishio bod yn garedig hefo anifeiliaid, 'toes!' Mae stumogau pawb yn troi, 'Gola 'mlaen 'ta plîs!' Ac ufuddha rhywun yn y cefn, wrth i Sister Gwyneth gyflwyno'r eitem nesaf. 'A dyma ichi sgetsh rŵan am deulu cyffredin o Asam yn dod i glwad am Iesu Grist. Rhowch groeso iddyn nhw, w'chi, os gwelwch chi'n dda. Mi fyddan nhw'n siarad Hindŵ!'

Cymeradwya'r gynulleidfa, sy'n cynnwys Bessie Fusneslyd a'r ddau Dyst Jehofa, wrth i Kenneth baratoi i fynd ar y llwyfan, 'Be 'di "placenta", Helen?'

'Fath â cyrri ia, am wn i!'

Sibryda Kenneth, 'Say it quickly, David.'

'Bi bodl-bidl?'

'Dwi ishio brysio adra i weld be ddigwyddodd yn y Llys hefo achos Bonso, yli Helen.' A chama 'mlaen i'r llwyfan.

Yn y sgetsh mae David Ailsworth, sy'n actio rhan y tad, yn cydio yn ei iâr wrth gyfarch ei blant, sy'n cael eu portreadu gan Kenneth – yn cario bwa a saeth – a Helen. Dychwela'r ddau gartref ar ôl bod yn gwrando ar genhades yn siarad am Iesu Grist yn y capel lleol yn India – ac mae'n debyg mai Sister Gwyneth oedd y genhades honno.

Mae Kenneth yn ysgwyd llaw â David, 'Di ji hali gwmda.' (Helô, Tada, ry'n ni wedi dychwelyd 'rôl bod yn gwrando ar genhades yn siarad.)

Ysgydwa David law â Helen, sydd wedi ei gwisgo'n brydferth iawn mewn sari liwgar, 'Bidl bodl-bibl di di?' (Cenhades yn siarad?)

Mae Helen yn estyn Beibl o dan ei sari, 'He la hwti bwmba, Iesu Grist!' (Ia, Tada, yn siarad am Iesu Grist!) A chyflwyna'r Beibl i'w 'thad', sydd erioed wedi clywed am yr Iesu hwn, ac sy'n datgan yn huawdl, 'Bi bidl-bidl bo dombadédo!' (Mae'r cyfan yn nonsens – yn dombadédo!)

Gwylia Cwy, Glymbo Rêch, Linda, Huw'r Ddôl a thair arall, yn frwdfrydig o'r 'wings', wrth i Kenneth a Helen resymu

154

â'u 'tad', 'Nyh dombadédo, Iesu Grist – eno bwmba tam bamba!' (Iesu Grist yn nonsens? Ond ef yw gobaith rhai tywyll eu crwyn fel ni!)

Cymera David y Beibl, 'Bidl-di dombadédo bidl di dum?' (Gobaith rhai tywyll eu crwyn fel ni? Nid nonsens yw ef felly.)

A thry Kenneth, Helen a David fel un i wynebu'r gynulleidfa, a chydadrodd yn fuddugoliaethus i gloi'r sgetsh arobryn. 'Nyh dombadédo Iesu Grist!' (Naci, nid nonsens yw Iesu Grist!)

Bowia'r tri a chydnabod cymeradwyaeth fyddarol y gynulleidfa wrth i Bessie Fusneslyd droi a sibrwd wrth ei chymydog, 'David yn siarad Hindŵ'n dda 'toedd!'

Ymgasgla'r côr o gwmpas David, Helen a Kenneth ar y llwyfan ar gyfer yr eitem nesa, ac mae Hilda Griffiths yn taro cord ar y piano, wrth i'r plant ddechrau canu '*Iesu, cofia'r plant*' gan or-bwysleisio 'Iesu' a 'plant' yn y gytgan.

Draw, draw yn China a thiroedd Japan . . .

Ar hynny, safa'r ddau Dystion Jehofa ar eu traed yn brotesgar, 'Pam ych chi'n anfon cenhadon i'r India? Mae mwy o angen cenhadu yn Llanllewyn, weden ni!'

'Fan hyn mae'r pechaduried yn byw – rhaid eich geni chwi drachefn, 'na beth mae'r Beibl yn ei ddweud!'

Cyfeilia Hilda Griffiths, ac ymateb yn flin 'run pryd, 'Rhag ych cwilydd chi'ch dau yn styrbio gwasanath fel hyn – be dach chi'n feddwl dach chi'n neud?'

'Ia wir, pwy dach *chi* i ddeud wrthan *ni* be i neud?' A dechreua Bessie Roberts wthio a phrocio'r Tystion yn gas.

Yn y cyfamser, mae'r côr plant yn parhau i ganu:

Draw, draw yn India a glannau Ceylon,
Marw mae myrdd yn ddi-hedd;
Plant bach â chysgod y nos ar eu bron,
Plant bach duon eu gwedd . . .

'Cerwch o 'ma wir!' Gwaedda Hilda Griffiths yn groch o'r tu ôl i'r piano, ''Dan ni i gyd yn Gristnogion yn Llanllewyn, i chi gal dallt!'

'Owt! Owt!' Mae Bessie'n ffyrnigo mwy, 'Meiddio deud ma' fan hyn ma' pechaduriaid yn byw!'

'Ych chi'n mynd i Uffern ar eich pen – rhaid eich geni chwi drachefn!'

Ac ar hynny, gadawa Hilda'r piano ac ymuna â Bessie a'r lleill yn y frwydr, 'Mi gewch chi "geni drachefn" ar draws ych pen 'sna watsiwch chi!'

Cana'r côr yn ddigyfeiliant erbyn hyn:

Iesu, cofia'r *plant*,
Iesu, cofia'r *plant*,
Anfon genhadon ymhell dros y môr,
Iesu, cofia'r *plant* . . .

Mae Sister Gwyneth sydd, hyd yma, wedi bod yn arwain y côr gan geisio anwybyddu'r ymyrraeth, yn ildio o'r diwedd. 'Ma' 'na Witch Doctors 'run fath yn 'r India w'chi – rhoi spells a ballu arnon ni'r cenhadon! Hel nhw allan o'r capal fyddwn ni!'

'Dowch i ninna neud 'run peth!'

Ac mae'r gynulleidfa gyfan yn troi ar y Tystion Jehofa, wrth i'r côr barhau i ganu'n ddigyfeiliant gyda'u llygaid yn fawr wrth weld y fath ymddygiad gan bobl waraidd – sypôsd i fod!

Draw mae rhai bach yng Ngorllewin y byd . . .

Cama David Ailsworth o'r côr a gweiddi'n flin, 'Bidl bidl-bobl bo bo!'

Ond mae brwydr fawr yn digwydd ar lawr y capel erbyn hyn, gyda rhai yn gweiddi, 'Get owt of town!' a 'Cerwch nôl i lle dotho' chi'r 'ffernols!'

Yna gwaedda Kenneth, 'Stopiwch wir!' ond mae pawb yn ei anwybyddu, 'Fasa Dad ddim yn licio gweld hyn! Stopiwch! Stopiwch!' Ac anela saeth i'r awyr, cymaint ei rwystredigaeth – ac mae'r saeth yn mynd yn syth drwy'r ffenest liw yng nghefn y capel! Mae sŵn gwydr yn torri'n deilchion ar y galeri, ac mae hyn yn sobri pawb – wrth i Kenneth barhau'n ddagreuol, 'Pidiwch! Dach chi'm i fod i neud petha fel hyn yn y capal!'

'Bidl bo ba bidl-di!'

'Ma' David yn iawn!' A chama Helen hithau 'mlaen, 'Rhag ych cwilydd chi!'

Cywilyddia'r dyrfa gyfan fwyaf sydyn. Mae ambell un â llygad du, wrth i Hilda ddychwelyd yn araf at ei phiano ac i Sister Gwyneth dwtio'i gwisg yn hunanymwybodol euog. Helpa'r ddau Dyst Jehofa druan ei gilydd i'w traed, a gadael yn herciog boenus trwy'r drws, wrth i Bessie eu harthio'n derfynol, 'And let ddat bî e lesson tw iw!'

Ar hynny, daw Thomas Williams i mewn yn flin trwy'r drws, 'Pw sy'n gyfrifol am saethu'r arrow 'ma, a lladd y'n oen i?!' A charia oen marw, gyda saeth yn sticio allan ohono.

Cwyd Kenneth ei law yn gwla, 'Ma' gin i ofn ma' fi nath, Thomas Williams!'

'Ow, anghofis i sôn . . .!' Cynhyrfa Sister Gwyneth yn arw, 'Bosib bod 'na wenwn ar 'u blaena nhw 'chi!'

Ac mae pawb yn ymateb â dychryn, wrth i Kenneth ochneidio'n hunandosturiol, 'O diar!'

Y noson honno, mae dagrau yn llygaid Kenneth wrth iddo orwedd yn ei wely. Mae Dilys gerllaw yn wylo i'w hances boced, Sister Gwyneth gyferbyn, â llygad du ac yn edrych yn euog, a Donald yn sefyll uwch ei ben, yn egluro beth ddigwyddodd yn y Llys y diwrnod hwnnw.

'Lac of efidens ddudodd y majistrêt, Jac-y-do. Cês dismusd!'

'Be ma' hynna'n 'i feddwl, Dad?'

'Wel, nad odd digon o dystiolath i brofi ma' Bonso ni nath boeni defaid Thomas Williams 'te. Roedd y llunia dynnoch chi'n profi'r peth, bod 'na gi arall 'run fath yn y cyffinia.'

'Geith Bonso ddod yn ôl o Grunswich, felly?'

'Gwranda, Kenneth . . .'

'Geith Bonso ddod yn ôl o Grunswich – plîs Mam a Dad?'

'Cheith o ddim, Jac-y-do. Fydd o yno am weddill 'i oes, ma gin i ofn – dyna odd y ddealltwriaeth rhyngon ni a'r cartra cŵn, 'tweld. Fuo rhaid inni seinio papur yn deud hynna!'

Mae Kenneth yn crio.

'Twt, fydd Bonso 'di gneud ffrindia newydd mewn dim o amsar, gei di weld!'

'Neith Bonso byth neud ffrindia newydd, Dad! Ci fi 'di Bonso!' A chladda'i ben yn flin yn y gobennydd.

'Listen . . .' mae Dilys yn mynd ato i'w gysuro, ond gwthia Kenneth ei braich i ffwrdd yn swta. 'Sorry, Hyacinth – we didn't know any better at the time. Odd mami a dadi'n meddwl bo' ni'n gwneud y peth iawn, 'tweld. Carruthers!' A chyfyd hances boced i'w hwyneb a gadael yr ystafell ar frys.

'Tria fadda inni, Ken?' Ac mae Donald yn gadael hefyd.

Torra Kenneth ei galon yn dawel, wrth i Sister Gwyneth ddod at erchwyn y gwely. 'Ia, a madda i minna . . . am, w'sti, be ddigwyddodd pnawn 'ma 'te – 'rhen Jehofa's Witnessess gythral 'na!' Croesa at y drws, a throi'n ôl i edrych arno, 'O, a rois i siec i Thomas Williams i gyfro'r oen, felly fydd dim ishio iti boeni dy ben am hynna, na fydd?' Mae'n rhoi gwên, ond mae'r wên yn rhewi ar ei gwefus – ac mae'n gadael.

Wedi iddi fynd, try Kenneth ar ei gefn yn flin, a siarad hefo'i Dduw, 'Nes di 'ngollwng fi i lawr tro yma – dwi'm yn mynd i siarad hefo chdi byth eto!'

A diffodda'r golau wrth ymyl ei wely, a mynd i gysgu.

Ynghanol y nos, mae swn crafu wrth y drws cefn. Mae Kenneth yn deffro a gwrando. Yna, rhy'r golau 'mlaen, edrych ar y cloc a chustfeinio. 'Helô? Pwy sy 'na?' Gwrandawa eto, a chlywed swn cwynfanllyd ci yn crafu drws yn rhywle. Eistedda i fyny fel bollt. 'Bonso?!' Neidia allan o'r gwely.

Sgriala Kenneth yn wyllt i lawr y grisiau ac agor y drws cefn yn ei byjamas. Yno, â golwg flinedig arno, ac fel petai wedi cael ei dynnu trwy'r drain ganwaith, mae Bonso. Cofleidia'r ddau yn llawen ac yn hir.

'Mam? Dad? Anti Gwyneth? Dowch! Ma' Bonso 'di dod yn ôl o Grunswich!'

Daw Donald, Dilys a Sister Gwyneth i rannu yn y llawenydd, wrth i Kenneth gyhoeddi ag argyhoeddiad y cadwedig, 'Hwrê! *Ma*' 'na Dduw!'

★

8

Y PIGIAD

Mae Donald wrthi'n trin y cychod gwenyn yn yr ardd gefn – mae gorchudd tros ei ben, menig gwynion mawr am ei ddwylo, a chôt *khaki* drwchus amdano, a honno wedi'i chlymu â chortyn beindar blêr. Gwylia David Ailsworth ef o bell gan anwylo'i iâr.

'Stay well back, David, in case the bees decide to sting you, achan!' Ac mae'n arwyddo'n flin ar iddo gilio. 'Go on, duwadd annwl dad – stand well back!'

Ufuddha David yn rwgnachlyd, 'Bidl bw bo bw badl-di!'

Ac yn sydyn, mae Donald yn cael ei bigo, 'Owj! Damia!' Teimla'n euog am regi – a rho ryw hanner edrychiad o ym-ddiheuriad i'w Dduw, cyn codi ei lais drachefn, 'You see, David, the sting hurts!'

Nodia David yn ddeallus. 'Bidl di!'

Mae Bessie Fusneslyd yn sgrwbio'r stepen ddrws tu allan i'w chartref, pan ddaw Evelyn y flonden heibio.

'Brysur fel lladd nadroedd bora 'ma, Bessie Robaitsh?'

'Neud o cyn Sul, 'te Evelyn – ddim fath â rhai pobol!'

Pesycha Evelyn yn euog, 'Be ma' hynna i fod i feddwl, Bessie Robaitsh?'

Ar hynny, daw Ifor Lloyd heibio, yn gwisgo ei iwnifform band, gan godi ei het yn dalog, 'Bora da, ladies. Tydi'n fora hyfryd, dwch – gwerth cal bod yn fyw, tydi!' Ac i ffwrdd ag o yn llawn o lawenydd y dydd.

Mae Evelyn yn falch o unrhyw esgus i newid y testun, 'Ifor Lloyd miwn hwylia da hiddiw, tydi?'

'A dach chi'n gwbod pam, tydach!'

'Pam, Bessie Robaitsh?'

'Wel, yr Hilda Griffiths 'na 'te – jadan iddi!' Chwardda, 'Ddyla chi 'i weld o'n dringo dros ben ffens 'r ardd gefn i'w lle hi wedi iddi dwllu . . .' A chyn iddi allu mynd dim pellach gyda'i stori, mae hithau hefyd yn cael ei phigo yn ei braich, 'Owj! Y gwenyn gwnidog felltith 'na!' Mae'n gwneud sŵn crio mawr, 'Dwi 'di cal 'y mhigo yn 'y mraich, Evelyn! Owj! Owj!'

A thendia'r ddwy'n ofalus i'r pigiad.

Yng nghegin Ariel mae cesys a thrync Sister Gwyneth wedi cael eu pacio'n dwt, ac wedi eu pentyrru yn un gornel o'r stafell. Mae Dilys wyth mis yn feichiog erbyn hyn, ac mae popeth yn straen iddi – serch hynny, heddiw, mae'n hŵfro'r carped ar y llawr, gan ganu'n operatig 'run pryd: *'We're a couple of swells, we dine at the best hotels, in June July and August we look good when we're dressed in shorts. The Vanderbilts have asked us out for tea, but how we're going to get there? No siree . . .'*

Daw Kenneth i lawr o'r llofft yn ei iwnifform band, ac eistedd wrth y bwrdd i fwyta'i frecwast.

'Mam, ga i chemistry set?'

Mae Dilys yn anwybyddu'r cwestiwn, 'Carruthers, you're late Kenneth! Ni'n moyn all hands on deck 'eddi! Wy'n gorffod mynd i weld Nyrs Joan erbyn deuddeg w, a wedi 'ny, wy' ishie mynd i'r dre – wy' moyn stoco lan.' Edrycha ar y cloc ar y wal, 'Bydd raid i Donald hastu 'da'r gwenyn 'na, os ŷn ni'n mynd i fanijo popeth miwn pryd!' Cadwa'r hŵfyr, 'A ma' 'da ti'r band, a ti 'di addo helpu dadi – a cofia bo' practice i'r gymanfa am wêch, Hyacinth – 'so ti 'di anghofio bo' ti'n pwmpo'r organ tro hyn, ŷt ti?'

Nid yw Kenneth yn talu fawr o sylw iddi; mae'n darllen ei gomic. 'Naddo, Mam!'

Yn y cyfamser, mewn rhan arall o'r pentref, agora Hilda Gegog ei drws ffrynt i Ifor Lloyd, 'Ow, Ifor! Paid â dŵad i'r drws ffrynt fel hyn. Fydd pobol yn dy weld ti!'

Ymsytha Ifor yn wrol, ''Mots gin i am bobol, Hilda!' A gafaela ynddi. 'Dwi 'di bod ishio gneud hyn ers neintîn fforti sefn, hogia bach!', a rhy glamp o gusan wlyb geg-agored iddi. 'Dwi'n mynd i'ch priodi chi, Hilda!'

Mae Hilda'n mynd yn wan yn ei choesau, ac yn bygwth llewygu, 'Ow Ifor! Ow!' Ac ar hynny, mae'n cael ei phigo. 'Owj! Owj!'

Meddylia Ifor mai ef sydd wedi achosi'r waedd, 'Be nêsh i, Hilda?'

'Dim! 'Di cal 'y mhigo dwi, Ifor – gin un o wenyn meirch y gwnidog! Owj!', ac mae'n rhwbio'i llygad yn boenus. Mae Ifor Lloyd yn darganfod ar amrantiad achos arall y gall o ei ymgysegru ei hun iddo, 'Ma' ishio rhoi stop ar hyn, Hilda – ma' nhw'n bla 'rhyd lle 'ma!' A thendia arni'n gariadus.

Yr un adeg yng nghegin Ariel, mae Dilys yn astudio'r labeli ar gesys a thrync Sister Gwyneth, tra bod Kenneth yn bwyta, darllen y *Dandy*, a holi 'run pryd, 'I lle ma' Anti Gwyneth yn mynd, Mam, i 'r India?'

'Ie, ond cyn mynd, if you please, mae'n cael aros yn ryw posh Country Hotel yn Birkenhead am y weekend – all expenses paid! Mae'n oreit ar rai, on'd yw hi? Ye gods I tell you, I wish I'd decided to become a cenhades!'

Ac ar y gair, daw Sister Gwyneth i mewn trwy'r drws ffrynt yn cario Bonso – ac mae o wedi ymlâdd. 'O, Anti Gwyneth!', a neidia Kenneth i'w draed yn flin, 'Be dach chi 'di'i neud i Bonso?'

'O, wst ti, 'mond mynd â fo am dro bach 'te! Be s'arno fo, dŵad?'

'Chi sy'n mynd â fo rhy bell, 'te! Sbiwch, ma' ganddo fo fwy o flistyrs o dan 'i bawenna' rŵan!' Cymra Bonso oddi arni a gwneud ffŷs mawr ohono, ''Na chdi, Bonso bach!'

'Oh, my giddy aunt!' Yn sydyn, mae Dilys yn gweld mwd ar y carped glân, 'I've only just finished hoovering that carpet, Sister Gwyneth!'

'Ow, sori!' Mae traed Sister Gwyneth yn fwd drostynt, ''Sishio i mi llnau o ichi dwch?' Ac amneidia i wneud hynny.

'No! No! I'll do it myself – you'll only make it worse, w!' Ac estyna Dilys am gadach gwlyb o'r sinc cyn plygu'n boenus ar ei phengliniau, "Struth, there's no peace to be had for the wicked!'

Tynna Sister Gwyneth ei hesgidiau'n euog, ac yn y tawelwch annifyr sy'n gymaint nodwedd o'r cartref hwn weithiau, croesa at Kenneth, sy'n anwylo Bonso wrth y bwrdd bwyd, 'W't ti am ddŵad i ddeud ta-ta wrtha i i'r steshion pnawn 'ma?"

'Fedra i ddim, Anti Gwyneth. Gin i bractis band, a wedyn dwi 'di gaddo chwynnu'r ardd i Dad!'

Mae Sister Gwyneth yn siomedig, 'Dach chi'n gwithio'r hogyn 'ma'n rhy galad w'chi, Dilys!'

'Don't you talk to me about gweithio'n rhy galed, Sister Gwyneth! My giddy aunt, I've slaved here all my life without so much as a thank you . . .', ac mae ar fin ymhelaethu 'mhellach, pan glyw sŵn curo ffyrnig ar y drws ffrynt. 'Cer i ateb y drws, Hyacinth!'

'Os ca i gemistry set?'

Derbynia swaden egr ar draws ei ben, 'Jest go, will you!'

Yn y drws ffrynt mae criw mileinig yr olwg: Hilda Griffiths, Bessie Roberts, Evelyn y flonden, Gwenda, Edgar Siop – ac Ifor Lloyd, sy'n llefarydd ar eu rhan. Mae'n amlwg fod Bessie a Hilda wedi cael eu pigo – maent mewn cryn boen erbyn hyn, ac yn lliw 'dye' glas drostynt!

'Ma ishio gneud rhwbath, hogia bach, cyn iddi fynd yn tŵ lêt! Fydd y gwenyn meirch 'ma 'di lladd rhwun cyn bo hir!' Ac mae Ifor Lloyd yn martsio i mewn i'r tŷ, wrth i Edgar a Gwenda ei ddilyn, ac i Hilda ychwanegu'n gynnil wrth rwbio ei llygad yn boenus, 'Fydda i'n methu gweld i chwara'r organ yn y gymanfa rŵan – jest gobeithio bydda i'n iawn ar gyfar y brodas, 'te!'

Clywa Bessie Fusneslyd hyn, fel y bwriadwyd iddi, ac mae'n troi at Evelyn yn genfigennus, 'Prodas? Pa brodas?' cyn iddynt hwythau hefyd ddiflannu'n gyflym i'r tŷ, a gadael Kenneth yn swta ar ei ben ei hun. "Sa'n well chi ddod i mewn, 'ta!'

Mae Dilys ar ei phengliniau'n gorffen sychu'r llawr, pan ddaw'r ddirprwyaeth i mewn, a cherdded ar draws y carped i gyd, 'I don't know why I bother!'

Saif Dilys yn araf gan ddefnyddio cefn y gadair i godi, wrth i Kenneth sleifio i mewn ac eistedd wrth y bwrdd. 'Ie, beth sy'n bod tro hyn, Ifor Lloyd?'

'Ishio protestio am y gwenyn meirch 'ma ydw i, Mrs Parry – ydy Mr Parry'r gwnidog i mewn?'

'Gwenyn, nid gwenyn meirch, Ifor Lloyd. Nagyn nhw'r run breed, w! – ac ody, ma' fe mas y back!'

'A i ddim allan i fana am holl aur Periw, hogia bach!' Mae Ifor yn ofnus, 'Beryg imi gal 'y mhigo fel cafodd Miss Griffiths druan yn fama. Eniwê, ma' gin i bractis band!' Ac mae'n troi at Kenneth, 'Gin titha hefyd, cofio?'

'Dod rŵan!' Gorffenna Kenneth lyncu ei de, tra lleisia Evelyn y flonden ei chyfraniad nid ansylweddol hithau, 'Ac mi gafodd Elwyn ni bigiad yn 'i droed pnawn Sul dwytha hefyd, wrth badlo heibio ar 'i feic. Odd hi 'di chwyddo'n fawr, fel balŵn yn byljio tros 'i sgidia fo i gyd!'

Ond mae gan Edgar Siop stori well, 'Gesh inna hi'r noson o'r blaen hefyd, i lawr 'y nhrwsus i!' Edrycha pawb arno'n rhyfedd, ac i osgoi'r embaras, try'n sydyn at Kenneth a newid y pwnc, 'Be sy'n bod ar Bonso?'

'Di hario mae o, 'di bod yn cerad hefo Anti Gwyneth!'

O glywed ei henw, mae pawb yn troi'n gwrtais i gydnabod Sister Gwyneth, sy'n eistedd ger y tân yn darllen *Y Goleuad*. Mae Hilda Griffiths yn wên-deg odiaeth, 'Sut ydach chi, Sister Gwyneth? Chi'n mynd 'nôl i'r India hiddiw'n tydach, o'n i'n clwad? Wn i'm sut dach chi'n dal ati, wyddoch chi, yr holl deithio a'r gwaith calad dach chi'n 'i neud 'te!' Mae Dilys yn cael ei chorddi gan hyn – nid yw gwaith caled yn un o rinweddau amlycaf Sister Gwyneth! Rhwbia Hilda ragor o halen i'r briw, 'Fedrwch chi gal golwg ar 'yn llygad i, Sister Gwyneth? Arbedith fi rhag goro mynd i weld Doctor Tomos.' Ac mae Sister Gwyneth yn ufuddhau'n wylaidd, wrth i Dilys dorri ar yr awyrgylch cyfeillgar, 'Cer i ôl dadi, Kenneth!'

'Ond be tasan nhw'n 'y mhigo i, Mam?'

'My giddy aunt, they won't kill you if they do, gryt!'

Mae sŵn curo eto ar y drws ffrynt. 'Helen sy 'na, ma' siŵr, Mam, yn nôl fi i'r practis band.'

'O ia,' mae hynny'n atgoffa Ifor Lloyd. ''Sa'n well i ni fynd basa, ne' fyddwn ni'n hwyr!' Mae'n troi at Dilys, 'Ma' ishio sortio'r busnas gwenyn meirch 'ma allan, Mrs Parry, wans and ffor ôl! Tyd wir!' Ac mae Kenneth ac yntau'n gadael cyn i Dilys gael amser i ymateb.

'Ond?' Mae'n flin, 'My giddy aunt, do I have to do everything around this place?' A gadawa am yr ardd gefn i nôl Donald, wrth i Evelyn sibrwd yn genfigennus, 'Lle neis gyno Mrs Parry gwnidog, Gwend – lwcus 'di rhei pobol 'te?'

Yn yr ardd gefn erbyn hyn, mae'r gwenyn yn ffyrnig iawn, a Donald yn defnyddio'i beiriant mwg, y smociwr bondigrybwyll, i geisio'u tawelu. Daw Dilys, a'i gwynt yn ei dwrn, at David Ailsworth a'i iâr, sy'n gwylio'r cyfan o bell.

'Helô, David!'

'Bi bodl-bidl di?'

Mae'n gweiddi ar Donald, 'Donald? Donald?'

'Be sy?'

Arwydda'n wyllt, 'Come on!'

'Be?'

'The house is full of people, w!'

'Wel, duwadd annwl dad! Be ma' nhw ishio? Fedri di'm gweld 'mod i'n 'i chanol hi?'

'It's the bees, Donald – ma' Bessie Roberts a Hilda Griffiths wedi cal 'u pigo, w!'

Daw Donald draw, a thynnu'r gorchudd yn flin oddi am ei ben, 'Hold these for me, David,' a thynna'r menig gwynion hefyd. 'Bob blwyddyn 'run fath – ma' nhw'n cwyno fel hyn!' A cherdda i gyfeiriad y tŷ a Dilys yn ei ddilyn fel cynffon.

Wedi gwneud yn siŵr nad oes neb yn ei wylio, mae David yn rhoi'r gorchudd tros ei ben, 'Bob bidl-bidl bo bo!', cyn gwthio'r iâr yn ddwfn i'w gôt, a chroesi gyda'r peiriant mwg at y cychod gwenyn ym mhen yr ardd.

Mae Morfudd Siop y tu ôl i'w chownter pan ddaw Aelwyn Reynolds i mewn. Ef yw'r arweinydd cymanfaol enwog, sydd wedi cyrraedd ar gyfer yr ymarfer yn y capel y noson honno! Gwena Morfudd fel perchen siop, 'Ia, fedra i'ch helpu chi?'

'Chwilio am dŷ'r gwnidog ydw i – fase chi'm yn medru deud wrtha i lle mae o? Dwi 'di cyrredd braidd yn gynnar, wyddoch chi, ar gyfer y practis heno.'

'Chi 'di Mr Aelwyn Reynolds, yr arweinydd canu, ia?'

'Ie, 'ne chi – dech chi 'di clywed amdana i?'

'On'd tydi pawb!'

Mae Aelwyn yn ferchetaidd braidd, 'Wel, meddwl o'n i, ym, gan 'mod i wedi cyrredd mor gynnar wyddoch chi, y bydden i'n cael gair gyda'r gwnidog ynglŷn â threfn yr emyne 'te? A falle cael sgwrs gyda'i chwaer o, 'te, Sister Gwyneth, 'run pryd? Ma' hi adre o'r India'n tydi hi?'

'Yndi'n tad, ac yn mynd yn ôl weekend yma!'

Plymia calon Aelwyn i'r dyfnderoedd, 'O!'

'Chi'n nabod Sister Gwyneth, felly?'

'Wel, rhyngddoch chi a fi, ar un adeg roedden ni'n adnabod ein gilydd yn dda iawn, iawn, wyddoch chi. Yn ffrindie mynwesol ys dwedan nhw – we had eyes only for each other isn't it!' Ac ar hynny, mae Aelwyn yn cael ei bigo yn ei goes, 'Owj! Owj!'

'Be sy, Mr Reynolds bach?'

'Rhyw wenynen gythgam wedi 'mhigo i yn fy nghoes, you know!' Ac mae'n rowlio'i drwsus i fyny, gan sadio'i hun ar y cownter.

Ar yr un pryd, y tu allan i stafell ymarfer y seindorf arian, mae gweddill aelodau'r band yn aros i Ifor Lloyd, Kenneth a Helen ymuno â nhw. Yn sefyll gerllaw, mae Cwy, Glymbo Rêch a Linda. 'Reit, sori 'mod i'n hwyr hogia bach – rhyw draffath hefo gwenyn meirch y gwnidog!' Mae aelodau'r band, fel un, yn gwneud sŵn grwgnach cyffredinol wrth i Ifor Lloyd barhau, 'Practis martsio a chwara 'run pryd fydd hi hiddiw . . .'

Mae Helen yn tynnu ei thrwmped allan o'i gês, 'Ffor 'dan ni'n mynd, Ifor Lloyd?'

'Dilynwch fi. Fi sy'n deud – a chwareuwn ni *Flight of the*

Bumble Bee gynta, gan yn bod ni yn y mŵd, 'te, Kenneth – a watsia'r bym nôt 'na hiddiw, 'na fachgian da!'

Edrycha Kenneth yn euog wrth godi'r ewffoniwm i'w geg.

'Reit 'ta, hogia bach, affter thrî!' Ac mae'r band yn chwarae a martsio i lawr y ffordd gyda Cwy, Glymbo Rêch, Linda a chriw o lafnau'r pentref yn dilyn o'u hôl.

Yn y cyfamser, yng nghegin Ariel, mae Donald yn dadlau gyda'r protestwyr. 'Ma'r gwenyn yn pigo am mai gwenyn ydyn nhw – fasa chi'm yn disgwyl dim byd arall gin wenynan ond pigiad, yn na fasach? A gwenyn, nid gwenyn meirch ydyn nhw, Hilda Griffiths. Tydyn nhw'm 'run teulu at all!'

'Rachmáninoff, I've told them that!'

'Ac ma'r pigiad yn dda at athreitis hefyd, felly dyna ichi "plus" arall ar ben y mêl!'

Ond gwrthoda Evelyn ildio dim, 'Ia, ond deud ydan ni 'te, na 'toes dim rhaid inni ddiodda'r peth flwyddyn ar ôl blwyddyn fel hyn. Pam nad ewch chi â nhw i rwla arall – i Drws Coed ne' rwla – lle nad o's 'na lawar o bobol yn byw?'

Mae gan Edgar Siop awgrym gwerthfawr i'w wneud, 'Gewch chi fenthyg fan gin i os 'di hynny o help 'te – os ca i wisgo'r peth fêl 'na dros 'y mhen i ddreifio, a'r petha menig mawr 'na am 'y nwylo. Neith Morfudd 'im meindio dwi'n siŵr!'

'Wel ia, iawn,' ystyria Donald hyn, 'ond duwadd annwl dad, fydd rhaid i hynny ddigwydd ar ddiwadd tymor bellach. Tydyn nhw 'di dechra casglu mêl o floda'r coed fala. Yn wahanol iawn i ni, wyddoch chi, ma' ganddyn nhw dipyn o drefn yn 'u bywyda!'

'What's that supposed to mean?' Gwêl Dilys hyn fel beirniadaeth arall ohoni hi, 'Damn it all, I try my best, Donald!'

'O'n i'm yn sôn amdana chdi, Dilys!' Yna, mae'n gweld y cadach gwlyb a sylweddola fod Dilys wedi bod yn glanhau'r tŷ. 'A be w't ti'n neud yn llnau'r tŷ yn dy gyflwr di?'

'My giddy aunt, somebody has to, Donald. That sister of yours won't lift a finger to help!'

Teimla pawb yn annifyr iawn o glywed y feirniadaeth ar Sister Gwyneth – ond mae hi ei hun yn cyd-weld yn dalog, 'Hôples o gwmpas tŷ dwi, 'te, dwi'n cyfadda. 'Nawn i fyth wraig, i neb, w'chi!'

Ac ar hynny, daw sŵn curo eto ar y drws ffrynt.

Ar yr un pryd, yn yr ardd gefn, cerdda David Ailsworth o gwmpas y cychod gwenyn fel bwystfil mawr, yn gwisgo gorchudd a menig Donald, ac yn chwifio'i freichiau'n fawreddog, a defnyddio camau breision i geisio dychryn y gwenyn. 'Bidl bi bo bodl-bi!'

Daw'r seindorf arian heibio'r tŷ'n martsio i guriad y drwm mawr, rhwng chwarae. Chwardda Kenneth ar ben David, a gweiddi arno o'r ffordd, 'You'll never get them back inside the hives like that, David – they're not afraid of you!' Ac mae aelodau eraill y band yn chwerthin hefyd, wrth i Ifor Lloyd weiddi'n awdurdodol o'r tu blaen, 'Dach chi 'di cal digon o sbel rŵan, hogia bach; nymbar ffeif sy nesa!' A chyfra, 'Wan, tŵ, thrî a . . .'

Ar hynny, mae Kenneth yn cael ei bigo yn ei geg. 'Owj! Owj!' Poera'n ffyrnig, ond mae'r band yn chwarae 'mlaen, heb sylweddoli ei argyfwng. 'Dwi 'di cal 'y mhigo'n 'y ngheg, Helen!' A llewyga'n ddramatig i'r llawr.

'Stopiwch, wir!' Mae Helen mewn panic mawr, 'Stopiwch, ma' Kenneth 'di cal 'i bigo'n 'i geg!' Yn sydyn, ac yn flêr, mae'r band yn peidio â chwarae, ac yn ymgasglu'n bryderus o gwmpas Kenneth, wrth i Ifor Lloyd redeg yn wyllt o'r blaen, 'Ddudish i'n do! Ddudish i basa rhwbath fel hyn yn digwdd!'

Gwylia David hyn mewn dychryn mawr, cyn gadael ar frys am y tŷ.

Daw Aelwyn Reynolds i mewn trwy ddrws ffrynt Ariel, ac yn syth, saif Sister Gwyneth ar ei thraed – mae hi'n falch iawn o'i weld. 'Aelwyn?'

Yntau'r un modd, 'Sister Gwyneth!' A chofleidia'r ddau'n gariadus, gan anwybyddu pawb arall yn y stafell – sy'n gwylio'r peth fel drama ar lwyfan. Mae gan Donald, yn arbennig, ddiddordeb mawr. Oes siawns cynnau tân ar hen aelwyd?

'Dwi'n hwylio'n ôl i Frynia Cashia ddydd Llun o'r Elizabeth dock, Aelwyn . . .'

'Dwi'n gwybod. Darllenais i'n y *Goleuad*!' A symuda Aelwyn yn herciog.

'Be sy'n bod ar ych coes chi, Aelwyn?'

'Ges i 'mhigo jest rŵan 'te!'

'Un arall ylwch, Mr Parry!' Torra Bessie Roberts yn swta ar yr awyrgylch, 'Mae o 'di mynd yn epidemic fath â ffliw neintîn sefntîn!'

Ond mae pawb arall wedi ymgolli yn y 'garwriaeth', ac yn ei distewi, 'Shysh!' Wrth i Sister Gwyneth gydio yn nwylo Aelwyn Reynolds, 'Dam it ôl! Dowch i aros hefo fi i Birkenhead, Aelwyn, am y weekend – y Wilkesbarries o Memphis sy'n talu!'

Edrycha Dilys yn genfigennus arnynt, pan ddaw David Ailsworth i mewn trwy'r drws cefn yn gwisgo'r gorchudd am ei ben a'r menig gwynion am ei ddwylo. Mae pawb yn dychryn, a chyfartha Bonso'n wyllt wrth i David egluro'n frysiog, gynhyrfus, 'Bidl bi bi bo bo badl-bidl!'

Mae Dilys yn gorymateb, 'Oh, my giddy aunt! What's wrong, David?'

Arwydda David, sydd mewn cryn stad ei hun erbyn hyn, ar i bawb ei ddilyn.

'Wel, duwadd annwl dad, be sy'?'

'Is it Kenneth?' A rhuthra Donald a Dilys allan o'r gegin, wrth i'r lleill eu dilyn ar frys.

Mae Sister Gwyneth ac Aelwyn Reynolds wedi'u dal yng ngwewyr eu cariad, 'Dwi'n dal yn anobeithiol o gwmpas y tŷ, Aelwyn!'

''Mots, tro yma, you know!' A syllant yn hir, hir i lygaid ei gilydd.

Yn sydyn, sylweddola Sister Gwyneth fod pawb arall wedi diflannu, 'Tyd, Aelwyn!' Dilynnant y lleill allan i'r ardd gefn.

'Rachmáninoff!' Mae Dilys yn gweld Kenneth yn gorwedd yng nghanol y ffordd yn methu cael ei wynt, a Helen yn anwylo'i ben. Sylla Cwy, Glymbo Rêch a Linda'n bryderus arno gerllaw, fel gweddill aelodau'r band. 'Oh, my giddy aunt, what's happened, Helen?'

"Di cal i bigo'n 'i geg mae o, Mrs Parry!' Llyfa Bonso wyneb Kenneth, wrth i bawb ymgasglu'n dawel o'i gwmpas, ac i David ochneidio'n euog, 'Bidl bodl!' Closia Ifor Lloyd at Hilda Griffiths, a gwylia Bessie Roberts genfigennus hwy, fel barcud. 'Duwadd annwl dad!' Penlinia Donald wrth ymyl Kenneth, 'Chi odd yn iawn, Ifor Lloyd, ma'r gwenyn 'ma'n beryg bywyd. Dwi'n sylweddoli hynny rŵan yn tydw – pan mae'n rhy hwyr!' Mae'n ddagreuol, 'Be 'nawn ni, dwch, a Jac-y-do'n methu cal 'i wynt?' Mae pawb yn ochneidio mewn cydymdeimlad, ac mae Dilys mewn gwewyr gwaeth nag un Sister Gwyneth ac Aelwyn, 'Ow, Hyacinth bach – breathe, w!'

Myga Kenneth, 'Dwi'n trio, Mam!'

Daw Sister Gwyneth o'r gegin, yn fêtron effeithlon fel ag y mae, 'Stand back, Donald, let me through!' Archwilia Kenneth yn ofalus. 'Eith rhywun i nôl Doctor Tomos? Brysiwch!'

Ac mae Edgar Siop yn gymwynaswr hawdd ei gael, 'Mi a' i, ylwch . . . pidiwch â phanicio. Bydd popeth yn oreit. Ma' Kenneth 'di bod trw' waeth!' A gadawa, wrth i Aelwyn ddod â diod o ddŵr mewn cwpan a'i roi i Sister Gwyneth.

Mae Donald yn cofleidio Dilys, sy'n ddagreuol, 'We're not going to lose him are we, Donald?'

'Take that silly hat off, David!' Arthia Bessie Fusneslyd yn flin ar David am wisgo gorchudd gwenyn Donald tros ei ben, ac am ei bod eisiau i bobl glywed ei llais yn fwy na dim.

Erbyn hyn mae Sister Gwyneth yn rhwbio dŵr ar wefusau Kenneth, wrth edrych arno'n gariadus, 'Dwi'n cofio nyrsio hwn w'chi, pan odd o'n ddim o beth, tro dwytha ro'n i adra o 'r India deud y gwir – mynd â fo am dro yn y pram w'chi, 'te! W't ti'n cofio Kenneth?' Mae dychryn mawr ar wyneb Kenneth wrth iddo gofio ond yn rhy dda . . .

Ac yn ei ddychymyg, mae Kenneth yn gweld Sister Gwyneth yn pysgota mewn afon flynyddoedd ynghynt, ac mae'n gweld pram ar fryn uwch ei phen wedi ei falansio'n beryglus. Mae Sister Gwyneth yn gweiddi arno, ac yntau'n faban yn y pram, 'W't ti 'di deffro eto Kenneth bach, iti gal gweld dy fodryb Gwyneth yn dal trowtyn go nobl?' Ac adrodda Sister Gwyneth weddi'r pysgotwr iddo, 'Lord give me grace to catch a fish, so large, that even I when talking of it afterwards, may have no need to lie!' Ar hynny, gwêl Kenneth y pram yn dechrau rhedeg i lawr y bryn. Yn rhy hwyr, mae Sister Gwyneth yn sylwi hefyd. 'O duwadd!' Gwaedda Kenneth mewn ofn wrth i'r pram gyflymu, 'Waaaaaa! Waaaaaaa!' ac mae'n sgrechian yn orffwyll wrth i'r pram syrthio i'r afon, ac iddo yntau ddiflannu o dan y dŵr.

'Nôl ar ganol y ffordd y tu allan i Ariel, mae Kenneth yn dal i sgrechian mewn ofn o'r atgof, 'Na! Naaaaaaa! Waaaaaa!', wrth i Sister Gwyneth barhau i rwbio'i wefusau'n gariadus, ''Na chdi, cal ryw ffit fach nath o, m'wn – odd o'n rhy ifanc i gofio w'chi!'

Daw Edgar Siop yn ôl, 'Ma' Doctor Tomos allan ar 'i rownds. Dwi 'di gadal negas iddo fo ddod draw yn syth pan ddaw o'n ôl!'

Dychmyga Dilys y gwaethaf, 'Oh, my giddy aunt, Donald, will he hang on?'

'Wel os na neith o, Dilys, neith neb!' Mae'n edrych i wyneb Kenneth, 'Ti'n cofio ti'n cal dy fedyddio, Jac-y-do?'

'Don't be ridiculous, Donald, he was too small!'

Ond mae wyneb Kenneth yn dangos yn eglur ei fod yn cofio'r digwyddiad ond yn rhy dda!

Yn ei ddychymyg eto, mae Kenneth yn gweld capel Bethlehem ar ddiwrnod ei fedydd ef ei hun, a Donald yn cydio ynddo'n fwndel mewn siôl. Mae Dilys yn posh wrth ymyl Donald, a Sister Gwyneth, gerllaw, yn gwisgo dillad Indiaidd. Mae cynulleidfa gref yn gwylio'r gwasanaeth.

'Rwy'n dy fedyddio di, Kenneth Robert Parry . . .'

Mae Dilys yn sibrwd wrth Sister Gwyneth, 'Thank God for that, he was going to call him Habacuc!'

'Yn enw'r Tad, a'r Mab a'r Ysbryd Glân, Amen.' Ac mae'n rhoi dŵr ar ei dalcen. 'Bendithied yr Argwydd di, a chadwed di, a llewyrched yr Arglwydd ei wyneb arnat, trwy ein Hargwydd Iesu Grist, Amen.' Yna, wedi rhannu gwên â Dilys a Sister Gwyneth, mae'n parhau. 'Gweddïwn. O Dduw, erfyniwn dy fendith Di ar y

bywyd newydd hwn – dy rodd Di i ni fel teulu. Boed i ni ei drysori a . . .! Wel, duwadd annwl dad!' Ac mae Donald wedi gollwng Kenneth ar lawr.

'O my giddy aunt, you've dropped him, Donald!' *Ac mae Kenneth yn sgrechian,* 'Waaaaa! Waaaaaaa!' *wrth i Donald, Sister Gwyneth a'r gynulleidfa ymateb i'r 'ddamwain' anffodus.*

'Nôl yn realaeth canol y ffordd, mae Kenneth yn parhau i weiddi mewn ofn o'r atgof, 'Waaaaaaa! Waaaaaaaa!' wrth i Donald wneud yn fychan o'r profiad, ''Mond torri dy fraich bach nest ti'n 'te, Jac-y-do!' Ac mae pawb yn gwenu'n ddel arno, wrth i Kenneth frwydro am ei wynt, ac i Donald atgoffa Dilys yn gysurlon, 'Ma' 'na ddur ynddo fo. Paid â diffygio, Dilys – glyna'n dy ffydd!'

''Struth, my ffydd's received a few dents recently, Donald!'

Daw Huw'r Ddôl atynt yn llyfu hufen iâ mewn cornet, 'Be sy 'di digwydd, Mr Parry?'

'Run pryd, mae David Ailsworth a'i iâr yn cael syniad gwych, 'Bi bi bo bidl-bidl di!'

Cynhyrfa Helen, 'That's a good idea, David!' Mae'n troi at Huw'r Ddôl, 'Ga i fenthyg hwn?' Ac mae Helen yn rhoi corned Huw'r Ddôl i Sister Gwyneth, 'Hwdiwch, Sister Gwyneth, rhwbiwch beth o'r eis-crîm 'ma ar 'i wefus o!'

Ufuddha Sister Gwyneth, wrth i Helen sefyll yn ôl ac edrych yn bryderus i lawr ar Kenneth, 'Plîs Ken, tria wella – *plîs*!'

Cofleidia David Ailsworth ei iâr, ac mae dagrau yn ei lygaid, 'Bi bi bydl-bidl bi bi!'

Yn sydyn, dechreua Kenneth anadlu'n esmwythach.

Sister Gwyneth yw'r cyntaf i sylwi, 'W'chi be, mae o'n gneud y tric dwi'n siŵr!' Cynhyrfa'n arw, 'Sbiwch yn y wir! Gwyrth w'chi, dim llai – ma'r chwydd yn 'i geg o'n mynd i lawr!'

Mae teimlad o ryddhad ymhlith pawb, a beichia Dilys grio, 'Oh, thank the Lord!'

Ac edrycha Donald tua'r Nefoedd, 'Diolch iti, o Dad!'

Wrth i Helen floeddio'n llawen, 'Grêt! Well done, Ken. O'n i'n gwbod y byddat ti'n iawn!', penlinia wrth ei ymyl. Gwena

Ifor Lloyd a Hilda Griffiths yn falch ar ei gilydd, cyn i Ifor weiddi'n uchel, 'Tarwch hi, hogia bach! Nymbar êt, Sbeshial ocêshyns! Ac mae'r seindorf arian yn chwarae *When the saints go marching in* yn fuddugoliaethus, wrth i Bessie Fusneslyd gofio am ei phoen hithau, a chyffwrdd â'i phigiad yn boenus, 'Owj!'

Pwysa Aelwyn Reynolds ymlaen a chyffwrdd yn dyner yn ysgwydd Sister Gwyneth, 'Un enaid arall i Grist, Gwyneth?'

'Diolch i'r eis-crîm, 'te Aelwyn!'

Gwena Kenneth wrth i Helen glosio ato, 'Ti'n lwcus i fod yn fyw, Ken!'

Ac ar hynny, mae Doctor Tomos yn cyrraedd, 'Gesh i negas i ddod draw – be sy 'di digwdd?'

Sibryda Bessie Roberts o dan ei gwynt fel bod pawb yn clywed, 'Fel 'na ma' hwn – fydd o'n hwyr i'w gnebrwng 'i hun, gewch chi weld!'

Yn sydyn, daw sgrech o enau Linda, 'Owj! Owj! Dwi 'di cal 'y mhigo'n fy mhen!'

Ac Evelyn y flonden, 'Owj! Owj! a finna hefyd, yn fy nghoes!'

Mae Glymbo Rêch yn rêl babi mam, ac yn beichio crio, 'Owj! Ma 'na un 'di mynd lawr 'yn jympyr i!'

A chymera David Ailsworth a'i iâr ac Edgar Siop gyfrifoldeb dros ddiogelwch pawb, 'Bidl bidl bo bi bodl-bi!'

'Rhedwch, wir, ma'r gwenyn meirch 'di troi'n gas!'

A sgriala'r band a phawb am loches, wrth i Donald deimlo'n euog o achos ymddygiad ei wenyn ef. 'Wel, duwadd annwl dad!'

Ddeuddydd yn ddiweddarach, daw Kenneth i mewn i gegin tŷ Miss World, 'Sôn am embarasing, Miss World!'

'Be sy rŵan, felly?'

'Dad a Mam, 'te, Miss World – ma' nhw 'di mynnu bod y gymanfa yn blincyn cymanfa ddiolchgarwch!'

'Wel ia, ma' hynna'n iawn, siŵr – bron iddyn nhw dy golli di'n do?'

'Nathon nhw'm gneud cymanfa ddiolchgarwch ar ôl i mi fynd ar goll ar y trip ysgol Sul yn Southport, naddo Miss World?'

'Wel, naddo siŵr y rwdlyn, todd hwnnw ddim 'run peth yn nagoedd – fuo bron i ti farw tro dwytha 'ma'n do!' Yna, "Di dy dad 'di gorffan mynd â'r cychod gwenyn i Drws Coed dŵad?'

'Yndi, fo a Edgar Siop. Oddan nhw'n "dye" glas drostyn nhw i gyd erbyn iddyn nhw orffan, a fuo raid i mi aros yn tŷ drw'r nos yn gwatsiad "Tonight!" Boring!'

'Wel do, m'wn, am dy fod ti'n alyrjic iddyn nhw'n 'te. Rhaid ti forol bo' ti'm yn cal dy bigo byth eto'n bydd?' Nodia Kenneth. 'Be 'di'r niws diweddara am Sister Gwyneth?'

'Ma nhw'n mynd i brodi Pasg, Miss World – hi a'r Aelwyn 'na – a mynd yn ôl i 'r India wedyn. Oddan nhw 'di ingêjio o'r blaen, medda Dad, ond bod Sister Gwyneth yn hôples o gwmpas tŷ, ag Aelwyn 'im 'di arfar byta 'mond bêcd bîns – gafodd o ylsar, bron 'fo farw!'

'Taw 'rhen!'

Mae Kenneth yn ddiamynedd, 'Ma' nhw'n cal ryw dybl wedding ne rwbath – hefo Ifor Lloyd a Hilda Gegog yn Royal, a Dad sy'n prodi nhw, yn capal Bethlem . . .'

'Feddylish i 'rioed y bydda Ifor Lloyd yn magu gŷts i adal 'i fam!'

'A ma' Mam yn cwyno na fydd 'i ffigyr hi ddim 'di dod yn ôl i'w siâp ne' rwbath, miwn pryd. Sbiwch, Miss World!' Ac mae'n taflu rhywbeth i'r tân sy'n ffrwydro'n lliwgar, a dychryn Miss World.

'O bobol annwl, be odd hwnna, dwch?!'

'Fi nath o hefo'n chemistry set newydd i – da 'dio'n 'de – a ma' gin i betha lot lot gwaeth na hynna!'

Mae Miss World yn flin, 'Ma nhw'n beryg bywyd, os ti'n gofyn i mi! Paid ti â gneud hynna byth eto, ti'n clŵad? Bron 'ti roid heart attack imi!' Wedi iddi gael ei gwynt ati, 'Gin dy dad a dy fam gest ti'r peth chemistry set gwirion 'na?'

'Ia! 'San nhw 'di rhoi rwbath imi, Miss World. Ga i neud be dwi 'di bod ishio'i neud erioed rŵan!'

'Be 'di hwnnw eto?'

'Stink bombs!'

A chyda hynny, dechreua Miss World chwerthin a chwerthin, a chwerthin.

'Be sy, Miss World?'

'Dim, ti sy 'nhiclo fi, 'te! 'Wannwl dad, wel twyt ti'n fwddrwg dŵad!' A chwardda drachefn, wrth i Kenneth edrych arni ag edmygedd pur.

Yng nghapel Bethlehem ar ddiwrnod y gymanfa, mae Aelwyn Reynolds yn y pulpud yn arwain; Donald, Ifor Lloyd a'r seindorf arian yn y sêt fawr; Hilda Griffiths wrth yr organ yn cyfeilio, a Kenneth yn pwmpio'r organ o'r tu ôl i lenni caeëdig – ac mae'n darllen y *Dandy* 'run pryd.

Yn y gynulleidfa mae Dilys, sy'n feichiog iawn erbyn hyn, Sister Gwyneth, Morfudd ac Edgar Siop, Ifor Lloyd, Bessie Roberts, Evelyn y flonden, Gwenda, Helen, Cwy, Glymbo Rêch, Linda, Huw'r Ddôl, David Ailsworth a'i iâr, ynghyd â chynulleidfa gref.

Mae Donald ar ei draed yn llywyddu, 'Fe benderfynon ni neud y gymanfa hiddiw yn gymanfa o ddiolch – diolch am fywyd Kenneth – sydd y tu ôl i'r organ yn fancw yn pwmpio!' Edrycha Kenneth yn hunanymwybodol o du ôl i'r llenni wrth i Donald barhau, 'A dwi'n siŵr bod pawb yn falch fod y gwenyn wedi eu symud o'r diwadd i Drws Coed hefyd!' Rhy bawb ebychiad o ryddhad cyffredinol. 'A diolch am ddod â dau hen gyfaill yn ôl at ei gilydd – Sister Gwyneth a'n harweinydd ni heddiw, Aelwyn Reynolds!' Mae Sister Gwyneth yn gwenu'n ddel ar Aelwyn Reynolds, sy'n cydnabod geiriau Donald â phesychiad swil, 'Ac wrth gwrs, Ifor Lloyd a Miss Hilda Griffiths!' Wêfia Hilda'n falch ar bawb o'r tu ôl i'r organ, a chocha Ifor Lloyd rhwng y trombonwyr, a syllu ar ei draed. 'Dwi'n falch bod Ifor wedi cal y gwrhydri i sefyll i fyny i'w fam o'r diwadd . . .!' Mae ei fam, hen ddynes sarrug, yn edrych fel pe bai hi'n barod i ddal dig â'r byd hyd dragwyddoldeb, wrth i Bessie Fusneslyd ei chysuro yn un o'r seddi cefn. 'Mwy am y ddau gwpwl yn nes at y Pasg – dduda i ddim mwy na hynna rŵan!' Ymateba'r gynulleidfa gyda'u 'Www's!' a'u 'Aaaaa's!' cynhyrfus.

'Gawn ni barhau gyda'r gymanfa, felly, yn yr ysbryd yna o ddiolchgarwch a gwerthfawrogiad am yr hyn sydd ganddon ni. Emyn 28, 'Pa le, pa fodd dechreuaf foliannu'r Iesu Mawr!'

Mae'r organ a'r seindorf arian yn cyd-daro'r nodyn, a Kenneth yn pwmpio'n wyllt o'r tu ôl i'r llenni, wrth i Aelwyn Reynolds wahodd y gynulleidfa i sefyll ar eu traed i ganu. Mae'r canu'n nefolaidd, ond mae rhai, o dipyn i beth, yn dechrau ymateb yn gynnil i ryw arogl ddifwyn sy'n dod o gyfeiriad yr organ. Ogleua Donald rywbeth o'r sêt fawr, 'Wel, duwadd annwl, be 'di'r ogla 'ma, dwch?'

'Anfeidrol ydyw'r Ceidwad . . .' Ar hynny, daw mwg gwyn trwchus allan o'r organ a chuddio Hilda Griffiths mewn cwmwl llosgol. 'Ŵ! Fedra i'm cario 'mlaen 'chi!' Ac mae'n cael ei gorchfygu gan yr arogl drwg. 'Ifor, ble w't ti? Dwi'n mygu?!'

'A'i ho . . . ll drys . . . orau'n llawn . . .' Mae'n peidio chwarae'r organ yn sydyn, ac mae'r seindorf arian yn rhoi'r gorau iddi hefyd, wrth i Ifor Lloyd ymbalfalu drwy'r niwl i gyrraedd Hilda, a'i harwain yn ddiogel allan o'r capel i gyfeiliant sŵn hisian y mwg sydd, erbyn hyn, fel tarth boreol, yn gorchuddio holl lawr y capel.

Mae Kenneth yn rhoi ei ben allan o'r tu ôl i'r llenni i weld beth sy'n mynd ymlaen, a sylla'n gegrwth wrth weld stampîd yn dechrau, a phawb yn rhuthro am y drws yn dal hancesi poced neu lyfrau emynau i'w trwynau – a David Ailsworth a'i iâr, yn ei elfen, fel plismon drama yn cyfeirio pawb.

'O diar!'

Chwyda'r gynulleidfa allan o'r capel, pob un yn brwydro am awyr iach. Mae Evelyn y flonden yn flin, 'Ych-a-fi! Kenneth sy tu ôl i hyn, gei di weld!'

'Cythral drwg 'dio, 'te . . .' ac mae Gwenda'n tuchan a thagu fel petai'r diciâu arni, 'A fynta wedi cal cymint o ffŷs gin bawb ers iddo fo gal y bigiad 'na'n 'i geg!' Helpa Bessie Fusneslyd fam Ifor Lloyd allan trwy'r drws, wrth i Morfudd Siop eu hanwybyddu, a holi Edgar yn bryderus trwy'r dorf, 'Lle ma' Mrs Parry gwnidog, dwch?' Gerllaw, yn dawedog braidd, mae Cwy, Glymbo Rêch a Huw'r Ddôl. Daw Helen a Linda atynt yn flin, 'Tydi hyn ddim yn jôc!' Ac ar hynny, yn welw lwyd, daw Aelwyn Reynolds â Sister Gwyneth allan o'r capel yn ddiogel.

Oddi fewn, mae'r mwg yn dechrau clirio.

'Ti nath hyn, Kenneth?'

Mae o ar fin gwadu'r peth, pan ddaw sgrech ingol o un o'r seddi blaen. 'Owwwwj!'

Mae Donald yn flin, 'Wel nid 'y ngwenyn i sy ar fai tro yma!'

'This is no pigiad, Donald!' Ac ymddangosa pen Dilys uwch cefn un o'r seddi. 'Owj! Owj! 'Struth! My giddy aunt! Rachmáninoff!'

'Be sy, Mam?'

'Mae'r babi ar ei ffordd, w!'

'Babi?' Sylla Donald a Kenneth arni'n syn.

'Carruthers! Don't just stand there! Get me to the hospital, Donald! Glou, w!'

★

9

UN O'R DYDDIAU RHEINY!

Mae Dilys, sydd ar fin esgor ar faban, yn eistedd yn sedd flaen car Donald, wrth iddo yrru'n wyllt i gyfeiriad yr ysbyty.

'Oh, my giddy aunt!' Mae hi mewn poen. 'Remind me never to have another one, Donald!' ac mae'n gwthio'n galed, 'Ow! Iyyyg!'

'Wel, paid â gwthio cymin' wir ddyn, ma' beryg iddo fo gyrradd yn y car, a be nawn ni wedyn?'

''Struth, I can't help it Donald – gyrra'n glouach 'te!' Yna, o dan ei gwynt, 'I knew I shouldn't have taken my senna pods this morning!'

Mwyaf sydyn, mae'r car yn dechrau tagu, a daw mwg du'n poeri allan o dan y bonet. 'Wel, duwadd annwl dad!'

Mae Dilys mewn panic mawr, 'Beth sy'n bod nawr 'te, Donald?'

'Y car 'ma sy, 'te! 'Toes 'na rwbath yn bod arno fo!'

Ac ar hynny, dechreua Dilys wthio eto, a gweiddi mewn poen mwy, 'Ow! Carruthers, I can't trust you to do a thing right, can I Donald? Ow! W! Do something! Rachmáninoff! Glou ddyn!'

Arafa'r car, ac yna stopio ar ffordd wledig ymhell o bob man, a neidia Donald allan a chodi'r bonet. Nid oes ganddo glem beth sy'n digwydd o dan hwnnw. 'W'ath 'mi heb ddim, sgin i'm obedeia!' Ac mae'n cicio'r car yn flin, cyn camu i ganol y ffordd, a dechrau bawd heglu'r gwynt. 'Yli, dyma'r "crunch" chwedl O.M.', ac mae'n gweddïo'n daer ar ei Dduw uchod, 'Un ai Ti'n fy helpu fi 'te, ne' dwi'n rhoi'r gora iddi a mynd i ddysgu, reit?'

'Run pryd mae Thomas Williams a'i drol yn nesáu yn y pellter yn cael eu tynnu'n araf gan Hercules y ceffyl gwedd.

Mae Donald yn ymateb yn amheus – ai hwn yw eu gwaredigaeth? Tybed!

''Struth! Ow!' Ond mae'r ymateb yn cael ei dorri'n fyr, wrth i Dilys ddechrau gwthio'n boenus drachefn, 'Iyyyg! This baby'll be the death of me, Donald! Donald?'

Yn y cyfamser yng nghegin Ariel, mae Kenneth yn eistedd ar y sedd eisteddfodol, tra bod Sister Gwyneth ac Aelwyn Reynolds yn ei ddwrdio (ar gam) am ollwng stink bomb yn ystod y gymanfa ganu. Gwylia Bonso'r cyfan yn ddigyffro.

'Gei di stŵr gin dy fam a dy dad, gei di weld!' Mae Sister Gwyneth yn ceisio celu gwên slei. 'Be ddoth dros dy ben di, dŵad, i ollwng stink bomb yn ystod y gymanfa – ac Aelwyn, o bawb, yn arwain?'

Cytuna Aelwyn yn hunandosturiol, 'Ac mae o i gyd wedi'i sbwylio rŵan, wyddoch chi – wedi'i ganslo, isn't it!'

'Nesh i ddim, Anti Gwyneth – Glymbo Rêch a Cwy nath!'

'W'ti 'rioed yn gwadu 'ma chdi nath y stink bombs? Dangos dy dafod!'

'Nacdw.' Ac mae'n sticio ei dafod allan a siarad 'run pryd, 'Dwi'n cyfadda ma' fi nath nhw hefo 'nghemistri set newydd, ond nid fi roth nhw'n yr organ, Anti Gwyneth!'

'Reit!' Yn cyfeirio at ei dafod, dywed wrtho, 'Gei di roid o'n ôl i mewn rŵan!' Yna, wrth Aelwyn, 'Fydda Tada'n gneud hynna i Donald a fi pan oddan ni'n blant yn Doddelan, w'chi – deud 'than ni am sticio'n tafoda allan, 'te, pan fydda fo'n ama'n bod ni'n deud celwdd. Nesh i rioed ddallt pam!'

'Tewch!' Nid oes gan Aelwyn ddiddordeb yn y byd.

Yn y distawrwydd sy'n dilyn, meddylia Kenneth fod maddeuant wedi ei brynu. 'Ga i fynd i watsiad telifision i dŷ'r two old ladies, Anti Gwyneth?'

Mae Aelwyn yn ei anwybyddu. 'Be wnawn ni, Sister Gwyneth, ynglŷn â mynd i Birkenhead? Fydd y Wilkesbarries yn flin 'sna awn ni?'

'Fydd rhaid inni aros nes daw Donald 'nôl hefo'r car i fynd â ni i'r steshion, 'bydd. Ma' 'na ormod o lygej yma i fynd ar y bỳs, 'toes!'

Yn sydyn, mae'r ddau'n ymateb i arogl drwg, 'Ow, Kenneth! W't ti 'di gollwng un arall?'

'Sori, Anti Gwyneth. 'Di torri yn 'y mhocad i mae o, ylwch!', a thynna'i law allan i ddatgelu stink bomb sy'n mygu, 'o'n i'm yn trio!'

'Todda' chdi'm yn trio peidio, chwaith!', a diflanna Aelwyn Reynolds a Sister Gwyneth mewn i fwg gwyn drewllyd.

Eiliadau'n ddiweddarach, mae drws ffrynt Ariel yn cael ei daflu'n agored, a daw Sister Gwyneth, Aelwyn Reynolds, Kenneth a Bonso allan ar ras wyllt, ac anadlu'r awyr iach yn ddwfn ac yn angerddol.

Mae Sister Gwyneth yn gymodlon, 'Fydd gin ti frawd ne' chwaer fach newydd rŵan, 'sti Kenneth. Fydd rhaid ti drio gosod dipyn bach o 'siampl iddo fo'n, bydd – hwyr ne' hwyrach 'sti!'

Ac ar hynny, mae'r drws ffrynt yn cau'n glep o'u hôl.

'O diar!' Mae Kenneth yn ofni'r gwaethaf, ''Sgynnoch chi oriad sbâr i'r drws ffrynt, Anti Gwyneth?'

'Nagos, pam?'

Mae Kenneth yn trio'r drws, ond mae ar glo.

Erbyn hyn, ar y ffordd wledig, mae Donald a Thomas Williams wedi cydio dwylo, ac mae Dilys yn eistedd arnynt yn null y frigâd dân, ac yn cael ei chario i gyfeiriad y drol.

Mae Dilys yn flin, 'My giddy aunt, I'm not travelling on any trol, Donald!'

'Sgin ti'm dewis, Dilys. Fedri di'm cerddad i St. David's, na fedri, a 'snam golwg o unrhyw gar arall.'

Tucha a thaga Thomas Williams o dan y pwysau, 'Pam 'sa chi 'di galw ambiwlans fath â Joyce Parry? Gafodd hi hogan fach ddoe. Ddelia welsoch chi 'rioed, 'nôl Edna'n chwaer – fuodd hi'n fisitio nithiwr.'

Mae Dilys yn sur, 'Oh, Joyce Parry can do no wrong, can she! Text book delivery, no doubt!' Yna'n goeglyd, 'Ag odd gwên 'da hi ar 'i wyneb right up to the bitter end, I bet!'

'Sdim ishio bod fel 'na, nagoes, Dilys,' gosoda Donald hi ar y drol, 'ma'r ddynas yn iawn 'tad – nid arni hi ma'r bai bod 'i gŵr hi'n fanijar banc. Tydi pres ddim yn bob dim!'

'My giddy aunt, it certainly helps, Donald!' Erbyn hyn mae Donald wedi rhoi ei gôt drosti. 'I wonder what his first wife thinks about it all!' Yna, mae'n gweiddi drachefn, 'Owj! 'Struth! Iyyyg! Donald, nagw i'n mynd i gyrraedd yr ysbyty hyn miwn pryd, w!" Rhanna Thomas Williams a Donald edrychiad bryderus. 'Barod, Mr Parry?' Mae Donald yn neidio i'r car.

'Ji-yp, Hercules – a dim loetran i fyta gwair ar ffor'!'

A thynna Hercules gar Donald yn ogystal â'r drol, wrth iddynt anelu am y tro, gyda Dilys yn lled-orwedd ar sachau gwair yng nghefn y drol. Gwaedda Donald eiriau o gysur iddi o'r cefn, drwy ffenest y car. 'Croesa dy goesa ne' rwbath, Dilys, wir ddyn!'

Mae ysgol, erbyn hyn, yn pwyso yn erbyn ffenest stafell wely y tu allan i Ariel, ac mae Aelwyn yn dringo i fyny'n ansad. Sadia Sister Gwyneth yr ysgol ar ei gwaelod. 'Tydi hi ddim yn udrach yn rhw sad iawn i mi, Aelwyn!'

Gwylia Bonso'r cyfan is aeliau blinedig ar y lawnt, wrth i Kenneth swnian yn daer, 'O plîs, Anti Gwyneth . . .? 'Mond mynd i watsiad telifision i lle'r two old ladies dwi ishio. Plîs, Anti Gwyneth, fydda i'm yn hir, dwi'n gaddo – cris croes tân poeth?'

'Ond mi ddudodd dy dad wrtha i am beidio dy adal di allan o 'ngolwg i! A be tasa fo ishio cysylltu hefo chdi am ryw reswm w'sti, ynglŷn â dy fam a'r babi newydd?'

'Ma' gin y two old ladies ffôn, 'toes. Eniwê, fydda i adra erbyn ichi orffan agor y ffenast 'na!'

Ar hynny, mae sŵn gwydr yn torri'n deilchion uwchben, 'O drapia ulw!' Mae Aelwyn wedi torri'r ffenest.

'Fedrwch chi gyrradd y 'latch', Aelwyn?'

'Jest iawn, Sister Gwyneth,' ac mae'n estyn ar draws yn beryglus i geisio agor y ffenest.

'Run pryd, daw Cwy a Glymbo Rêch at y giât, 'Hei, Ken, be sy'n mynd ymlaen?'

''Di cloi'n hunan allan o'r tŷ dan ni, 'te . . . Hei!', yn cofio,

'Cachwrs drwg 'da chi, yn gollwng stink bombs yn y capal a rhoi bai arna fi!'

'Ond chdi nath nhw'n 'te, hefo dy gemistri set newydd?'

'So?'

Nid yw Cwy am dderbyn y bai, 'Wel, tasat ti heb 'u gneud nhw, fasa na'm stink bombs i Huw'r Ddôl 'u *rhoi*'n yr organ, yn na fasa?', ac mae'r ddau'n chwerthin.

'Ia, ond dwi'm yn cal mynd i watsiad telifision i dŷ'r two old ladies rŵan achos chi! Cachwrs! Lle dach chi'n mynd, eniwê?'

Mae Glymbo Rêch yn frwd, 'I ddwyn rhaff i chwara cowbois an' Indians o ben washows Roger the Dodger! Tishio dŵad?'

Try Kenneth at Sister Gwyneth, 'Ga i fynd i chwara hefo Cwy a Glymbo Rêch, Anti Gwyneth?'

'Wel, gei di neud *un* o'r ddau'n 'te, Kenneth – gwatsiad telifision ne' chwara hefo Glyn a Gwilym. Ma' hynna'n deg, tydi? Ond paid â bod yn hwyr. Fydd hi'n dechra twllu reit fuan! A phaid â deud dim wrth dy dad!'

'Hei, grêt, diolch Anti Gwyneth!' Coda ei lais yn ffalslyd, 'Diolch Yncl Aelwyn!' Ac fel tâl i Cwy a Glymbo Rêch am y stink bombs, 'A i i watsiad telifision i dŷ'r two old ladies, ylwch. Ŷgs!', ac mae'n tynnu tafod arnynt.

'Dy gollad di ydio. Ma' hi'r rhaff ora dwi 'rioed 'di'i gweld! Tyd, Glymbo.' Ac i ffwrdd â nhw.

'Watsiwch syrthio Yncl Aelwyn!', a gadawa Kenneth hefyd.

Ar ben yr ysgol, estyn Aelwyn ymhellach ar draws i geisio agor y glicied, 'Be haru'r latch 'ma, dwch?'

'Stiff 'dio, m'wn! Tydi Dilys ddim yn un sy'n credu miwn agor ffenestri i gal awyr iach, mae'n amlwg!'

Yn festri Bethlehem, mae Ifor Lloyd yn cadeirio cyfarfod brys i drafod materion sy'n boendod mawr i rai aelodau o'r eglwys – yn benodol: teulu'r mans! Yno mae Bessie Roberts, Hilda Griffiths, Morfudd ac Edgar Siop, Evelyn y flonden, Gwenda, Huw 'Cw, David Ailsworth a'i iâr, a dau arall.

Cadeiria Ifor Lloyd, 'Y gymanfa pnawn 'ma, a'r stink bombs sy 'di dod â'r peth i ben, hogia bach, a'n gorfodi ni i gynnal y cwarfod brys 'ma. Hwnna odd y ffeinal strô, fel ma' nhw'n ddeud ar y telifishion! Wn i'n iawn bo' Mr Parry gwnidog yn bregethwr da, 'te. A tydio'm yn hir chwaith, byth yn pregethu fwy nag ugian munud. Diawcs, ac ma' hynna'n beth mawr, hogia bach, pan dan ni'n cofio sut odd y Parch T. J. Thomos o'i flaen o'n rhygnu 'mlaen am dri chwartar awr, a mwy weithia, a neb yn dallt gair odd o'n ddeud!' Mae pawb yn cyd-weld. 'Chwaraeodd o hafoc hefo peils Hilda druan – wn i hynny i ffaith chi – yn gorod ista ar y seti calad 'ma am oria!'

'W! Ifor Lloyd, rhag ych cwilydd ichi!' Mae Hilda wedi styrbio, 'Fuo gin i 'rioed beils, ylwch chi. Ingrowing toenail do, ond peils naddo, most definitely not!'

Gwena Bessie Fusneslyd yn wawdlyd wrth i Hilda Griffiths barhau, 'A faswn i'n ddiolchgar tasa chi'n peidio siarad am betha pyrsonal fel 'na o flaen pobol erill, Ifor!'

'Duwcs, sori Hilda – nesh i ddim meddwl, weldi!'

'Ma'r petha 'ma'n intimate, Ifor!'

Cyfarcha Ifor y lleill yn swil, 'A dyna ni wedi cal 'n ffrae fawr gyhoeddus gynta, bobol, ers inni ingêjio fel 'tai!' Mae pawb yn chwerthin, wrth iddo droi at Huw 'Cw, yr ysgrifen-nydd, 'Newch chi ddileu'r cyfeiriad dwetha 'na at beils Miss Griffiths o'r minutes, Huw Huws?'

Mae Huw 'Cw braidd yn ffwndrus, 'Un ta dwy "l" sydd yn "piles", dwch? Dach chi'm angan medru sbelio i ddreifio bỳs, ylwch!'

''Dio ots, Huw Huws?' Mae Hilda'n flin, 'Jest dodwch lein drwddo fo, wir!'

'Bi bidl di bidl-bo?'

Ac mae Bessie Fusneslyd yn falch o gael ateb ei gwestiwn mewn sibrydiad uchel, clir, 'It's when your veins swell up and turn blue, David! They can be very painful when they're in your . . .'

''Chydig o dact fasa'n dda, Mr Cadeirydd!'

'Ia, dach chi'n iawn, Miss Griffiths.' Mae'n troi at David, 'You can discuss it later, David!'

Cwyd David ei fawd yn dalog.

'Reit, 'nôl at y matar mewn llaw. Y peth ydy, er bod y Parch T. J. Thomos yn bregethwr sych a hir ar y naw, toedd ganddo fo ddim plant, nagoedd! A dyna, dwi'n meddwl, ydy'n prif faes trafod ni heno . . .' amenia pawb, 'fel ma'r mab gwnidog 'na, Kenneth, wedi styrbio'n heddwch ni, a'r ofn sy ganddon ni i gyd yma heno, dwi'n siŵr, fod yna un arall ar fin cyrradd eni second! Tybad ydy o werth inni 'styriad gofyn i'r gwnidog symud i ofalaeth arall dwch? Neu, o bosib, gneud rhwbath i newid y sefyllfa fel ag y ma' hi? Dyna ydy'r cwestiyna sy'n rhaid inni ofyn i ni'n hunan, dybiwn i!'

Edrycha David Ailsworth yn annifyr, wrth i Edgar Siop geisio cadw pethau mewn persbectif, 'Ma' hynny braidd yn drastic 'ntydi, Ifor Lloyd? 'Mond deuddag oed ydy'r hogyn. Bechod!'

'Deuddag oed ne' bidio, 'sna 'mond helynt wedi bod yn Llanllewyn ers iddo fo gyrradd yma.' Mae Hilda'n adrodd profiad personol, 'Mi cêsh i hi'r noson o' blaen! Cnoc dôrs! A mi gesh i cheeks hefyd, gynno fo a'r Gwilym 'na!'

Pefria llygaid David ei wrthwynebiad.

'Ia, howld on rŵan 'te,' mae Morfudd yn rhybuddio, 'cofiwch chi bo' chi'n tynnu Mrs Parry gwnidog i mewn i hyn hefyd drw' sôn am Kenneth, a dwi'n siŵr y basa pawb yn cytuno ma' Mrs Parry ydy'r wraig wnidog ora 'dan ni 'rioed wedi gal yn Llanllewyn 'ma.'

Mae distawrwydd llethol. Yna, wedi ambell besychiad hunanymwybodol o du Ifor a Huw Huws, agora Gwenda ei cheg yn ddi-ddweud braidd. 'O'r Sowth 'na ma' hi, 'te? Traffarth ydi, tydi pobol ddim yn dallt gair ma' hi'n ddeud – *a* ma' hi'n siarad goblyn o lot o Saesnag hefyd, tydi!'

Mae Evelyn yn llai rhwystredig, 'Glywsoch chi hi'n siarad hefo Sister Gwyneth, y genhadas 'na, wthnos dwytha? Gesh i sioc ar 'y nhin ag allan – ac i feddwl bod y ddwy yn perthyn trw' brodas, 'te! Odd hi'n rŵd iawn, dim byd llai!'

Ar hynny, mae David Ailsworth wedi cael llond bol ar bawb yn difrïo'r gweinidog a'i wraig, 'Bi bidl-bo bi bo bo!' Ac mae'n gadael yn flin a chau'r drws yn glep o'i ôl.

Wedi saib fechan anghyfforddus, mae Ifor yn parhau, yn

llawn tact, gyda'i gadeiryddiaeth, 'Allwn ni wylio'n hiaith, Evelyn? Cofiwch bo' ni miwn tŷ o addoliad wedi'r cwbwl.'

'Pam, be ddudish i, Ifor Lloyd?'

Mae Ifor yn sibrwd yn swil, 'Tin!'

Nid yw Evelyn yn deall.

'Ddudsoch chi, "ar 'y *nhin* i," Evelyn!'

'Wel, pa air fasa chi 'di ddefnyddio 'ta, Ifor Lloyd? "Postîrior", ia – lle ma' peils ych preshiys Hilda chi'n llechu?'

Mae pawb yn chwerthin, heblaw Hilda Griffiths, sy'n tytian ei dirmyg, a sibrwd yn gondemniol wrth Ifor Lloyd, 'Twt, common as muck!'

Y tu allan i ddrws ffrynt tŷ y 'two old ladies', mae Kenneth yn flin iawn erbyn hyn. Mae o wedi bod yn curo'r drws ers pum munud o leiaf, a does neb yn ateb. Cura eto. 'Reit, dach chi 'di gofyn amdani rŵan!' A dechreua gicio'r drws yn wyllt. Yn sydyn, agorir cil y drws gan Miss Morgan – sy'n sefyll yno'n amheus gyda rhyw naws gyfrinachol o'i chwmpas. Mae Kenneth wedi cael braw hefyd, ac ymddiheura'n llaes, 'O, helô Miss Morgan! Sori am . . . Ga i watsiad ych telifison chi, plîs?'

'Fyddwn ni'm yn gwatsiad telifishion heno, Kenneth, ma' gin i ofn. Ma' gynnon ni bobol ddiarth – Giles, y mab, ylwch. Mae o 'di symud yn ôl i'r ardal o Wandsworth!'

Tydi Kenneth ddim yn credu gair mae Miss Morgan wedi'i ddweud. 'Popeth yn iawn. Diolch, Miss Morgan!'

Mae Miss Morgan yn cau'r drws yn dawel, fel 'tai ofn deffro rhywun, ac mae Kenneth yn troi i adael yn siomedig, 'Cachwrs!'

Yn ddiweddarach, yng nghegin Miss World, mae Kenneth yn flin, 'Giles, wir! Sut ma' posib iddi gal mab, a hitha'n hen ferch, Miss World?'

Mae Miss World yn chwerthin, 'O, ma'r peth yn bosib, w'st ti!'

'Ma'r two old ladies yn deud petha felna wrtha i o hyd, Miss World. Fatha bod nhw'n gneud esgus i stopio fi rhag watsiad telifison. Fatha bo' nhw'm yn licio fi, Miss World!'

'Gei di lot o hynna yn dy fywyd, Kenneth bach.'

'Lot o be, Miss World?'

''Wannwl, ma' 'na rei pobol sy'n mynd i dy licio di, dim gwahaniath be nei di. A ma' 'na erill sy'n mynd i dy gasáu di, 'im gwaniath be nei di. Ac ma' 'na erill, coelia neu beidio, sy'm yn mynd i dy licio di na dy gasáu di!'

'Be ma' hynna fod i feddwl, Miss World?'

'Wel, ddim yn teimlo naill ffor' na'r llall tuag atat ti, 'te! Fylna ma' pobol, w'st ti. Paid â chymryd dy siomi ganddyn nhw!'

Mae Kenneth yn parhau gyda'i gwynion, 'A ges i stŵr am bo' Huw'r Ddôl 'di gollwng un o'n stink bombs i yn y gymanfa! Odd Aelwyn Anti Gwyneth yn ypsét. Fo odd i fod i arwain, 'te!'

Chwardda Miss World, 'Stink bombs yn y gymanfa? Wel, twyt ti'n gradur, dwad!'

'Dwi'n mynd i roi warog i Huw'r Ddôl hefyd, pan wela i o!'

'Watsia di fynd i fwy o stŵr hefo'i dad o!' Yna, wrth brocio'r tân, ''Di Sister Gwyneth ddim 'di mynd yn ôl i'r India, felly?'

'Na, ma' hi'n mynd heno, ar ôl i Dad ddod yn ôl i fynd â hi ac Aelwyn i'r steshion.' Cofia'n sydyn, 'Ŵ, bron imi anghofio Miss World, ma' Dad 'di mynd â Mam i St David's – ma'r babi ar 'i ffor'!'

'Ŵ, ecseiting, 'te! Be w't ti'n obeithio'i gal – chwaer 'ta brawd bach?'

'Wel, os ca i chwaer fach, fydd hi'n ddiwadd y byd, Miss World. A ma' cal brawd bach yn ddigon drwg hefyd. Fydd o ishio chwara hefo 'nghemistri set i'n bydd?'

Mae Miss World yn chwerthin, 'Ddim eto siŵr. Fydd rhaid i ti 'i nyrsio fo ar y cychwyn – 'i bowlio fo'n y pram a ballu!'

'Dim ffiars, Miss World! Dwi'm yn mynd i fowlio unrhyw bram, fatha sisi!'

'Gei di weld, fydd disgwl iti neud, sisi neu beidio! Gna'n fawr o dy gyfla i chwara hefo dy ffrindia di rŵan, achos chei di ddim cyfla i neud dryga efo nhw ar ôl i'r babi newydd gyrradd, gei di weld!'

Mae Kenneth yn clywed ei chyngor, ac yn penderfynu gweithredu arno'n syth.

'Wela i chi lêtyr on 'ta, Miss World!', ac mae'n gadael.

'Wel, lle'r êst ti rŵan?' Ac mae'n ysgwyd ei phen a chwerthin mewn edmygedd, 'Wel twyt ti'n fwddrwg, dŵad!'

Y tu allan i Ariel, ar yr un pryd, mae cynnwrf mawr. Mae Aelwyn yn hongian o'r ffenest wely gerfydd ei fysedd! Mae o wedi estyn yn rhy bell ac mae'r ysgol wedi llithro. Gwaedda Sister Gwyneth gyfarwyddiadau iddo, 'Peidiwch â symud modfadd, Aelwyn! 'Na i estyn yr ysgol ichi!' Mae'n symud yr ysgol, ond wrth iddi wneud, mae honno'n disgyn yn ddarnau mân. 'Ma'r ysdol 'di torri w'chi, Aelwyn – rhaid i mi fynd i nôl help o rwla. Fedrwch chi ddal i hongian am 'chydig bach eto?'

''Chydig bach, Sister Gwyneth . . . ond fedra i'm dal yn hir iawn wyddoch chi!'

Nid yw'n derbyn ateb, oherwydd mae Sister Gwyneth wedi diflannu i chwilio am yr help holl bwysig.

'Mhen ennyd, dechreua Aelwyn bryderu, 'Helô? Sister Gwyneth?' Yna, â mwy o gonsýrn, gwaedda'n uwch 'Help! Sister Gwyneth? H-E-L-P?'

Eistedda Bonso ar ei ben-ôl yn yr ardd islaw, yn edrych i fyny arno'n ddi-hid.

Yn y cyfamser, ar fferm Llwyncoed Bach, mae Hercules yn tynnu'r drol a char Donald i mewn i'r buarth. Mae Dilys mewn cyflwr drwg erbyn hyn, wrth i Donald ruthro o'r car at ei hymyl ar y drol, a gafael yn bryderus yn ei llaw. 'Fydd rhaid 'ni neud y gora ohoni, Dilys!'

''Struth, Donald, mae'r babi hyn yn dod – nagw i'n gallu stopo gwthio, w! Iyyyg! Owj!'

Ar hynny, daw Edna, chwaer Thomas Williams, o'r ffermdy – dynes fawr hwyliog, a ffedog wedi ei phlethu amdani, a beret ar ei phen. Mae'n deall y sefyllfa i'r dim. 'Thomas Williams, cerwch i nôl pwcad o ddŵr poeth o'r bwtri – a dowch â sebon carbolic a thowelion hefo chi!' Gafaela ym mhen Hercules, a'i facio i mewn i gwt gwair cyfagos, 'Ji-yp Hercules! Rifŷrs boi! Rifŷrs!' Sgriala'r ieir i bobman, ac mae Mot y ci yn cyfarth yn uchel, a busnesu ym mhopeth.

Mae Donald ar bigau, ''Sgynnoch chi ffasiwn beth â ffôn, Edna Wilias?'

'Cer o ffor', Mot, cythral drwg! Ma' 'na ryw gontrapshion yn 'tŷ 'cw . . . Mot, cer! Thomas Williams sy'n 'i ddallt o. Sgin i'm clem hefo'r petha modern 'ma, w'chi!'

'Mi ffonia i Doctor Tomos a Nyrs Joan. Siawns bydd un ohonyn nhw adra. Mae'n rhy hwyr i ddechra trio meddwl am gyrradd St David's!'

Dychwela Thomas Williams o'r ffermdy, 'Fedrwn ni gario Mrs Parry gwnidog i'r parlwr gora, dwch? Fydd hi'n fwy cyfforddus iddi'n fano. Ma gynnon ni linoliym newydd ar y llawr, ylwch!'

'No! No, Donald! My giddy aunt, don't move me . . . Owj!' Mae'n gwthio mwy, 'Iyyyyg! Rachmáninoff!' Wedi i'r boen ostegu, gwena ar Donald, 'This would happen to us, wouldn't it?'

Mae Donald yn ei chysuro'n ddoeth, 'Fel hyn ma' petha i fod, ma' raid, Dilys!' a llyfa Mot wyneb Dilys, 'Cer, cythral!'

Ar yr un pryd, o du ôl i wrych, mae Cwy, Glymbo Rêch, Huw'r Ddôl, Helen a Linda yn gwylio erial deledu ar ben to washows tŷ Roger the Dodger.

Sylwa Cwy ar Kenneth yn rhedeg tuag atynt. 'Wedi newid dy feddwl, do?'

'Odd y two old ladies yn cau gadal imi watsiad telifision – cachwrs!'

Dalia Glymbo Rêch gyllell fara ffyrnig i fyny'n fygythiol, ''Sgin ti gŷts?'

'I be?'

Mae'n edrych i gyfeiriad yr erial deledu, 'Weli di'r rhaff 'na sy'n dal erial Roger the Dodger?'

'Ia, ond os tynnwn ni honna, mi syrthith yr erial i'r ardd!'

'No wê, boi!' Mae Cwy yn bendant, 'Ma' 'na fracets yn dal hwnnw. Weli di nhw? Jesd rhag ofn gwynt mawr ma'r rhaff 'na, yli. Neith Roger ddim sylwi bod hi'n missing, hyd yn oed – ac ma' hi'n un grêt i chwara cowbois an' Indians. Gawn ni glymu Helen a Linda wedyn, yli!'

'O, thanks! Be am i ni'ch clymu chi?'

'Fedrwch chi ddim siŵr, Linda!' Mae Glymbo Rêch yr un mor bendant, 'No wê! Chi 'di'r Indians, 'de?!'

'Go on, Ken – ti'n medru dringo'n well na ni, yli!'

Ar hynny, sylwa Kenneth, am y tro cyntaf, ar Huw'r Ddôl – ac mae'n ei wthio'n galed i'r llawr.

'Am be odd hynna?'

'Am roi stink bomb yn 'rorgan, a rhoi bai arna fi, boi!', ac mae'n ei wthio drachefn.

Daw Cwy rhyngddynt, 'Pidiwch â dechra, chi'ch dau!' Ac mae'n dal y gyllell o flaen ei wyneb, 'Ti'n gêm, Ken?'

Gwelir y demtasiwn yn amlwg yn wyneb Kenneth.

Mae Sister Gwyneth wedi bod yn curo ar ddrws siop Edgar a Morfudd ers peth amser erbyn hyn, ac mae'n flin, 'Edgar? Morfudd? Lle gythral ma'r bobol 'ma 'di mynd, dwch?' Yna, mae'n curo ar y ffenest a sbecian i mewn, 'Morfudd, iw hw?'

Daw David Ailsworth a'i iâr heibio. 'Where is everyone, David?'

Pwyntia David i gyfeiriad y festri, 'Bibl bi di bobl-di!'

'I don't understand a word you're saying, David bach!'

Ac mae David yn cydio ynddi, a'i thynnu i gyfeiriad y capel.

'Be ma' hwn yn 'i fwydro rŵan, dwch?'

Ac wrth i David ei thynnu tua'r festri, clywir llais Aelwyn Reynolds yn gweiddi'n daer, o bell, ac yn wan, 'Help! Sister Gwyneth? H-E-L-P?'

Yn y cyfamser mewn rhan arall o'r pentref, mae'r ffôn yn canu yng nghartref Nyrs Joan. Daw yn ei hiwnifform i'w ateb. 'Nyrs Joan spîcing . . . pwy? O! Mr Parry gwnidog, sut ma'. . . . Be?' Panic mawr, 'Lle dach chi?' Mewn anghrediniaeth, 'Llwyncoed Bach? Be dach chi'n neud yn fanno? Pa mor amal ma'r contractions, Mr Parry? Gwthio, Mr Parry, pa mor amal ma' Mrs Parry'n gwthio? . . . Wel, 'sgynnach chi unrhyw fath o syniad? . . . Grasusa, mae'n imminent! 'Sa'n well 'mi ffonio nein, nein, nein! Fyddwn ni yna hefo chi mor fuan ag y medrwn ni, Mr Parry!' Rhy'r ffôn i lawr, ac yna deialu'n syth, 'Helo? Nein, nein, nein? Yes, it's an imyrjensi, wel . . .' yn trio meddwl, 'I want all of them!'

Ac yn festri capel Bethlehem, mae Evelyn y flonden ar ei thraed, 'Dwi'n cynnig yn ffurfiol, Ifor Lloyd, bod ni'n gofyn i Mr Parry gwnidog adal y pentra – a symud i rwla arall. Ma' hi 'di mynd tŵ ffâr, 'te! Poeni dan ni am blant erill, 'neno'r tad. Ac os ydyn nhw'n gweld mab gwnidog yn byhafio fel hyn, ac yn cal get-awê hefo hi, wel,'toes wbod be ddigwyddith, nag oes? Beryg i Llanllewyn droi fath â wild west town – fath â Gulch City – hefo pobol yn lladd a stabio'i gilydd fath ag yn Llundan 'na ar niws! Inýff is inýff, dyna dduda i!' Ac eistedda, yn falch o'r ffordd y siaradodd, wrth iddi gael ei llongyfarch yn wresog gan Bessie Fusneslyd a Gwenda.

Pesycha Ifor Lloyd yn hunanbwysig, 'Reit, gawn ni bleidlais ar hynna 'ta, hogia bach – cynnig ffurfiol Evelyn – bo' ni'n gofyn i'r gwnidog symud i rwla arall . . . Pawb o blaid?'

Ar hynny, daw Sister Gwyneth a David Ailsworth a'i iâr i mewn, 'Bi bodl-bid bidl bi bi!'

Mae Sister Gwyneth yn flin, 'Glywis i 'nghlustia'n iawn rŵan, Ifor Lloyd? Bo' chi'n bwriadu gofyn i Donald, 'y mrawd, adal y pentra 'ma?'

''Mond cynnig 'dio ar hyn o bryd, Sister Gwyneth!'

Safa Evelyn ar ei thraed, 'Ia, a fi cynigiodd o, i chi gal dallt, Sister Gwyneth. 'Di fo na Mrs Parry gwnidog ddim yn ffitio mewn 'ma o gwbl. Dyna'r gwir amdani, reit inýff!'

Mae Bessie'n eu hatgoffa, 'A Kenneth hefyd, 'te – tydio'n hen gythral bach drwg. Pidiwch ag anghofio amdano fo!''

'Wel, rhag ych cwilydd chi, dyna dduda i!' Llygada Sister Gwyneth bob un yn ei dro, 'Dowch imi ddeud rhwbath wrthach chi! Cafodd Donald ni gynnig mynd i Chicago yn wnidog ar 'reglws Gymraeg fawr 'no. Oddan nhw'n crefu arno fo fynd. Charing Cross yn Llundan 'run fath, a llefydd fatha Crwys Road, Caerdydd a Chapal Pen Mount, Pwllheli. Ond na, w'chi, mi fynnodd Donald bod yr Arglwdd yn 'i arwain o at bobol Llanllewyn! A wyddoch chi pam? Am fod Donald yn credu, a Dilys hefyd – a Kenneth, wath pa mor ddireidus y bo, fel pob hogyn naturiol arall, decini – fod pobol Llanllewyn yn bobol sbeshial iawn. Ac ma' hefo pobol Llan-llewyn yr odd o am wasanaethu Ei bobl, defaid Ei gorlan Ef!'

Seibia er effaith, 'Ac er bod mwy o bres i gal tua'r Llundan 'na, a Chicago, a Pwllheli hefyd am wn i – yma y doth o, atoch chi. A dyma'r croeso gafodd o! Dach chi'n gofyn iddo fo adal, a hynny ar adag anodd iddyn nhw fel teulu, hefo'r babi newydd, w'chi, ar fin cal, os nad *wedi* cal, 'i eni a phopath!'

Llygada pawb drachefn, 'Oddach chi'n werth y draffarth, dwch, ar gyn lleiad o gyflog? Oddach chi'n werth yr ym-ddiriedath roddodd Donald ynddo chi? Wel oddach, fydda atab Donald. A dyna ichi syniad o gymint mae o'n ych caru chi, ylwch, er cyn lleied dach chi'n 'i haeddu o!' Mae'n troi at David, 'Come along, David!', a chychwynna'r ddau am y drws, wrth i bawb edrych yn euog.

'Un eiliad, Sister Gwyneth!' Saif Ifor Lloyd, ac oeda Sister Gwyneth a David wrth y drws. 'Hogia bach, dwi'n credu bod na gamddealltwriaeth 'di digwdd!' Cytuna pawb yn wylaidd, 'Dwi'n meddwl bo' ni 'di gwrando ar y negesydd rong, wyddoch chi!'

Mae Morfudd ar ei thraed yn flin, 'Wedi gwrando arnach chi dan ni, Ifor Lloyd!'

'Ia, a rhag ych cwilydd chi am siarad fylna am Mr Parry gwnidog a'i deulu. Ma' nhw'n ocê, ylwch chi!'

Ac mae pawb yn amenio cyfraniad Edgar Siop, wrth i Nyrs Joan agor y drws a dod i mewn ar ras wyllt, ''Di Doctor Tomos yma?'

'Na!' Ond mae Bessie Fusneslyd yn gwybod ei fusnes i'r dim, 'Odd o'n mynd i weld Beatrice 'i chwaer yn Llwyngwril ylwch – digwdd clwad yn y syrjeri nes i!'

Mae Nyrs Joan yn gweld Sister Gwyneth, 'A, Sister Gwyneth, dowch. Ma' Mrs Parry gwnidog ar fin rhoi genedigath yn Llwyncoed Bach!'

'Llwyncoed Bach? Ond, ma' nhw 'di gadal am St David's ers oria'!'

'Car 'di torri lawr ne' rwbath – dwi'm yn gwbod yr exact details! Dowch. Rhaid 'ni frysio – er fedra i'm cynnig lifft. Sori 'te, ond beic sgin i!'

'Oes gin rywun lifft ga i, w'chi?'

Mae Huw 'Cw ar ei draed, 'Ma gin i twenti-êt sîtar tu allan. Ma' croeso ichi gal . . .'

'Dowch, ddyn!'

'Bidl bi bidl-bodl bi!', ac mae David Ailsworth a'i iâr yn cyfeirio pawb tua'r drws.

Y tu allan i dŷ Roger the Dodger, gwylia Cwy, Glymbo Rêch, Helen, Huw'r Ddôl a Linda'r ddrama'n datblygu o'r tu ôl i'r gwrych. Mae Kenneth yn sefyll ar ben y washows, ac wrthi'n torri'r rhaff sy'n dal yr erial deledu gyda chyllell fara mam Huw'r Ddôl. Yn sydyn, i gyfeiliant twrw mawr, disgynna'r erial i'r ardd gefn, a daw Roger the Dodger allan o'r tŷ yn flin.

'Hei! Be gythral ti'n feddwl ti'n neud hefo'n erial i?'

Mae dychryn mawr ar wyneb Kenneth. Mae Rodger the Dodger yn ŵr sylweddol ei faint – ac, yn y fan a'r lle, mae'n llenwi ei glos!

'O diar!'

Ac mae Cwy, Glymbo Rêch, Helen a Linda a Huw'r Ddôl yn dianc rhag y canlyniadau – yn syth i freichiau'r plismon lleol.

'A be dach chi 'di bod yn 'i neud?'

Llefarant fel côr cyd-adrodd gwael, 'Dim byd, sarjant!'

Mae'r plismon yn eu cywiro, 'Cwnstabl!'

'Dim byd, Cwnstabl!'

'Kenneth nath!' A phwyntia Huw'r Ddôl i gyfeiriad y washows, lle mae Kenneth yn sefyll â'i goesau'n anghyff-orddus ar led, a Roger the Dodger yn bytheirio arno oddi isod.

Cerdda'r plismon yn fygythiol tuag ato, 'Kenneth Robert Parry?' Edrycha Kenneth yn ofnus i'w gyfeiriad. 'Dwi am i ti ddod hefo fi!'

Ac mae Kenneth yn gwelwi'n sydyn, wrth ddychmygu'r gwaethaf un.

Mae bws twenti-êt sîtar Huw 'Cw'n cyrraedd buarth fferm Llwyncoed Bach. Eisoes mae gwŷr y frigâd dân a'r ambiwlans, a chynrychiolwyr o'r heddlu â'u faniau a'u lorïau, wedi cyrraedd. Ac erbyn hyn, mae'r cwt gwair wedi ei oleuo'n brydferth â lampau olew o'r fferm, a phawb yn ymgasglu'n gynhyrfus o gwmpas Dilys a Donald a'r baban newydd.

Cyrhaedda Sister Gwyneth oddi ar y bws a'i gwynt yn ei dwrn, 'Wel, ydach chi'n iawn? A'th popeth yn weddol ddi-ffŷs 'lly?'

Mae Donald yn dad balch, canmolus, 'Roedd Edna Williams yn wyrthiol!'

'Wedi arfar hefo'r ŵyn, 'te, a'r gwarthag 'chi!' Ac mae'n gwenu o glust i glust, wrth i Nyrs Joan gyrraedd ar ei beic yn laddar o chwys, a mynd yn syth at Dilys i'w thendio. 'Ŵ, grasusa, Mrs Parry bach, be ddigwyddodd? Y waters fyrstiodd, ia?'

Mae Thomas Williams yn cyfarch y dyrfa ar y cyrion, fel petai wedi cael profiad ysbrydol, 'Welish i'r cwbwl 'chi! Ffwow, roedd o'n anhygol!' Yn y pellter mae seiren car yr heddlu i'w glywed yn agosáu'n fygythiol.

Ar hynny, daw Ifor Lloyd yn llywaeth trwy'r dorf, gan arwain cynrychiolwyr euog eglwys Bethlehem at ymyl Donald a Dilys a'r baban newydd yn y gwair. 'Ylwch, Mr Parry a Mrs Parry . . . dwi ishio ymddiheuro ichi am . . .', mae'n ei chael hi'n anodd, 'wel, am danseilio'r gwaith da dach chi'n 'i neud yn Llanllewyn 'ma . . . a dwi ishio ichi wbod bod ni i . . . gyd,' mae pawb yn nodio'u pennau ac yn amenio'n ddiffuant, 'yn meddwl y byd ohonach chi – ac yn ych caru chitha hefyd!'

Mae Hilda Gegog wedi'i chyfareddu gan yr araith, 'Ow, rodd hwnna'n lyfli, Ifor!'

'Ia, dwi ishio deud sori hefyd, Mr a Mrs Parry, ylwch . . .' a chama Bessie Fusneslyd ymlaen, a thynnu broetsh o goler ei chôt. 'Cymrwch hon yn bresant i'r babi newydd,' ac mae'n ei rhoi i Dilys.

Daw Evelyn y flonden ymlaen, a thynnu modrwy oddi ar ei bys bach, 'Gesh inna hon 'rôl fy hen fodryb, Bodo Bodrual, 'stalwm, 'rôl 'ddi farw. Faswn i'n leicio i chi'i chymryd hi'n bresant i'r babi newydd hefyd!'

Nodia Donald yn ddiolchgar, wrth i Gwenda wthio i'r blaen, 'Ag ylwch, hen sofran gesh i ffor gwd lyc – cymrwch hi!'

'Wel, duwadd annwl dad! Tydach chi 'di bod yn garedig, dwch! Diolch yn fawr iawn i chi!' Mae Donald wedi dotio at eu caredigrwydd pan, yn goron ar y cyfan, daw David Ailsworth a'i iâr ymlaen, a chyflwyno wy ffres yn anrheg i'r baban newydd, 'Bidl bi bobl-di bibl bi!'

'Thank you, David, that's very thoughtful of you!' A derbynia Dilys y rhodd yn ddiolchgar, wrth i bawb arall chwerthin am ei ben a chymeradwyo'n ffri.

Ar hynny, mae car yr heddlu'n cyrraedd y buarth. Ac mae sylw pawb arno, wrth i Kenneth gamu'n anghyfforddus ohono a cherdded, gyda'i goesau ar led, i gyfeiriad y cwt gwair. Cadwa'r cwnstabl hyd braich oddi wrtho, wrth i Donald groesi'n frwdfrydig i'w groesawu, 'Jac-y-do, lle w't ti 'di bod?', ac mae'n ei arwain yn dadol at Dilys.

'Oh Hyacinth!' Mae hi'n falch o'i weld, ''Co ti, wy moyn 'ti gwrdd â . . .' ac mae'n cymryd gwynt mawr, '. . . dy whâr!'

'Chwaer?' Mae Kenneth yn amlwg siomedig, ac edrycha'n amheus ar y bwndel crychlyd, moel ym mreichiau Dilys, 'Be 'di'i henw hi, Mam?'

Oeda Dilys yn anghyfforddus. 'Wel, Dadi was keen to name her . . .' ac mae'n cymryd gwynt mawr arall, '. . . Arabella!'

'Arabella?!' Gorymateba Kenneth yn flin i'r enw gwirion, ac mae ar fin protestio yn erbyn y nef a thu hwnt pan, yn sydyn, rhydd Sister Gwyneth sgrech annaearol, sy'n dychryn pawb.

'W! Tawn i'n marw! Dwi 'di anghofio am Aelwyn!'

Mae y tu allan i Ariel wedi ei oleuo'n gynnes â lampau o'r stryd, wrth i Aelwyn Reynolds barhau i hongian yn ansicr o'r ffenest fry uwchben. Gwaedda'n wan ac yn gryg erbyn hyn, a'i ysbryd ar ddiffygio, 'Help? Help, Sister G-w-y-n-e-th!' A chydag ochenaid iasoer, rhy'r gorau i'r frwydr a syrthio i'r llawr pell islaw â sgrech sy'n atseinio trwy'r fro. Egyr Bonso un llygad difraw, blinedig i edrych arno, cyn dychwelyd i'w gwsg.

Erbyn hyn yn Llwyncoed Bach mae'r dyrfa wedi dechrau canu 'I orwedd mewn preseb . . .', wrth i Cwy, Glymbo Rêch, Huw'r Ddôl, Helen a Linda gyrraedd ar eu beiciau, a rhedeg at Dilys a'r baban newydd, a rhyfeddu.

> . . . rhoed Crëwr y byd,
> Nid oedd ar ei gyfer na gwely na chrud.

Yn araf, dechreua pobl ddod yn ymwybodol o ryw arogl drewllyd sy'n awelu'n ffïaidd tua'u ffroenau.

> Y sêr oedd yn syllu ar dlws faban Mair,
> Yn cysgu yn dawel ar wely o wair.

> A'r gwartheg yn brefu, y baban ddeffroes,
> Nid ofnodd cans . . .'

'Hogia bach!' Torra Ifor Lloyd ar draws y canu'n flin, 'Be 'di'r ogla drwg 'ma, dwch?'

'W' ti 'di gollwng stink bomb arall, Kenneth?'

'Naddo, Dad. 'Di cal damwain dwi,' a lleda Kenneth ei drowsus yn araf, gywilyddus, 'ar ben to tŷ Roger the Dodger!'

'Pwwwww!' Mae'r arogl wedi ei ryddhau'n sydyn – a lletha bawb.

'Wel duwadd annwl dad!' Mae Donald yn anobeithio, 'Be nawn ni hefo chdi, dŵad?'

'Waaaaaa!'

'Oh, my giddy aunt Kenneth! Get back! You're gassing the baby, w!'

'Sori Mam a Dad!' Ac mae Kenneth yn ochneidio'n drist, 'O DIAR!'

★

Cewch wylio mwy o hanesion Kenneth Robert Parry, Donald, Dilys, Arabella a Bonso a'r criw i gyd yn yr ail gyfres o PORC PEIS BACH. Beth ddigwyddodd ar ddiwrnod priodas ddwbl Ifor Lloyd a Hilda Griffiths, Aelwyn Reynolds a Sister Gwyneth? Pwy yw Menna Allcock? A pham bod Kenneth a Helen yn fodlon lladd drosti? Pwy sydd yn erbyn agor ar y Sul? A phwy feddwodd Dilys? Rhannwch ym mhrofedigaeth David Ailsworth a'i iâr, yn helyntion Bob Bylbs, Nyrs Joan, Doctor Kidderminster a Bessie Fusneslyd. Cewch glywed hanes y brôn, ac am ymdrech Edgar a Morfudd siop i wenwyno Dilys. A phwy sy'n mabwysiadu Rani Mambwnda o'r India? A beth mae Cwy, Glymbo Rêch, Linda a Huw'r Ddôl yn ei feddwl ohono? Heb sôn am Miss World! Cewch yr atebion i hyn a mwy – yn yr ail gyfres o PORC PEIS BACH.